Die Dozentin Allis hat für eine Affäre alles aufs Spiel gesetzt – und verloren. Nun will sie nur noch möglichst weit weg von ihrem alten Leben und antwortet auf die Anzeige von Sigurd Bagge, der für den Sommer jemanden sucht, der ihm in Haus und Garten hilft. Wider Erwarten trifft sie jedoch nicht auf einen pflegebedürftigen Greis, sondern auf einen seltsam verschlossenen Mittvierziger, der sofort klarstellt, dass sich ihr Kontakt nur auf das Nötigste zu beschränken hat. In dem einsamen Haus am Fjord sind beide aber aufeinander angewiesen und kommen sich zwangsläufig immer näher – doch wer sich zu nahekommt, kann nichts mehr vor dem anderen verbergen …

Agnes Ravatn wurde 1983 in Norwegen geboren und arbeitet als Journalistin bei einer großen norwegischen Tageszeitung. Sie verfasste zahlreiche Essays und Kurzgeschichten, bevor sie 2007 ihren ersten Roman schrieb. »Das Vogeltribunal« ist ihr zweites Buch und wurde mit einem wichtigen norwegischen Radiopreis ausgezeichnet.

Agnes Ravatn

Das Vogeltribunal

Thriller

Aus dem Norwegischen
von Julia Gschwilm

btb

Mein Puls stieg, während ich durch den stillen Wald stapfte. Hier und da ein Vogelschrei, ansonsten nur graue, nackte Laubbäume, verzweigter Jungwald und der ein oder andere blaugrüne Lichtstreifen in der blassen Aprilsonne. Als der schmale Waldweg um eine Bergkuppe führte, wurde eine unregelmäßige Allee aus weißen, schlanken Birken sichtbar. Jede Birke hatte oben ein dichtes Gewirr aus Ästen, wie halb fertige Nester. Am Ende der Allee konnte man einen ausgeblichenen weißen Holzzaun mit einem Tor ausmachen. Hinter dem Tor: das Haus. Eine kleine, ältere Holzvilla mit Schieferdach.

Ich schloss lautlos die Tür hinter mir, ging über den Vorhof und die wenigen Stufen zur Haustür hinauf. Niemand öffnete, als ich anklopfte, ein kleiner Seufzer durchfuhr mich. Ich stellte die Koffer auf der Treppe ab, ging hinunter und folgte dem Weg aus Steinplatten, der um das Haus führte. Auf der Vorderseite öffnete sich die Landschaft. Violette Berge mit einzelnen Schneeflecken ruhten auf der anderen Seite des Fjords. Dickicht umrahmte das Grundstück auf beiden Seiten.

Er stand hinten im Garten bei einigen schlanken Bäumen, ein langer Rücken in einem dunkelblauen Wollpullover. Er fuhr zusammen, als ich Hallo rief. Wandte sich um, grüßte mit einer Hand und ging in schweren Stiefeln über den gelbgrauen Boden auf mich zu. Ich holte Atem. Ein Gesicht und ein Körper irgendwo in den Vierzigern, er sah nicht im Geringsten pflegebedürftig aus. Ich überspielte meine Überraschung mit einem Lächeln und ging ein paar Schritte auf ihn zu. Er war grob gebaut und dunkel. Sah mir nicht in die Augen, sondern an mir vorbei, als er die Hand ausstreckte.

»Sigurd Bagge.«

»Allis Hagtorn«, sagte ich und drückte seine große Hand leicht. Nichts in seinem Blick zeugte davon, dass er mich erkannte. Vielleicht war er nur ein guter Schauspieler.

»Wo haben Sie Ihr Gepäck?«

»Auf der anderen Seite.«

Der Garten hinter ihm war eine wintergraue Tragödie aus toten Büschen, nassem Stroh und Gestrüpp. Wenn demnächst der Frühling kam, würde er sich in einen Dschungel verwandeln. Er bemerkte meine bekümmerte Miene.

»Ja. Es gibt einiges zu tun.«

Ich lächelte, nickte.

»Der Garten ist das Projekt meiner Frau. Ich brauche jemanden, der aushilft, solange sie verreist ist.«

Ich folgte ihm ums Haus. Er nahm einen Koffer in jede Hand und ging in die Diele.

Er wies den Weg nach oben in den ersten Stock, stieg mit festem Schritt die alte Treppe hinauf. Mein Zimmer war einfach möbliert, mit einem schmalen Bett, einer Kommode und einem Schreibtisch. Es roch sauber. Das Bett war gemacht und hatte einen geblümten Überzug.

»Schönes Zimmer.«

Er wandte sich um, ohne zu antworten, senkte den Kopf und ging hinaus, nickte zu meinem Badezimmer hin, die Treppe hinunter, und ich stapfte hinterher, nach draußen und um die Ecke, über den Vorhof und zu dem kleinen Geräteschuppen. Es knackte im Holz, als er die Tür öffnete und auf die Wand zeigte: »Rechen, Spaten, Brechstange. Beim hohen Gras müssen Sie die Sense verwenden, wenn Sie wissen, wie?«

Ich nickte, schluckte.

»Hier finden Sie das meiste. Gartenscheren«, fuhr er fort. »Ich wäre froh, wenn Sie irgendeine Art von Ordnung in die Hecke bringen könnten. Und sagen Sie Bescheid, wenn Sie mehr Ausrüstung brauchen, dann bekommen Sie Geld.«

Er kümmerte sich nicht darum, mich anzusehen, wenn er redete. Ich war Bedienstete, es sollte vom ersten Moment an Distanz aufgebaut werden.

»Waren es viele, die auf die Annonce geantwortet haben?«, entfuhr es mir.

Er warf unter dem schwarzen Haarschopf einen kaum merklichen Blick auf mich.

»Es waren einige.«

Ich fand, seine Arroganz wirkte aufgesetzt, aber es stand mir nicht zu, etwas zu entgegnen. Ich war sein Eigentum, er konnte machen, was er wollte. Wir gingen weiter ums Haus und in den Garten hinunter, an den Beerensträuchern und Obstbäumen vorbei an der Steinmauer entlang. Die Luft war scharf und roh, es roch nach feuchter Erde und totem Gras. Er machte einen Schritt über ein niedriges schmiedeeisernes Tor und drehte sich zu mir um.

»Festgerostet«, sagte er, »vielleicht schaffen Sie es, das in Ordnung zu bringen.« Ich stieg über das Tor und ging hinter ihm her. Eine steile Steintreppe mit hohen Stufen führte vom Rand des Gartens direkt zum Fjord hinunter. Beim Hinabgehen zählte ich die Stufen und kam auf genau hundert. Dann standen wir auf einem kleinen gemauerten Steg, rechts davon ein verfallener Bootsschuppen mit Landungsplatz. Die Felswände formten einen Halbkreis um uns und schirmten den Steg auf beiden Seiten vor Einblicken ab. Es erinnerte mich an die Stelle, an der ich vor fast dreißig Jahren schwimmen gelernt hatte, bei einem Sommerhaus, das meine Eltern gemietet hatten.

»Schön ist es hier.«

»Ich werde den Schuppen wohl eines Tages abreißen«, sagte er mit abgewandtem Gesicht. Der Wind vom Fjord blies ihm ins Haar.

»Haben Sie ein Boot?«

»Nein«, antwortete er kurz. »Gut. Hier gibt es für Sie nicht viel zu tun. Aber jetzt haben Sie jedenfalls gesehen, wie es aussieht.«

Er drehte sich um und ging die Treppe hinauf.

Sein Schlafzimmer lag im Erdgeschoss, an der Küche und dem Esszimmer vorbei, mit Fenster zum Garten. Hinter dem Schlafzimmer befand sich sein Arbeitszimmer.

»Dort sitze ich die meiste Zeit des Tages. Sie werden nicht viel von mir sehen, und ich will so wenig wie möglich gestört werden.«

Dazu nickte ich langsam, einmal, um zu demonstrieren, dass ich den Ernst der Sache verstand.

»Ich habe leider kein Auto, aber ein Fahrrad mit Taschen für die Einkäufe. Der Laden liegt fünf Kilometer nördlich an der Bundesstraße. Das Frühstück soll um acht Uhr serviert werden: zwei hartgekochte Eier, eingelegter Hering, zwei Scheiben dunkles Roggenbrot und schwarzer Kaffee«, zählte er mir auf.

»An den Wochenenden haben Sie im Prinzip frei, aber wenn Sie sowieso da sind, können Sie das Frühstück eine Stunde später als sonst machen. Um ein Uhr gibt es ein leichtes Mittagessen. Abendessen um sechs Uhr, mit Kaffee und Cognac danach.«

Dann verschwand er in seinem Arbeitszimmer, und ich

hatte Zeit, mich mit der Küche vertraut zu machen. Der Großteil der Ausrüstung war sichtlich gebraucht, aber solide, ich öffnete Schubladen und Schränke und versuchte, so wenige Geräusche wie möglich zu machen. Im Kühlschrank lag das Stück Kabeljau, das wir uns zum Abendessen teilen sollten.

Die Tischdecken lagen in der untersten Küchenschublade, ich suchte eine aus und breitete sie über den Esstisch, bevor ich so lautlos wie möglich für uns aufdeckte. Auf die Sekunde genau um sechs Uhr kam er aus dem Schlafzimmer, zog den Stuhl heraus und setzte sich ans kurze Ende. Wartete. Ich stellte die Platte mit dem Fisch mitten auf den Tisch, die Schüssel mit Kartoffeln vor ihn hin. Zog meinen Stuhl heraus und wollte mich gerade setzen, als er mich mit einer plötzlichen Handbewegung stoppte.

»Nein. Sie essen hinterher.«

Er blickte geradeaus.

»Es ist mein Fehler, ich habe das vielleicht nicht ganz deutlich gemacht.«

Ich schluckte schwer, nahm meinen Teller und stellte ihn ohne ein Wort schnell auf die Küchenzeile hinüber, mit gesenktem Kopf, ein großes Ungeziefer.

Während er aß, füllte ich Wasser ins Spülbecken und spülte die Töpfe und Kochlöffel. Er saß aufrecht und aß ohne einen Laut, blickte nicht auf. Ich setzte Kaffee auf, mit linkischen Bewegungen, fand den Cognac in der Glasvitrine hinter ihm und räumte den Tisch ab, als er das Besteck abgelegt hatte. Schenkte Kaffee in die Tasse, Cognac in das dünne Glas, stellte beides auf ein Tablett und trug es unsicher klirrend zu ihm hinüber. Als er hinterher aufstand, sich für das Essen bedankte und ins Arbeitszimmer zurückging, setzte ich mich an den Tisch und aß meine lauwarme Portion, goss halb festgewordene Butter über die Kartoffeln. Erledigte dann den restlichen Abwasch, wischte den Tisch und die Arbeitsfläche ab und ging in mein Zimmer hinauf. Packte alle meine Sachen aus, legte Kleidung, Socken und Unterwäsche in die Kommode, die Bücher in einem Stapel auf den Schreibtisch. Vergewisserte mich, dass mein Telefon ausgeschaltet war, bevor ich es in die Schreibtischschublade legte. Würde es nie mehr einschalten, außer im Notfall. Hinterher saß ich in völliger Stille da, traute mich nicht, Geräusche zu machen. Von unten kam kein Laut. Ging schließlich ins Bad und legte mich ins Bett.

Das Blatt der Sense musste geschliffen werden. Ich verfluchte das nasse, gelbe Gras, das sich herunterbog, egal wie fest und schnell ich die Sense darüberschwang. Es war bewölkt, und die Luft war feucht. Er war nach dem Frühstück sofort in sein Arbeitszimmer gegangen. Auf dem Weg nach draußen hatte ich mich eine Sekunde lang im Spiegel gesehen. Ich sah verkleidet aus, fiel mir auf. Die alte Hose, in der ich das Haus meiner Eltern gestrichen hatte, in einem Sommer vor sicher fünfzehn Jahren. Hatte sie vor zwei Tagen zu Hause im Schrank gefunden, als ich packte, um hierherzufahren, zusammen mit einem mit Farbe beklecksten Hemd. Meine Eltern, die erleichtert Abschied genommen hatten, als ich am nächsten Morgen zum Bus ging.

Ich begann, es im Rücken zu spüren. Schwitzte unter dem Hemd. Winzige Insekten umschwirrten mich, setzten sich mir ins Haar, auf die Stirn, es juckte. Ich musste ständig aufhören und meine Handschuhe ausziehen, um mir das Gesicht zu reiben. Die langen, gelben Halmbüschel lagen dort nur zum Spott und Hohn, ich schwang die Sense, so fest ich konnte.

»Ich würde es an Ihrer Stelle mit dem Eisenrechen versuchen.«

Ich drehte mich augenblicklich um, da stand Bagge. Ich musste vollkommen wahnwitzig aussehen, wie ich dastand, mit rot gesprenkeltem Gesicht, in fünfzehn Jahre alten Fetzen. Mein Pony klebte mir vor Schweiß auf der Haut, ich fuhr mir automatisch mit der Hand über die Stirn und fühlte, wie die Erde vom Handschuh daran festklebte.

»Die Sense nutzt nichts, wenn das Gras nass ist.«

»Nein.« Versuchte etwas erschöpft, über mich selbst zu lächeln.

»Und denken Sie ans Mittagessen«, sagte er und tippte kurz auf sein Handgelenk, um zu zeigen, dass es Zeit wurde. Er drehte sich um und ging. Ich warf einen raschen Blick zum Haus hinauf, zum Fenster seines Arbeitszimmers. Dort hatte er gestanden und ungläubig zu mir heruntergestarrt, wie ich meine unwissenden Gärtnerversuche betrieb, bis er es schließlich nicht mehr aushielt und zu mir herunterkommen musste. Ich grämte mich. Ich ging mit der Sense zum Geräteschuppen und hängte sie an die Wand. Nahm den Eisenrechen und ging wieder zurück, zog ihn fest über den Boden und füllte die Schubkarre mit totem, glitschigem Gras.

Das Fahrrad stand unter der Holzlege hinter dem Geräteschuppen. Ein altes, schnelles graues Peugeot mit schmalen Reifen und Rennradlenker, die Fahrt zum Laden dauerte nur fünf Minuten. Es war ein kleiner Lebensmittelladen in einer Kurve. Genau jenseits der Brücke, von der Zeit vergessen. Es klirrte rumpelnd über mir, als ich die Tür aufschob. Es waren keine anderen Kunden dort. Eine ältere Verkäuferin hinter dem Tresen nickte kaum merklich, als ich sie grüßte. Es gab Regale mit Fertiggerichten, Servietten und Kerzen, ein paar Brote, Milchprodukte und eine Gefriertruhe, Obst und Gemüse mit einer Waage, auf der man selbst abwog.

Die Verkäuferin folgte mir mit stechenden Adleraugen, als ich an ihren halb leeren Regalreihen entlangwanderte. Der kritische Blick war unmissverständlich. Sie erkannte mich. Es schnürte mir die Kehle zu, ich nahm die Waren heraus und legte sie mit steifen Bewegungen in den Korb, hatte gute Lust, ihn wegzustellen und zu gehen. Ging schließlich zum Bezahlen, legte die Waren auf den Tresen, ohne ihr in die Augen zu sehen. Sie tippte alles ein, verzog keine Miene. Faltige Hände und faltige Haut, ein kleiner Mund mit herabhängenden Winkeln; so war sie eben, dachte ich erleichtert, als ich nach Hause fuhr, es hatte nichts mit mir zu tun, es war ihre Lebenseinstellung.

Auf schmalen Reifen nach Hause sausen, den Fjord zur Linken und feuchte, schwarz glänzende Felswände zur Rechten, die Vorräte in der Tasche am Hinterrad, vorbeifahrende Autos auf dem Weg von einer Stadt zur anderen, den steilen Schotterweg hinunter, durch den Wald und das

Fahrrad neben die Holzstapel stellen. Über den Kies knirschen, in die Diele, über den Boden. Irgendetwas an diesem ganzen Ort war falsch, dass ein Ehepaar hier lebte, ohne den Garten zu versorgen, ohne Auto, er den ganzen Tag im Arbeitszimmer. Die Frau weg. Ich stellte die Einkäufe hinein und begann mit dem Abendessen.

Es war unmöglich, sich zu bewegen. Mein Körper war schwer und steif wie ein schmiedeeisernes Tor, lange lag ich nur da und sah zu den Astlöchern in der Decke hinauf, bevor ich es schaffte, mich über die Matratze zu wälzen und auf den Boden hinunterzurollen. Idiotisch. Wann hatte ich zuletzt körperlich gearbeitet? Nie. Bevor ich plötzlich auf die Idee kam, stundenlang Gras zu rechen und harte Erde locker zu harken.

Ich wankte hässlich zwischen dem Esstisch und der Küchenzeile hin und her, als ich ihm das Frühstück servierte. Schämte mich, wusste, dass ihn meine steifen Bewegungen irritierten. Als ich ihm Kaffee einschenken wollte, entwich mir ein lautes Stöhnen, es war schwer zu sagen, wer von uns es beklemmender fand.

»Ich habe wohl gestern im Garten zu hart angepackt«, sagte ich vorsichtig entschuldigend.

Zur Antwort räusperte er sich und blickte an mir vorbei.

Anschließend ging er ohne ein Wort in sein Zimmer. Als ich danach allein den sauren Kaffee trank, hatte meine Laune einen Knacks bekommen. Ich war so stolz gewesen, als ich am Tag zuvor im Garten arbeitete, den Boden vom toten Gras befreite, hoffte, dass er mich vom Fenster aus gesehen hatte. Der Rücken war so steif, so steif.

Am nächsten Tag war es noch schlimmer, einen Fuß vor den anderen zu setzen war nicht auszuhalten. Den ganzen Tag vermied ich es, mich hinzusetzen, weil ich wusste, dass ich es nicht schaffen würde, wieder hochzukommen. Der Enthusiasmus für die Gartenarbeit hatte einen Tag angehalten. So war es immer. Ich ging mit großem Eifer auf

Dinge los und brachte nie etwas zu Ende. Jedes Mal wieder das gleiche hemmungslose Engagement, bevor ich der Sache kurze Zeit später überdrüssig wurde. Ich hatte keine Ausdauer, keinen Willen zur Durchführung. Ich hatte gehofft, dass sich gerade das ändern würde, die Willensstärke, die Selbstdisziplin. Aber das war es ja gerade, es wäre Willensstärke nötig, um sich Willensstärke zu erarbeiten. Eine solidere Person, das musste ich werden, einen festeren Charakter bekommen. Wenn nicht jetzt, dann nie. Hier hatte ich all das wenige, was ich brauchte, Einsamkeit, offene Tage, wenige, vorhersehbare Pflichten, ich war frei von den Blicken der anderen, dem Gerede der anderen, und ich hatte einen Garten ganz für mich allein.

Am Abend des siebten Tages, als ich das Tablett mit dem Kaffeegeschirr und dem Glas Cognac vor ihn auf den Esstisch stellte und mich gerade zurückziehen wollte, hielt er mich mit einer Handbewegung zurück. Es war Dienstag. Ich hatte seit einer Woche für ihn Abendessen gekocht, und mir gingen bereits die Ideen aus. Heute: Hühnchen mit Estragon. Montag: Fischfrikadellen mit gebräunten Zwiebeln. Sonntag: Kalbsbraten. Samstag: Rinderbraten. Freitag: gebratene Forelle mit Gurkensalat. Donnerstag: gekochte Wurst mit weißer Soße. Mittwoch: gekochter Kabeljau.

»Allis.«

Es war das erste Mal, dass ich ihn meinen Namen sagen hörte.

»Ja?«

»Holen Sie noch eine Tasse und ein Glas und setzen Sie sich.«

Ich tat, was er sagte. Er schenkte mit sicherer Hand Kaffee in meine dünne Porzellantasse ein.

»Sie sind jetzt seit einer Woche hier«, sagte er und blickte zur Tischkante hinunter.

Ich sagte nichts.

»Gefällt es Ihnen hier?« Er sah auf.

»Ja.«

»Können Sie sich vorstellen, noch eine Weile zu bleiben?«

»Ja, absolut. Danke.«

»Sie bekommen Ihren ersten Lohn, wenn ein Monat vorbei ist. Ist das in Ordnung?«

Ich nickte.

»Haben Sie Fragen?«

Ich zögerte ein wenig.

»Wissen Sie in etwa, wie lange es hier Arbeit für mich geben wird?«

»Solange meine Frau verreist ist, werde ich sowohl im Haus als auch im Garten Hilfe brauchen. Das ganze Frühjahr und den ganzen Sommer lang fürs Erste.«

»Das passt mir gut.«

Er schenkte mir Cognac in mein kleines Glas. Dann hob er seines in meine Richtung.

»Dann trinken wir darauf.«

Ich hob das Glas, und ohne darüber nachzudenken, schlug ich es vorsichtig gegen seines, ein beinahe unhörbares Klicken. Wir blieben stumm sitzen. Danach zeigte er keinen Willen zur Konversation, saß mit gerunzelter Stirn unter dem schwarzen Haarschopf da. Ich trank meinen Kaffee, leerte das Glas, und bevor er fertig war, verließ ich den Tisch und begann mit dem Abwasch. Ich hörte ihn seinen Stuhl zurückschieben und in sein Zimmer verschwinden, während ich das Geschirr unter dem Wasserhahn abspülte, mir wurde kalt bei dem Gedanken, dass es beschlossene Sache war, ich würde hierbleiben, aber zugleich warm aus demselben Grund, ich hatte einen Ort, an dem ich bleiben konnte, musste nicht zurück, konnte in Frieden hier leben.

Nach ein paar sonnigen Tagen hatte der Garten zu trocknen begonnen. Zum Schluss hatte ich die Sense doch noch irgendwie in den Griff bekommen und hinterließ Bahnen von kurzen, stechenden Halmstoppeln. Ich schwitzte in der kalten Luft. Eine blasse Nachmittagssonne war kurz davor, hinter den Bergen unterzugehen, und ich hatte einen steifen Rücken. Ich blickte mich um. Frühlingsblumen waren hier und da zum Vorschein gekommen. Am einen Tag waren wir von einem Schneeschauer überrascht worden, am anderen flog auf einmal ein Schmetterling umher, es war kein System zu erkennen. Ich zog den Rechen über den Boden, befreite ihn von Heu und Unkraut und fuhr alles in der Schubkarre zum Ende des Gartens. Alte Blumenbeete mit schwarzer, erstarrter Erde waren unter dem Unkraut aufgetaucht. Ich hatte sie noch nicht angerührt, vielleicht gab es dort unten Zwiebeln und Samen und Leben, das an die Oberfläche kommen wollte. Es kam vor, dass ich mich während der Arbeit umdrehte und zum Haus hinaufblickte und einen Schatten von Bagge im Fenster erkannte, er glitt dann immer fort, ich konnte nicht sagen, ob er dagestanden und mich angesehen hatte oder nur vorbeigegangen war. Ich fuhr die Gartengeräte in den Geräteschuppen, klopfte an der Mauer unter der Veranda die Erde von den Arbeitsstiefeln und ging hinauf in mein Bad. Füllte Wasser in die Badewanne, glitt hinein und schrubbte mich von der Erde sauber, beglückt über diese neue Existenzmöglichkeit. Unter freiem Himmel arbeiten, es im Körper spüren, saubere Luft in die Lunge saugen. Ich hatte nie geglaubt, dass Veränderung möglich war. Nicht aus eigenem Antrieb. Niemals. Es war nur ab und zu ein lindernder

Gedanke gewesen, aber gleichzeitig ein deprimierender, weil ich nicht daran glaubte. Aber jetzt. Mich dazu zu verpflichten: zur Arbeit im Garten. Dort Ordnung herstellen, Dinge zum Wachsen bringen. Darin war Erlösung zu finden, dort konnte ich mir ein Ich schaffen, ein konsistentes Selbst, dort, wo nichts von all dem Alten war, das an mir haftete. Mich rein und frei von Schuld machen, ein reines Herz. Ich zog den Stöpsel heraus und sah das Wasser verschwinden. Spülte Körper und Haare mit dem Duschkopf sauber und stieg aus der Wanne. Hörte unten Bagges Schritte – konnte er rein sein? Ich trocknete mich ab und zog mich an, ging in mein Zimmer. Vom Fenster aus sah ich ihn über den Vorhof und in den Garten hinuntergehen, auf Inspektion vielleicht, seine großen Schuhe knirschten über die trockenen Halmstoppeln, sein Rücken vorbei an den Obstbäumen und die Steintreppe zum Steg hinunter. Spürte ein Ziehen in der Magengrube, Männer, dachte ich, wie schön sie sind. Manche von ihnen. Die Stimmen, die Schultern. Ich ging schnell aus meinem Zimmer und drückte an die Tür gegenüber, sie war verschlossen. Blieb an der Treppe stehen und überlegte, nach unten zu rennen und blitzschnell ein bisschen herumzuschnüffeln, schon beim Gedanken daran begann es, in meiner Brust zu hämmern, ich ließ es sein.
Sein Badezimmer war rechts in der Diele, mit einem älteren, gefliesten Boden, einer normalen Toilette und einer einfachen Dusche hinter einem Vorhang. Ich hatte Anweisung, den Boden und sein Bad einmal in der Woche zu putzen. Ich durfte den Tag selbst bestimmen, hatte er gesagt, aber hinzugefügt, dass er den Geruch von Schmierseife zu Beginn des Wochenendes mochte.

Als ich in der Küche Wasser in den Eimer füllte, sah ich ihn in den Garten hinuntergehen. Er war groß und breit und bückte sich automatisch, wenn er ein Zimmer betrat oder verließ. Draußen ging er langsam und aufrecht in seinen schweren Bergstiefeln umher, bewegte sich immer leise, auch wenn er riesengroß war. Ohne offenbaren Grund dachte ich an den Gott Balder, als ich ihn so herumgehen sah. Ich mochte es, seinen Rücken zu betrachten. Mochte es, ihn gehen zu sehen. Er trug immer Hemden, abends, wenn es kalt war, mit einem dunkelblauen groben Wollpullover darüber. Er war vollkommen desinteressiert an mir, desinteressiert an allem. Allem außer dem, was in seinem Arbeitszimmer vor sich ging, was auch immer es war. Ich versuchte, nicht neugierig zu sein. Versuchte, mich um meine eigenen Angelegenheiten zu kümmern, versuchte, daran zu denken, was im Garten passieren sollte, den ich inzwischen als meinen eigenen betrachtete, plante die Mahlzeiten. An den Abenden schrieb ich Listen darüber, welche Vorräte ich hatte, was gekauft werden musste, was ich kochen würde, wozu die verschiedenen Reste verwendet werden konnten, wie absolut alles bestmöglich ausgenutzt werden konnte. Das gab mir etwas, worin ich meine Gedanken verankern konnte, sie wanderten sonst so leicht an schlechtere Orte.

Die Tür des Badezimmerschranks gab ein leises Klicken von sich. Darin befanden sich lediglich Schmerztabletten, Pflaster, Mückenmittel, ein Rasierapparat und ein ganz normales Deodorant. Das war überraschend, ich war beinahe sicher gewesen, dass er in irgendeiner Form unter Medikamenten stand. Mein Blick im Spiegel, als ich ihn mit einem Papiertuch sauber gemacht hatte. Es war deutlich, dass der Mensch, der zurückstarrte, gerade etwas getan hatte, von dem er wusste, dass es falsch war; ich hatte diesen Blick hunderte Male zuvor gesehen. Nichts mehr davon, dachte ich, rein sein.

Ich las, dass die Büsche vor dem Sprießen der Knospen geschnitten werden mussten, aber nichts darüber, um welche Zeit das Sprießen der Knospen eigentlich zu erwarten war. Ich setzte mich auf einen Schemel neben den ersten schwarzen Johannisbeerstrauch, sah mir die Zweige genau an. Im Bücherregal hatte ich zum Glück ein Gartenbuch gefunden, aber die Informationen darin waren mangelhaft. Ich hatte mir angewöhnt, im Garten ein kontinuierliches inneres Gespräch mit mir selbst zu führen, von früh bis spät. Es ging um alle möglichen Themen. Ich war immer überzeugt gewesen, dass ich, sollte ich einmal verrückt werden, niemals eine dieser Personen werden würde, die auf der Straße herumliefen und laut mit sich selbst sprachen. Vermutlich deshalb, weil ich nichts zu sagen hatte. Aber hier, in dieser Stille, mit den Händen in der kalten, feuchten Erde oder über tote Zweige fahrend, schäumte ich über vor innerem Geplapper, endlose Gespräche mit mir selbst, andere Male eingebildete Dialoge zwischen mir und anderen, ich diskutierte und argumentierte jedes Mal stundenlang. Ich verlor alle meine inneren Diskussionen. Hörte mehr auf meine eingebildeten Meinungsgegner als auf mich selbst, ihre Argumente wogen immer schwerer. Andere Leute waren immer verlässlicher als ich selbst.

Zuerst nahm ich die Johannisbeerzweige, die aussahen, als hätten sie Winterschäden, danach die, die zu Boden hingen. Zum Schluss die Zweige ganz unten am Strauch, die am ältesten waren. Die Jahresringe in ihren Schnittflächen zeigten, dass die Sträucher mindestens sieben, acht Jahre nicht zurückgeschnitten worden waren, ich fand es seltsam, dass

Bagge und seine Frau den Garten auf diese Art vernachlässigt hatten.

Hinterher nahm ich die Schere mit hinauf zu dem steinigen Abhang, an dem Haselsträucher wuchsen. Wenn ich sie jetzt zurückschnitt, würde es später vielleicht eine gute Nussernte geben. Im Garten herumzupusseln und nach bestem Vermögen kleinere Operationen durchzuführen war eine Freude, aber es war auch ein Balanceakt auf einem schmalen Grat der Selbsterkenntnis. Die Erwartungen, die ich vorher an mich selbst gehabt hatte, waren mit gutem Grund gedämpft worden. Meine Unkenntnis, was Garten, Pflanzen und Erde anging, war immens, ich wusste absolut nichts, war nie daran interessiert gewesen, hatte sogar einen nicht allzu kleinen Minderwertigkeitskomplex in Bezug auf Gärten. Dass Erde nicht einfach Erde sein durfte, sondern Dünger oder Nährstoffe hinzugefügt werden mussten. Dass die Natur es nicht selbst schaffte, sich in Ordnung zu halten war meiner Meinung nach ein großes Hindernis. Im Geräteschuppen lagen alte Samentütchen, aber das, was auf ihrer Rückseite stand, war für normale Menschen unverständlich, es ging um Ausdünnungsabstand, und ich weiß nicht was, es war in einer Sprache geschrieben, die nicht auf mich gemünzt war. Ich memorierte kleine Passagen aus dem Gartenbuch, bemühte mich, es zu visualisieren, und ging am nächsten Tag hinaus und versuchte, es in die Praxis umzusetzen: So? Ist es so gemeint? Ich erstarrte jedes Mal zu Eis, wenn mir der Gedanke kam, dass Bagge vielleicht am Fenster stand und mich unter Aufsicht hielt, dass er dastand und sich am Kopf kratzte: Was macht sie denn jetzt wieder? Nein, nein, nicht so! Zuerst traute ich mich nicht mehr zu tun, als etwas willkürlich in den Beeten zu jäten. Jetzt hatte ich die Sträucher so zurückgeschnitten, wie ich glaubte, dass man es machen musste, und ich spielte mit dem Gedanken, Zwiebeln zu pflanzen, aber gerade bei Zwiebeln hielt es der Gartenbuchautor offenbar für selbstverständlich, dass der Leser damit vertraut war, ja dass alle Menschen auf der Welt ihr kleines Arsenal von Zwiebeln hatten, die im Frühling ausgepflanzt werden sollten, ich verstand es nicht.

Ich rechte die Haselzweige zusammen und lud sie auf die Schubkarre. Rollte über den Rasen und leerte die Ladung auf den Komposthaufen. Die Sonne kam plötzlich hinter einer dunklen Wolke hervor, unerwartet warm und stechend. Ich setzte mich auf die Steinmauer, um auszuruhen, ein wenig Wärme ins Gesicht zu bekommen, ich schloss die Augen und wandte mich der Sonne zu, den Rücken zum Haus. Seufzte. Dachte, dass Gartenarbeit vielleicht wirklich etwas für mich war, ich hatte nur zuvor nie die Chance gehabt, hatte es nie lernen dürfen. Das würde ich schnell tun, ich hatte ja sonst keine Lernschwierigkeiten, fasste alle Dinge rasch auf, es gab keinen Grund zu glauben, dass ich eine Art Gartenlegasthenikerin war.

»Ganz still sitzen, Allis«, hörte ich plötzlich eine merkwürdig leise Stimme hinter mir.

Ich wandte automatisch den Kopf und sah ihn fragend an. Schrie auf, er kam wie ein Löwe im Sprung auf mich zu, dann ein schneidender, knirschender Schlag, ich fiel vornüber auf den Boden, ohne zu verstehen, warum oder was geschah. Hockte unwürdig auf allen vieren auf dem Rasen wie ein Hund. Er ließ den Stein los, den er in der Hand hatte. Nahm meine Hand und zog mich hoch, mir war schwindlig vor Adrenalin, ich atmete tief ein. Auf der Steinmauer, dort wo ich gesessen hatte, lag eine eingerollte Kreuzotter mit zertrümmertem Schädel.

»Ich wollte Sie nicht erschrecken.«

Ich brachte kein Wort heraus. Mein Herz hämmerte, ich machte einen unsicheren Schritt nach hinten.

Wir sahen die Schlange an, die ein klein wenig zuckte, ein langer, gemusterter Muskel im Krampf, nur dort weich und glänzend, wo der Kopf gewesen war, mich schauderte.

»Nicht so schlimm«, piepste ich und fühlte kalten Schweiß hervortreten.

Er ergriff die Schlange am Schwanz, sagte nichts, ging den Abhang hinauf, die Schlange in der Hand baumelnd, hoch zum Waldrand. Ich sah ihn dort oben in die Hocke gehen, einen Stein darüberlegen. Dann ging er zum Haus, über den Hof, seine Hand drückte die Türklinke hinunter, und er war weg.

Die Abende waren merklich heller geworden. Ich kam herein, nachdem ich eine Fahrradtour gemacht hatte, um die nähere Umgebung zu erkunden. Es hatte nichts zu sehen gegeben. Kaum Häuser, nur die Bundesstraße mit Autos, die vorbeidonnerten. Der Laden war der einzige Kontakt, den ich zur Außenwelt hatte, und im Laden waren auch keine Leute zu sehen, nur jedes Mal dieselbe ältere Frau hinter dem Tresen, die mich über ihre krumme Adlernase hinweg anschielte.

Das Haus genauso still und leer wie immer. Zu wissen, dass hier noch ein Mensch war, ohne dass es irgendeine Auswirkung hatte, außer wenn er sich zu den drei Mahlzeiten zeigte, das machte das Haus beinahe noch leerer. Ich wusch das Gemüse am Spülbecken. Begann, Brühe aus Fischabfällen zu kochen. Hatte keine Ideen, was ich ihm am nächsten Tag zum Abendessen servieren sollte. Wenn ich etwas mehr nachgedacht hätte, als ich mich vor einem Monat in den Bus hierher setzte, hätte ich ein Kochbuch mit eingepackt. Ich ging zum Bücherregal, um nachzusehen, ob es dort irgendeine Spur von Kochbüchern gab. Untersuchte die Buchrücken genau, aber fand nichts. Ein Haus ohne Rezepte, was war das für ein Heim.

Ich öffnete die Küchenschubladen eine nach der anderen, dann die Schranktüren. Ganz hinten im Gewürzschrank lag ein schmales, blaues Buch, das ich bisher übersehen hatte. Ich zog es heraus, blätterte vorsichtig. Rezepte mit dünnem schwarzen Stift. Schöne, schräge Handschrift, da waren Eintöpfe, Suppen, Kuchen. Ich sah sie vor mir, eine diffuse schlanke Gestalt, den Rücken zu mir gewandt, brauner Nacken und dunkles Haar in einem Knoten, ein paar Strähnen, die sich um die Ohren ein klein wenig kräuselten. Eine erwachsene schöne Frau. Eine Königin. Erwachsen, dachte ich, bin ich nicht erwachsen? Ein verirrtes Kind, das bin ich. Ich hielt bei einem Rezept inne, einer asiatischen Fischsuppe, sah, dass ich das meiste hatte, was ich brauchte, und wollte mir eine Probeversion als Abendimbiss kochen. Erhitzte Öl in einem Topf, gab Frühlingszwiebeln, Chili und Ingwer hinein, die Gerüche stiegen auf. Ich fügte Brühe hinzu. Ließ ein Stück Kabeljau in einem eigenen Topf ziehen. Als ich gerade den Fisch in die Suppenschüssel schöpfen wollte, hörte ich seine Schritte, die Tür öffnete sich, ich wurde rot und fluchte innerlich, ich hatte ihn gestört. Er streckte den Kopf herein, ich tat, als würde ich es nicht bemerken.

»Es riecht so gut hier.«

»Das ist nur eine kleine Suppe.«

»Oh, ja.«

»Es ist auch genug für Sie da, wenn Sie wollen.«

Er überrumpelte mich, indem er hereinkam und durchs Zimmer ging, er setzte sich an den Esstisch, gleichsam wartend. Seine Gegenwart machte mich unsicher. Ich steckte das Rezeptbuch zwischen ein paar Schneidebretter, schöpfte Suppe heraus und stellte den Teller vor ihn hin. Er schloss die Augen und sog den Duft ein, blickte überrascht zu mir auf. Ich aß meine eigene Suppe an der Arbeitsfläche stehend, während er saß. Keiner von uns sagte etwas. Ihn essen zu sehen gab mir ein warmes und ruhiges Gefühl. Er aß alles auf, atmete tief ein und rückte seinen Stuhl vom Tisch weg. Er stand auf und nahm den Teller, kam auf mich zu, kam ganz nah zu mir und stellte den Teller auf die Arbeitsfläche. Ich sah zu Boden, bis er in sein Zimmer gegangen war, mit heißen Wangen.

Alle Fensterbretter in der Küche waren voller Kräuter, ich freute mich schon darauf, sie auspflanzen zu können, wenn es erst warm genug war. Ich hatte bereits eine kleine windgeschützte Ecke im Garten dafür vorbereitet. Arbeitete mich durch die Rezepte aus dem Buch, das ich gefunden hatte. Es kam mehrmals vor, dass er den Kopf aus seiner Zimmertür streckte, wenn der Dampf der Suppen, die ich ab und zu abends machte, zu ihm hereindrang, immer mit dem gleichen verwunderten Gesicht. Dann teilten wir das Essen, ohne etwas zu sagen, er sitzend und ich stehend.

Die Auswahl im Laden war im Großen und Ganzen konstant und fade, aber hier und da tauchte etwas im Kühlregal auf, dem ich nicht widerstehen konnte. Eines Tages fand ich ein ganzes Hühnchen mit Füßen und allem, das von irgendeinem lokalen Bauern stammen musste, es war fett und sah glücklich aus und musste sein ganzes Leben lang draußen herumgetrippelt sein. Ich stopfte es in die Fahrradtasche und fuhr heimwärts. Zu Hause angekommen kappte ich die Beine an den Kniegelenken und fror die Füße für eine spätere Brühe ein, salzte das Hühnchen und quetschte es in den Kühlschrank. Ich betete zu Gott, dass Bagge an diesem Tag nichts mehr aus dem Kühlschrank wollte, er hatte gesagt, dass er kein besonderes Aufheben um das Essen mochte.

Er sagte nichts, als ich ihm am nächsten Morgen das Frühstück machte. Als er in sein Arbeitszimmer zurückkehrte, holte ich das Hühnchen mit pochendem Herzen heraus und ließ es auf der Arbeitsfläche wieder auf Zimmertemperatur erwärmen. Karotten, eine halbe Zwiebel, eine Stange Bleichsellerie, ich schnitt alles in grobe Stücke und warf es in den Topf, pflückte einige Handvoll Petersilienblätter und Thymianzweige ab, gab Knoblauch und Lorbeerblätter hinein, legte das Hühnchen hübsch darauf und füllte mit Wasser auf. Nach einer Weile köchelte es, ich schöpfte in regelmäßigen Abständen ab. Gegen Ende ließ ich einen halben Sternanis hineinfallen, Dampf tropfte von meinem Gesicht, die Gerüche kribbelten in der Nase, und gerade als ich dabei war, das gigantische Hühnchen aus dem Topf zu hieven, kam er herein.

»Was um alles in der Welt …?«

Ohne etwas zu sagen, platzierte ich das Hühnchen mit einem energischen Klatschen auf der Arbeitsfläche, als ob es selbst und nicht ich das Spektakel veranstaltet hätte. Er setzte sich an den Esstisch und bat mich mit einer Handbewegung, mich ebenfalls zu setzen. Die ausufernden Küchenaktivitäten waren nach und nach schleichend gekommen, ich wusste nicht, wie ich es erklären sollte.

»Wir haben uns inzwischen ziemlich weit vom Ausgangspunkt entfernt, Allis. Wir hatten gesagt, drei einfache Mahlzeiten am Tag.« Er wartete darauf, dass ich etwas sagen würde. Seine Hände ruhten auf dem Tisch, sie waren grob, sahen nicht aus wie Schreibtischhände.

Ich schluckte. Das Hähnchen lag auf der Arbeitsfläche und dampfte.

»Ich habe das doch am Anfang ziemlich klar gesagt. Ich will die Ausgaben unter Kontrolle haben.«

Ich senkte den Blick.

»Was wollen Sie kochen?« Er nickte in Richtung des Hühnchens.

»Ich habe ein gutes Rezept«, sagte ich kleinlaut.

Er stand auf. Stellte seinen Stuhl an den Tisch und ging in sein Arbeitszimmer. Schloss die Tür hinter sich. Ich blieb ein paar Sekunden stehen und blickte auf seine Tür. Holte Atem. Drehte mich zur Arbeitsfläche um. Die Hände zitterten ein klein wenig, als ich das heiße Hühnchen zerteilte.

Ich servierte ihm die Brust am selben Tag zum Abendessen. Mit Gemüse und Knoblauchcreme, ich war dem Rezept aus dem Buch auf den Punkt genau gefolgt, sein Kinn glänzte. Er atmete aus und rückte vom Tisch weg.

»Falls Sie noch mehr solche bekommen, können Sie gerne zuschlagen«, sagte er kurz, stand auf und ging durch den Raum auf sein Zimmer zu.

Draußen goss es in Strömen. Er stand vom Frühstückstisch auf und bedankte sich für das Essen. Ich wischte mit einem Lappen über die Tischplatte.

»Entschuldigung?«, sagte ich. Er hielt auf dem Weg in sein Zimmer inne.

»Sie haben nicht zufällig ein Paar Stiefel zu verleihen?«

»Nein, habe ich leider nicht«, sagte er kurz.

»Ihre Frau hat keine, die ich mir leihen könnte?«

Er bekam einen seltsamen Gesichtsausdruck, bevor er den Kopf schüttelte.

»Sie können meine nehmen und dicke Socken darunterziehen.«

Er ging auf mich zu, strich auf dem Weg in die Diele an mir vorbei und kam mit seinen grünen, hohen Stiefeln zurück. Stellte sie vor mir auf den Boden. Ich dankte. Als er in sein Zimmer gegangen war, kam ich darauf, dass ich auch eine Regenjacke brauchte. Klopfte zögernd an. Er öffnete sofort.

»Es gibt hier nicht zufällig eine Regenjacke, die ich …«

»Leider.«

Dass sie nicht einmal eine Regenjacke hat, dachte ich. In diesem Klima. Sie existiert nicht.

»Welche Größen haben Sie?«, fragte er, als ich mich zum Gehen gewandt hatte.

»Was?«

»Sie sollen schließlich weiterhin im Garten arbeiten.«

Er wartete auf eine Antwort.

»Sie wissen ja, welches Wetter wir hier haben. Ich fahre in die Stadt und kaufe für Sie ein.«

War das nicht erstaunlich drastisch, fast aggressiv gesagt?, dachte ich. Er machte deutlich, dass er allen zukünftigen derartigen Fragen ein für alle Mal ein Ende setzen wollte. Dass er willens war, ein Exemplar von absolut allem zu kaufen, was ich auf dieser Welt brauchte, wenn es ihm nur Frieden bescheren würde.

»Bei Schuhen?«

»Bei Schuhen, Regenjacken, allem, was Ihnen einfällt, das Sie brauchen, um hier zu arbeiten.«

Mir fiel außer den beiden Dingen nichts mehr ein.

»Eine Hose«, stellte er fest.

Ich nickte.

Er verschwand wieder in seinem Zimmer und kam kurz darauf heraus, schlüpfte in seine Schuhe, zog sich eine Jacke an und ging aus der Tür, ohne ein Wort zu sagen. Zuerst traute ich mich nicht, irgendetwas Verbotenes zu tun, für den Fall, dass ich ihn missverstanden hätte, aber als er nicht zum Mittagessen auftauchte, begriff ich, dass die Luft rein war. Eineinhalb Stunden in die Stadt, eineinhalb Stunden nach Hause. Ich sah auf die Wanduhr und rechnete mir aus, dass er frühestens in einer Stunde zu Hause sein würde. Mein erster Impuls war, es mit der Schlafzimmertüre zu versuchen. Mein Herz pochte so stark, dass ich bei jedem Schlag die Trommelfelle vibrieren fühlte, ich drückte die Türklinke herunter, und die Tür glitt auf. Kreideweiß beim Gedanken, dass er kommen könnte, sprang ich schnell hinein – gemachtes Bett an der rechten Wand, Stuhl, Tür an der Wand gegenüber –, trippelte auf Zehenspitzen hinüber und drückte die Klinke, aber die Tür war verschlossen, ich grübelte mich krank darüber, was er dort drinnen wohl machte. Ich hörte die ganze Zeit Geräusche, ging rückwärts aus dem Schlafzimmer und schloss die Tür hinter mir, wurde plötzlich beim Gedanken, dass er vielleicht Staub über den Boden gestreut hatte, um ihn beim Nachhausekommen auf Spuren zu überprüfen, von Schreck erfasst, und öffnete wieder – ging in die Hocke, um nachzusehen, ob es stimmen könnte, ob er wirklich so verrückt sein könnte, aber der dunkle Holzboden war sauber und blank. Ich stand auf und fühlte plötzlich eine Hand auf meiner Schulter – ließ einen Schrei los! –, aber war nur mit der Schulter gegen die Türklinke gestoßen. Ich schloss zitternd die Tür und beschloss, es nie mehr zu tun. Sah Schatten, meinte, ihn durchs Fenster zu sehen, draußen vorbeigleitend, seinen Hinterkopf, der immer wieder aus dem Blickfeld verschwand, dieser Schreck, das war es nicht wert. Zurück in der Küche begann ich, Wasser ins Spülbecken einzulassen, aber aus einem Einfall heraus kehrte ich zu seiner Schlafzimmertür zurück und sah auf den Boden, dort war etwas, ich ging in die Hocke, hob eine Tannennadel auf. Ein uralter Trick. Ich konnte es fast nicht glauben. Konnte auch Zufall sein, ich hatte den Boden einige Tage nicht gewischt, aber ich konnte es nicht riskieren. Legte die Tannennadel mit zitternden Fingerspitzen auf die Türklinke.

Spätabends kam er zur Tür herein, als ich gerade in der Küche stand und wartete, bis der Tee gezogen hatte.

»Soll ich Ihnen das Abendessen aufwärmen?« Ich fühlte mich plötzlich ein bisschen wie eine Ehefrau: Der Mann kam von der Arbeit nach Hause, hier stand ich.

»Nein. Ich esse es morgen.«

Er ging vorbei, seine Schulter streifte mich, ich stand ganz still, den Dampf des Tees in den Augen. Vor der Schlafzimmertür hielt er einen Moment inne, bevor er die Hand auf die Türklinke legte. In diesem Moment trafen sich unsere

Blicke, blitzschnell bewegte ich meinen zur Arbeitsfläche hinunter, er verschwand. Kurz darauf kam er wieder heraus, mit einer knallgelben Regenjacke und ein Paar Stiefeln von der gleichen Art wie seine, und dazu einer dunkelblauen Arbeitshose wie die, die in der Diele hing. Er hatte wohl ein Stammgeschäft in der Stadt. Er sagte, sie sei wasserdicht. Nun würde ich eine Miniaturausgabe von ihm werden. Ich war töricht genug, einen kurzen Moment lang glücklich über diese Anerkennung zu sein. Er legte mir alles in die Arme, und ohne zu wissen, wie ich mich verhalten sollte, sagte ich gute Nacht und rannte die Treppe hinauf, als wäre ich so froh über die Geschenke, dass ich in ihnen schlafen wollte.

Das scheußliche Wetter hielt sich bis zum nächsten Tag. So konnte er sehen, wie dankbar ich war, als ich in der neuen Jacke im Garten herumging und mich fühlte wie Knut Hamsuns Nagel, ein gelb gekleideter, deplatzierter Narr, der das Leben für sich selbst und alle in seiner Nähe sonderbar machte. In der steifen, dampfenden Wärme fühlte ich mich sicher und beinahe froh. Mit den neuen Stiefeln gab es keine Hindernisse mehr, ich konnte überall herumlaufen. Der Steg war im Regen grau und schön, die Ringe im Wasser, tiefer Nebel über dem Fjord. Die Steine an der Bergwand waren glatt unter den Stiefeln, ich stützte mich mit einer Hand ab. Hinter dem Bootsschuppen konnte man den feuchten, glatten Felsen vorsichtig hinaufklettern, nasse Erde machte es schwierig, nicht auszurutschen, ich hielt mich an Grasbüscheln und Wacholderbüschen fest und schaffte es zum Schluss hinauf. Ein Krebspanzer knirschte unter den Stiefeln. Man konnte ein gutes Stück auf die Landschaft hinaussehen. Ein paar kleinere verfallene, ausgeblichene Bootsschuppen lagen längs der südlichen Küstenlinie, ich sah das Dach eines Hauses oder einer Hütte ein Stück hinter unserem Steg, in der nächsten Bucht, das war der nächste Nachbar. Ansonsten nur Gebüsch, Wald und steile Felsen. Ein warmes Gefühl durchströmte meinen Bauch, kein Mensch war hier. Die niedrigen Sträucher gingen nach einer Weile in Laubwald über, mit der einen oder anderen Kiefer. Vor ein paar Tagen waren die Laubbäume noch nackt gewesen, nun kitzelte der Geruch von winzigen, feuchten, knallgrünen Blättern kalt und scharf in der Nase. Überall das Geräusch von kleinen Tropfen auf Blättern, ein weicher und feuchter Waldboden, Wurzeln kreuz und quer, Bärlapp und Farne. Kiefernnadeln blieben an den Stiefeln kleben. Das Rauschen des kleinen Baches hinter dem Haus. Das hatte ich schon immer gemocht. Einen stillen Wald, mit Wurzeln und Zapfen. Keine Wege zu sehen. Noch besser; dann war es mein Wald. Die herrlich klare Luft, die ich einatmete, war meine. Im Sommer würden hier Beeren wachsen. Pilze im Herbst. Ich merkte mir verschiedene Baumarten, während ich tiefer hineinging. Es gab viele Birken, aber auch Eichen, Erlen und Espen. Nach einer halben Stunde, in einer großen Runde um die Stelle, an der ich das Haus vermutete, kam ich zu einer kleinen Lichtung. Es waren ein paar braune dünne Grasbüschel dort, totes, gelbes Gras und ein paar winzige junge Bäume, doch als ich näher kam, sah ich, dass sie um den Rand eines schwarzen Kreises von vielleicht zwei Metern Durchmesser wuchsen. Dort musste ein Feuer gemacht worden sein. Neugierig ging ich in die Hocke, mein ganzer Körper glühte von dem Waldspaziergang, ich fühlte mit den Fingern über den Boden. Es war ein merkwürdiger Ort, um ein Lagerfeuer zu machen. Die Finger fuhren über kaltes Metall, und ich hob einen Nagel auf, schwarz von Ruß, und hielt ihn gegen das Licht. Als ich ein wenig mit dem Daumen rieb, kam Kupferfarbe hervor, ich warf ihn weg, entdeckte aber im selben Augenblick noch einen und noch einen, alles lag voller schwarzer Nägel.

Wieder zurück stellte ich meine Stiefel auf die Treppe an der Vorderseite des Hauses. Aus Bagges Arbeitszimmer drang Licht. Als ich meine Jacke unter das Vordach auf der Veranda hängte, fühlte ich, dass ich durchnässt von Schweiß war. Der Pferdeschwanz hing in nassen Strähnen über den Nacken herunter. Er durfte mich nicht so sehen, verschwitzt und rot, er würde meinetwegen peinlich berührt sein, aber als ich mich auf Socken hereinschlich, saß er am Esstisch mit einem Glas Rotwein ohne irgendetwas anderem und starrte in die Luft. So war er noch nie dagesessen. War das eine Art Einladung zu sozialem Umgang? Ich hasste es, an ihm vorbeizugehen, wusste nie, ob er wollte, dass ich ihn grüßte, oder ob ich einfach nur weitergehen sollte, als ob weder er noch ich existierte, was war auffälliger, das eine oder das andere? Ich nickte, als ob er jemand wäre, den ich täglich auf dem Weg zur Arbeit auf der Straße traf, aber bevor ich die Treppe erreicht hatte, wurde ich aufgehalten.

»Allis.«

»Ja?«

Mein Haar klebte am Kopf, die Ohren standen hervor. An der Treppe wartend fuhr ich mit der Hand durch das Haar, damit es nicht so flach aussah, aber es war dünn und durchnässt.

»Was haben Sie draußen gemacht?«

»Ich bin nur eine Runde spazieren gegangen.«

»Gut.«

Er winkte mich weiter.

Mit schnellen Schritten, wie ein kleines Mädchen, lief ich

die Treppe hinauf. Er brachte mich dazu, mich so dumm zu fühlen, entmündigt. Ein aufgesetzt forschender Blick, um zu demonstrieren, dass ich ihm gehörte, er bestimmte, wohin ich gehen und nicht gehen konnte.

Ich ging früh zu Bett, eine klamme, würgende Hand ums Herz, ich hatte noch nie eine Strategie gegen Schwermut gehabt, wusste absolut nichts, das half. War schutzlos empfänglich für alle Gedanken. Oberflächliche, aber niederschmetternde Zukunftsszenarien, mein zunehmender körperlicher Verfall, in zehn, nein, in fünf – oder sogar weniger, in drei – Jahren würden mein Gesicht und mein Körper hinüber sein, und bis dahin musste ich alles auf intellektuelle Arbeit setzen und mir langsam wieder Respekt verschaffen, denn wenn nicht, was dann? Dann gab es nichts, dann gab es nur noch Alkoholismus und Scham, mehrmals die Woche zum Getränkehändler gehen, ohne Nachkommen, ohne Geld, wenn ich mich nicht beeilte und heiratete – aber wen, ich war ja skandalisiert, das ganze Land wusste, dass ich ein Mängelexemplar und unbrauchbar für Ehevorhaben war. Wenn ich es nicht schaffte, mich zu etwas zu verpflichten, etwas, das mich ganz gefangen nehmen, mich nicht immer wieder loslassen würde.

»War es das?«, sagte sie, als sie den Kaffee eingetippt hatte.

»Ja.«

»Nichts hiervon?«, fragte sie und wies mit dem Kopf zur Seite, neben dem Tabakschrank hinter ihr hingen ein paar Packungen Batterien, Schachteln mit Schmerztabletten, Kondome.

»Nein danke«, antwortete ich, verwirrt. Ich zahlte, nahm die Tüten und ging, ohne etwas zu sagen. Ich hatte ihren Nacken angelächelt, als ich hinausging, ich fühlte, wie die Haut um meine Augen anschwoll, mein Gesicht war steif, ich fuhr schneller nach Hause, als ich es eigentlich vermochte. Konnte sie so ekelhaft sein? Im Laden war ich mir ganz sicher gewesen. Sie hatte mich endlich identifiziert, es hatte seine Zeit gedauert, aber jetzt wusste sie, woher sie mich kannte. Jetzt war ich nicht nur ein zeitweiliger Eindringling, ein Parasit aus der Stadt, der sich an ihrem Ort niedergelassen hatte, in ihrem Laden. Jetzt hatte sie mich endlich platziert, das durfte nicht unkommentiert bleiben. Sie musste mich spüren lassen, dass sie wusste, wer ich war, war so stolz, hatte lange Zeit zuvor Fotos von mir in ihren klapprigen Zeitungsständern gesehen und mich endlich damit in Verbindung gebracht. Man stelle sich vor, die Fernsehhure des Landes kaufte nun in ihrem Laden ein, Allis Hagtorn höchstpersönlich, die, die sich ihre Jobs im TV erschlief. Das Fahrrad fiel mit einem Krachen gegen den Holzstapel, die Stufen hinauf, ich fühlte, dass ich rote Flecken am Hals hatte, als ich hereinkam und die Schuhe im Eingang von mir warf. Wollte mich beherrschen, konnte es aber nicht, was nun, musste ich wieder weiter, mir einen neuen

Platz und einen neuen Laden suchen? Die Waren mit unsanften Bewegungen in den Kühlschrank, alles rollte wieder heraus. Plötzlich kam Bagge aus dem Garten und durch die Verandatür herein, eine Lawine löste sich in mir. Ich wandte mich schnell um, versteckte mein Gesicht hinter der Kühlschranktür.

»Haben Sie Kaffee gekauft?«

»Ja«, presste ich mit belegter Stimme hinter der Tür hervor.

Er kam zu mir, legte eine Hand auf meine Schulter, zog sie aber genauso schnell wieder zurück.

Ich kniff die Gesichtsmuskeln fest zusammen, starrte in den Frischkäse.

»Ist etwas passiert, Allis?«

Ich brachte keine Antwort heraus.

»Liegt es an mir?«, fragte er. »Habe ich etwas getan?«

Ich schüttelte den Kopf, wollte mein Gesicht nicht zeigen, wusste, wie rot und aufgequollen ich war.

»Können Sie mit mir darüber reden?«

Da brach es hervor. Sein Gesicht wurde weich, als er die Tränen sah, er nahm meinen Arm und führte mich durchs Zimmer, setzte mich in seinen Stuhl.

»Sie müssen es nicht erzählen, wenn Sie nicht wollen«, sagte er, »aber möchten Sie eine Tasse Kaffee?«

Ich nickte.

Niemand von uns sagte etwas, er stand an der Küchenzeile und kümmerte sich um den Kaffee, ich schämte mich bei dem Gedanken, wie peinlich ihm die Situation sein musste. Dann kam er mit einer Tasse zu mir. Er setzte sich an den Esstisch, zum Garten gewandt. Gab mir zu verstehen, dass ich reden konnte, wenn ich wollte, und es sein lassen konnte, wenn mir das lieber war. Ich hatte den starken Wunsch, den Eindruck zu erwecken, es hätte nichts mit ihm zu tun, meine drückende Einsamkeit war nicht das Problem, im Gegenteil, aber als ich ausgetrunken hatte, ging ich zur Spüle hinüber und wusch die Tassen ab, ohne etwas anderes zu sagen als ein kleines Danke. Ich ging in mein Zimmer hinauf und ließ ihn unten sitzen.

An schönen Tagen hängte ich unsere Wäsche auf die Leine im Garten. Dann achtete ich genau darauf, unsere Kleidung strikt zu trennen. Heute, wo kein Wetter zum Wäschetrocknen war, hängte ich seine Kleidung auf den wackeligen Ständer in seinem Bad und meine Kleidung in mein Zimmer, wo ich nach bestem Vermögen ein paar Deckenleinen gespannt hatte. Aber in der Maschine war unsere Unterwäsche auf Tuchfühlung gewesen, sie war jede Woche in warmem Seifenwasser ineinander verwoben, ich fragte mich, ob er es für selbstverständlich hielt, dass ich es so handhabte, was ja das Natürlichste war, oder ob er in Ohnmacht fallen oder schwarz werden würde, wenn er davon Wind bekam.

Meine trocknende Kleidung warf im Mondlicht menschliche Schatten an die Wand und an die Decke, und als ich erwachte, musste ich konstatieren, dass ich einen erotischen Traum gehabt hatte. Es war das erste Mal seit langer Zeit, soweit ich wusste, vielleicht war das die Art meines Gehirns gewesen, mich zu schützen: So, Allis, dann schließen wir dieses Zimmer ab. Keine Erotik mehr für dich für eine Weile, das ist nicht deine starke Seite.

Als ich ihm das Frühstück servierte, landete ich in einem Teufelskreis. Die Angst, man könne mir ansehen, dass es ungehörige Aktivitäten in meinem unterbewussten Traumleben gegeben hatte, führte zu einer auffälligen Körpersprache, was das Gefühl noch verstärkte, er könne mir eine detaillierte Beschreibung meines Traumes aus dem Gesicht lesen. Als ich ihm Kaffee einschenkte, erstarrte ich bei dem Gedanken, dass zum Beispiel meine Brüste an sein Gesicht kommen könnten, wenn ich nicht aufpasste, eigentlich eine physische Unmöglichkeit, aber mein Gesicht wurde heiß, und ohne dass er etwas sagte, konnte ich eine schwache Irritation bei Bagge spüren.

Er kaute hinter meinem Rücken langsam das Essen, während sich das Spülbecken mit Wasser füllte, ich hatte viel zu viel Spülmittel darin, es schäumte über, vulgär, Wasser schwappte auf mein T-Shirt, eine Einladung zu Erotik. Versuchte, nicht vornübergebeugt zu stehen, gleichsam einladend. Ich presste die Beine zusammen und stand steif wie ein Stock da und spülte Gläser.

»Haben Sie Probleme mit dem Rücken?«

»Nur etwas steif.«

Er legte das Messer auf den Teller und rückte vom Tisch weg, dankte für das Essen. Verschwand in seinem Zimmer. Mein Gesicht kochte, ich schüttelte still den Kopf und zog den Stöpsel aus dem Becken. Hatte vorgehabt, heute an den Beeten zu arbeiten, wollte aber nicht von ihm gesehen werden, wie ein missglückter Lumpensammler dort unten herumschwänzeln, krumm über die Erde gebückt. Ich zog das Rezeptbuch aus dem Küchenschrank und setzte mich an den Esstisch, las mich langsam durch die schräge, dünne Handschrift.

Er kam rund eine Stunde später aus seinem Zimmer und strich an mir vorbei, blieb vor seinem Badezimmer stehen und drehte sich zu mir um, es schien, als hätte er feuchtes Haar, das machte mich stutzig, er kam ja aus seinem Arbeitszimmer. Mir war immer noch flau nach dem Frühstück, und ich wollte seinem Blick nicht begegnen.

»Sie sollten sich ein bisschen um den Garten kümmern, Allis, nicht nur hier drinnen sitzen.«

»Ich hatte vor, nachmittags eine Schicht einzulegen.«

»Das Wetter wird jetzt warm, und ich befürchte, alles

wird über Stock und Stein sprießen«, sagte er und ging ins Bad. Ich hasse dich, dachte ich. Was ist er für ein Mensch? Was will er überhaupt mit seinem Garten? Es ist seine Frau, die ihn immer noch im Griff hat.

Meine Fußsohlen trafen beinahe die stille Wasseroberfläche. Ich hatte es nicht mehr ausgehalten. Hatte meine Schreibtischschublade mit zitternden Abstinenzhänden herausgezogen und das Telefon eingeschaltet. Mit einem nervösen Ziehen im Magen wählte ich die Nummer. Wenn es nun nur ein gängiger Scherz war, dass man die Auskunft anrufen und sie im Prinzip nach allem Möglichen fragen konnte, nach Milchpreisen und Hauptstädten, und ich die Einzige war, die das ernst nahm?

»Ja, ich lese hier den 1. Januar 1969«, sagte der Mann in der Leitung.

»1969?«

»Ja.«

Ich traute mich nicht weiterzufragen, sondern dankte und legte auf. Dreiundvierzig Jahre. Was konnte einen Dreiundvierzigjährigen dazu bringen, auf diese Art zu leben, ein derart zurückgezogenes Leben zu führen, wie ein Aussätziger, ohne Kontakt zur Außenwelt, außer zu mir? Ein Geräusch ließ mich zusammenfahren, ich drehte mich schnell um. Er stand hinter mir, ein paar Stufen die Treppe hinauf.

»Ich …«, sagte ich, das Telefon umklammernd, mir drehte sich der Magen um.

»Ich wollte nur Bescheid geben«, sagte er und ging die restlichen Stufen zum Steg hinunter auf mich zu, »dass ich in die Stadt fahren muss. Ich bin nicht vor dem Abend zurück, Sie brauchen also nicht ans Mittagessen zu denken.«

Ich nickte.

»Aber Sie machen natürlich etwas für sich.«

»Ja.«

Er drehte sich um und ging rasch die Treppe hinauf. Ich blieb auf dem Steg sitzen, bis ich ganz sicher war, dass er weg war, dann ging ich zum Haus hinauf. Es war zwei Uhr. Ich wusste nicht, was ich tun sollte. Holte mir ein Buch und nahm es mit in mein Zimmer, las ein bisschen, ging hinunter und suchte ein neues, ich war rastlos. Es war sonnig im Garten, und die Gartenmöbel standen draußen, seit Bagge letztens dort gesessen hatte, unter dem Kirschbaum. In einem Anflug von zu starkem Freiheitsgefühl fand ich mich selbst auf der Treppe zum Keller wieder, wo ich mir eine Flasche Weißwein aussuchte, sie mit nach oben nahm und im Garten öffnete. Ich trank, während die Nachmittagssonne mich wärmte. Zog mich am Oberkörper aus, aber bei jedem Vogelzwitschern und jedem Laut von dürren Zweigen, die im Wald knackten, fuhr ich zusammen und bedeckte mich. Fühlte es in den Ohren sausen, hörte meinen Atem im Hals, guter Laune, aufmerksam auf alles, schenkte mir Wein nach.

Als ich erwachte, saß er im Stuhl neben mir. Wie lange er dort schon gesessen hatte, wusste ich nicht. Ich hatte mir mein dünnes Hemd über Brust und Bauch gelegt, die Arme waren nackt. Ich sprang auf und versuchte, die Arme in das Hemd zu bekommen, es über den Kopf zu ziehen, unwürdig heller Körper. Er starrte geradeaus, vermutlich, um mich zu schonen, mit der gleichen gerunzelten Stirn wie immer, ein Blick, der eine Kombination aus Sorge und milder Skepsis ausdrückte. Er nickte zu der leeren Weinflasche hin, die zwischen unseren Stühlen im Gras lag.

»Die ziehe ich Ihnen vom nächsten Lohn ab«, sagte er.

»Ja, natürlich«, sagte ich, »es tut mir leid.«

Er sah mich streng an. Dann veränderte sich plötzlich sein Gesicht, mimte ein Grinsen.

»Das war nur ein Scherz.«

Dann stand er auf und ging hinein. Ich schaffte es, mir das Hemd überzuziehen, stand halb auf, um aus Gewohnheit hinterherzugehen, setzte mich aber wieder hin. Die Sonne stand immer noch über den Bergen auf der anderen Seite des Fjords, sie kribbelte warm im Gesicht. Auf einmal waren seine Schritte hinter mir im Gras. Er setzte sich auf den Stuhl neben mich und stellte ein Glas neben meines auf den Tisch.

»Vertragen Sie noch etwas mehr?«, fragte er und hielt eine neue Flasche Weißwein hoch.

Ich antwortete Ja, ich glaubte schon. Er öffnete die Flasche und schenkte uns ein. In mir pochte es, ich hielt den starken Drang, mit ihm anzustoßen, zurück, führte stattdessen das Glas zum Mund und trank ohne ein Wort. Ich blickte geradeaus. Konnte seine Umrisse im Augenwinkel sehen, die Brust, die sich hob und senkte.

»Schöner Abend«, sagte er plötzlich, ohne mich anzusehen.

»Ja«, sagte ich rasch.

Der Wein war ganz kalt und lebensgefährlich, ich versuchte, nicht zu schnell zu trinken. Die Trockenheit breitete sich im Mund aus.

»Darf ich fragen, wie alt Sie sind?«

»Ich bin zweiunddreißig.«

Er antwortete nicht.

»Und Sie?«

Er drehte seinen Kopf zu mir.

»Ich glaube, das wissen Sie schon.«

Mir wurde akut heiß, ich errötete. Wollte erklären, aber er stoppte mich.

»Machen Sie sich keine Gedanken.«

Er streckte sich nach der Flasche und schenkte mehr ein. Wir sprachen eine Weile nichts.

»Wie war es in der Stadt?«, fragte ich und bereute es sofort wieder.

»Wie immer«, antwortete er mit Härte in der Stimme.

Wieder saßen wir eine Weile still da.

»Es ist kühl geworden«, sagte er zum Schluss, stand auf und ging ohne ein weiteres Wort. Ich dachte, er wollte sich einen Pullover holen, aber er kam nicht zurück. Die Flasche stand auf dem Tisch, halb ausgetrunken. Ich blieb sitzen, um zu demonstrieren, dass ich einen freien Willen hatte. Ich bekam eine Gänsehaut an den Armen. Erschrocken stellte ich fest, dass ich weinte. Es fühlte sich pervers an, dort zu sitzen und in Einsamkeit zu weinen, und ich hörte schnell wieder auf. Saß noch eine Weile da, bevor ich den Korken in die Flasche steckte und hineinging, die Treppe hinaufschlich und mich ins Bett legte.

Der Morgenwind blies mir warm ins Gesicht, als ich nach dem Frühstück die Verandatür öffnete. Während er sich in seinem Arbeitszimmer aufhielt, ging ich in den Geräteschuppen und trug alte Blumentöpfe heraus. Füllte einen nach dem anderen mit Erde und ging damit zur Veranda hinüber. Pflanzte die Kräuter in die Töpfe aus und stellte sie an windgeschützte Stellen. Thymian, Rosmarin, Estragon. Petersilie und Liebstöckel. Danach lief ich die Treppe zum Steg hinunter. Auf halber Treppe erkannte ich, dass er auf dem Steg saß, auf den Stufen zum Bootsschuppen, halb von mir abgewandt. Ich blieb stehen, verstand nicht, wie er vorbeigekommen war, ohne dass ich es bemerkt hatte. Ich wollte mich umdrehen, aber da wandte er mir plötzlich den Kopf zu, und ich hatte keine andere Wahl, als weiter hinunterzugehen und mir nichts anmerken zu lassen, mit steigender Nervosität. Unten am Steg blieb ich stehen und blickte auf den Fjord hinaus. Die schwarzgrüne, salzige See kam auf uns zugerollt, wieder und wieder. Er sagte nichts. Ich fühlte eine brodelnde Irritation über die Stille zwischen uns.

»Sie sollten nicht so oft hierhergehen«, sagte er plötzlich.

»Warum nicht?«

Er zuckte fast unmerklich mit den Schultern.

»Sie könnten hineinfallen.«

»Ich kann schwimmen.«

»Sind Sie sich da sicher?«

Ich nickte.

»Es ist nicht sicher, dass das hilft«, sagte er mit abgewandtem Gesicht.

»Ich gehe hinauf und mache Ihr Mittagessen.«

Er antwortete nicht. Ich stieg die hundert Stufen zum Haus hinauf und fing mit dem Salat an. Mit unsanften Bewegungen schnitt ich die Tomaten auf. Ich begann, den formellen Kontakt zwischen uns leid zu werden, auf dem er bestand. Er war jetzt künstlich geworden. Ich wohnte seit fast zwei Monaten hier, unter demselben Dach wie er, war genauso abgeschnitten von der Außenwelt wie er. Ich beschloss, ihn zu bestrafen, indem ich übers Wochenende in die Stadt fuhr. Dann konnte er dasitzen und sich sein Essen selbst machen. Um Punkt eins kam er aus dem Garten und setzte sich mit dem Rücken zu mir an den Tisch unter dem Kirschbaum. Ich ging hinüber und öffnete die Verandatür, fragend.

»Ich nehme das Mittagessen hier draußen«, sagte er, ohne sich umzuwenden. »Und ein Glas Weißwein dazu.«

Der Tisch wackelte, als ich Teller und Besteck absetzte. Ich schenkte den Wein ein, stellte den Salat vor ihn hin. Er nickte tief zum Dank, als ob er sich über mich lustig machte. Lautlos stellte ich mich hinter ihn und starrte ihm auf den breiten Rücken. Er rührte das Essen nicht an.

»Ich fahre übers Wochenende in die Stadt.«

»Das ist Ihr gutes Recht.«

»Von heute Nachmittag bis Sonntagabend.«

»Ist notiert«, sagte er und begann zu essen.

Ich drehte mich um und ging nach oben in mein Zimmer. Dort packte ich eine Tasche, hektisch murmelnd.

Als ich auf die Veranda hinaustrat und mich verabschiedete, sah er kaum von seinem Teller auf, bevor er weiteraß.

Im Bus bereute ich das Ganze. Weit vor dem Zentrum drückte ich spontan auf den Halteknopf und stieg aus, lief sofort willkürlich in eine Richtung, als ob ich genau wüsste, wohin ich wollte, falls mich jemand von den anderen Personen aus dem Bus sehen sollte. Ich konnte nicht in die Innenstadt, der Gedanke an die Blicke der anderen Menschen. In den Straßen waren Trauben von Jugendlichen auf dem Weg zu Festen, braungebrannt, hell gekleidet und lärmend. Nach ein paar hundert Metern den Bürgersteig entlang suchte ich Schutz in einem Eisenwarenhandel, wurde jedoch augenblicklich bestraft, als ich im Eingangsbereich einer alten Studienfreundin in die Arme lief.

»Allis!«, rief sie aus, mit einer Mischung aus Schreck und Begeisterung.

Keine von uns wagte die andere zu umarmen, ich erstarrte in einem seltsamen Lächeln. Erklärte, ich sei zu Besuch bei Verwandten, sie bestand darauf, mit mir eine Tasse Kaffee zu trinken, und versuchte, mich mit ins nächste Café zu zerren. Das war eine Tendenz, die Oberaufsicht über die Lebensentscheidungen anderer zu haben, die ich aus der Studienzeit kannte, aber ich blieb standhaft und sagte, ich hätte eine Verabredung. Enttäuscht fragte sie, ob es wirklich stimmte, dass ich meinen Job gekündigt hatte und bei Johs ausgezogen war. Ich bestätigte es.

»Wie schrecklich.«

»Tja«, sagte ich. »Es ist meine Schuld.«

Dazu sagte sie nichts, aber ihr Gesicht drückte halbherzigen mitfühlenden Protest aus.

»Du warst ja so toll im Fernsehen, wir haben alle Sendungen gesehen.«

»Danke.«

Sie hielt inne, sah mich mit offenem Mund an, traute sich offenbar nicht, K. anzusprechen.

»Aber die Uni?«, sagte sie schließlich.

»Naja, ich kann ja nicht dorthin zurück.«

Sie schüttelte den Kopf.

Ich sagte, dass ich einen neuen Job hatte, auf einem Anwesen mithalf, ging nicht näher darauf ein. Sah, dass sie fast krepierte vor Neugier, mehr fragen wollte, aber nicht wusste, wie sie vorgehen sollte. Zum Schluss fragte sie, ob mein neuer Arbeitgeber sehr pflegebedürftig war.

»Nein«, sagte ich etwas irritiert. »Es ist nur ein großes Anwesen. Er brauchte Hilfe.«

»Womit?«

»Mit dem Garten und so.«

»Mit dem Garten?«, lachte sie überrascht. »Du hast doch keine Ahnung von Gärten.«

»Doch, habe ich wohl«, blaffte ich. Sagte, ich müsse gehen. Sie umarmte mich, mit ihren christlichen Apfelbacken, fand es aufregend, eine skandalumwitterte Person zu kennen, das war etwas, das man beim Kaffeekränzchen erzählen konnte. Dann verschwand sie in ihrem gemusterten Regenmantel zufrieden die Straße hinunter, heim zu Mann und Kindern, ich folgte ihr mit dem Blick, bis sie verschwunden war. Es war zehn Jahre her, dass ich sie zuletzt gesehen hatte, und ich hoffte, es würde sich nie wiederholen. Sie war ein kalter Hauch aus der Vergangenheit, aber im Nachhinein dachte ich, dass das nicht stimmte, vielmehr hatte der Kontrast zwischen der Person, die ich damals gewesen war, und der, die ich jetzt war, den kalten Hauch hervorgerufen. Ich verließ die Eisenwarenhandlung und hielt einen vorbeigehenden uralten Mann auf, der mich unmöglich kennen konnte, fragte, ob es in der Nähe eine Pension gab, und er zeigte mir den Weg.

Um acht Uhr checkte ich aus, ohne zu frühstücken. Als das Einkaufszentrum endlich öffnete, ging ich in das größte

Modegeschäft und war über eine Stunde lang der einzige Kunde. Ich hatte schon lange keine Kleidung mehr gekauft. Jedes Kleidungsstück, das ich herauszog, wurde danach bewertet, ob es in Bagges Haus und Garten passte oder nicht, ich sah mich selbst auf einer Leiter stehen und die Westfassade in einer Hose streichen, die mir gefiel, ich probierte Kleider an, und stellte mir dabei vor, wie ich an einem Sommerabend mit einem Glas Wein unter dem Kirschbaum saß. Zum Schluss kaufte ich einen kleinen Stapel und bezahlte mit den Tausendern von meinem ersten Lohn.

Als ich zum Haus zurückkam, war die Eingangstür verschlossen. Die ganze Busfahrt über hatte ich vergeblich darüber nachgedacht, wie ich erklären sollte, dass ich so schnell zurück war. Ich stellte meine Sachen auf der Treppe ab und ging ums Haus. Er war nicht im Garten. Die Treppe hinunter zum Steg, da war er auch nicht. Die Verandatür war ebenfalls verschlossen. Bis jetzt war mir gar nicht aufgefallen, dass er mir nie einen Hausschlüssel gegeben hatte. Ich setzte mich an den Gartentisch und wartete. In der ganzen Zeit, die ich bislang bei Bagge verbracht hatte, war er immer zu Hause gewesen, abgesehen von den beiden Malen, als er in die Stadt gefahren war. Es verging eine Stunde. Ich lief ums Haus und holte meine Sachen. Ich nahm die Kleider heraus, die ich gekauft hatte, und zog schnell einen hellen Rock und eine Bluse an, die Kleidungsstücke, die ich mir für die Arbeit im Garten vorgestellt hatte. Sie waren viel zu fein, ich bezweifelte, dass ich es schaffen würde, sie natürlich aussehen zu lassen. Im Geräteschuppen suchte ich mir Handschuhe, Gartenschere und Unkrautgabel. Dann kniete ich mich an das eine Ende des Beetes und legte los. Die ganze Zeit horchte ich nach seinen Schritten. Arbeitete mich langsam voran, wünschte mir, dass er mich dort auf den Knien vorfinden würde, über die Arbeit gebeugt. Das Schamgefühl über die neuen Kleider wuchs und wuchs in mir, ich fühlte mich verkleidet, ausstaffiert. Alte Gedanken an Johs tauchten auf. Hier war ich, hatte ein neues Leben angefangen, als ob nichts passiert wäre. Wie leicht es mir fiel, alles Alte zu vergessen und einfach etwas Neues anzufangen, es war fast beängstigend, wie einfach es für mich war, etwas zu zerreißen, das ich anderen als starke Bande verkauft hatte. Ein doppeltes Spiel zu spielen, so zu lügen, dass ich es selbst glaubte. Was war nur mit mir los, dass ich nie treu sein konnte? Musste an damals im Winter denken, als ich in einem Anfall von Selbsterforschung den Begriff »Polyandrie« nachgeschlagen hatte – Weibchen, die sich mit mehreren Männchen paaren – und eine Mischung aus Entsetzen und Einsamkeit spürte, als ich entdeckte, dass im ganzen Tierreich nur sehr wenige Arten, wie etwa Blatthühnchen, Wassertreter oder Tamarine, so lebten. Und eben ich. Was für eine Art von Gemeinschaft sollte ich mit ihnen fühlen können?

Ich weiß nicht, wie lange ich so dasaß, aber als ich den Unkrauteimer zum elften oder zwölften Mal geleert hatte, war die Sonne hinter den Bergen untergegangen, und ich fror. Ich ging zurück zum Haus und überprüfte noch einmal beide Türen. Zog mir eine Jacke an und setzte mich auf die Verandatreppe. Der Hunger nagte. Dass Bagge ein Leben führte, zu dem ich keinen Zugang hatte, tat auf eine seltsame Art ein bisschen weh. Zum Schluss ging ich in den Geräteschuppen und holte die Leiter heraus. Trug sie über den Vorhof und stellte sie an die Wand vor meinem Zimmer, dessen Fenster angelehnt war. Ich hatte schon immer eine Spur Höhenangst gehabt, aber auf dieser alten Leiter vervielfachte sie sich. Ich musste so weit hinaufklettern, dass das Ende der Leiter mir bis zur Taille reichte. Wackelnd schaffte ich es, mich durch das Fenster zu zwängen, und fiel auf den Boden, schlug mit dem Kopf gegen den Nachttisch. Ich ging die Treppe hinunter und in die Diele, schloss die Tür auf und trug meine Sachen hinein. Es fühlte sich an wie ein Regelbruch. Es war vollkommen dunkel und leer. Das Haus war so anders, wenn er nicht da war. Ich stand eine Minute still da, dann ging ich zur Schlafzimmertür. Ich horchte, aber es war immer noch völlig still. Diesmal keine Tannennadel auf der Türklinke. Ich drückte die Klinke herunter, und die Tür glitt auf. Hallo? Das Zimmer war dunkel. Er hatte mich nie darum gebeten, dort drinnen sauber zu machen. Die Vorhänge waren zugezogen, aber das Licht des Mondes drang ein wenig durch den dünnen Stoff. Ich ging langsam ins Zimmer hinein. Ein Hemd hing über dem Stuhl, sonst gab es nichts. Wieder ging ich vorsichtig durch das Zimmer und drückte die Klinke zum Arbeitszimmer herunter. Verschlossen. Dann drehte ich mich in einem plötzlichen Anfall von Furcht um und huschte auf Zehenspitzen aus dem Schlafzimmer, zur Küchenzeile hinüber, und holte Brot und Belag heraus. Schmierte mir ein paar Scheiben, aß im Stehen. Trug die Tasche hinauf, ging ins Bad und danach sofort ins Bett, lag da und horchte nach Schritten von draußen, bis ich schließlich einschlief.

Am nächsten Tag wachte ich von Geräuschen aus der Küche auf. Ich stand auf und zog die Kleider vom Vortag an. Er war in der Küche und maß Kaffee ab, als ich die Treppe herunterkam.

»Meine Güte.« Er sah auf. »Sie sind hier?«

»Ich bin gestern gekommen. Alle Türen waren verschlossen, also bin ich durchs Fenster in mein Zimmer geklettert.«

»Ich dachte, Sie hätten gesagt, dass Sie bis heute in der Stadt bleiben.«

»Ja«, sagte ich. »Planänderung.«

Ich schwor mir innerlich hoch und heilig, dass ich nicht fragen würde, wo er gewesen war.

»Soll ich Ihnen Frühstück machen?«

»Ist nicht nötig«, sagte er, »ich habe schon gegessen. Ich mache mir nur ein bisschen Kaffee.«

Ich nickte.

»Ja …«, sagte er, »… ich war bei einem Freund.«

»Ach so.«

»Möchten Sie auch eine Tasse?« Er hielt mir die Kaffeedose hin.

»Ja bitte.«

Ich setzte mich an den Küchentisch, eine beinahe dreiste Handlung. Blickte auf die Tischplatte hinunter, während er Wasser in die Kaffeemaschine goss.

Als der Kaffee fertig war, schenkte er uns ein und setzte sich zu mir.

»Neu«, sagte er und nickte zu meiner Bluse hin, derselben, in der ich tags zuvor gearbeitet hatte.

»Nein, nicht so sehr.«

Plötzlich streckte er eine Hand aus und berührte mich, meinen Oberarm. Zog die Hand rasch wieder zurück.

»Erde«, sagte er, dann führte er den Becher zum Mund.

Ich wurde rot. Erklärte, dass ich am Tag zuvor ein bisschen Unkraut gejätet hatte, während ich auf ihn wartete. Er antwortete nicht. Jetzt fand er mich sicher unreinlich. Wir saßen da, ohne etwas zu sagen.

»Es sieht so aus, als würde es heute schön werden«, sagte er schließlich und sah zur Verandatür hinaus.

»Ja, sieht so aus. Ich wollte vielleicht später den Rasen düngen.«

»Es ist nicht nötig, an einem Sonntag zu arbeiten«, sagte er und stand auf.

Nach dem Kaffee setzte er sich nach draußen. Ich ging nach oben in mein Zimmer und sah vom Fenster aus zu ihm hinunter. Er saß ganz ruhig unter dem Kirschbaum, unter den weißen Blüten, den Kopf zum Garten gewandt. Ich vermisste Musik. Die einzigen Geräusche, die ich in den letzten paar Monaten gehört hatte, waren fernes Motorengedröhn von der Bundesstraße, die Geräusche von Insekten und Vögeln und das schwache Plätschern der Wellen, die unten am Steg gegen die Felsen schlugen. Nicht einmal Radio hörte er. In seinem Leben existierten nur er selbst und ich, die Haushaltshilfe und Gärtnerin. Ich putzte mein Bad, bevor ich nach unten ging und die Tür zum Garten öffnete.

»Soll ich Ihnen Mittagessen machen?«

»Ich trinke nur ein Glas Wein. Weiß.«

Ich sprang zum Kühlschrank und nahm die offene Flasche heraus, ging mit einem Glas für ihn nach draußen, in mir blubberte es. Er wandte mir das Gesicht zu.

»Sie möchten vielleicht auch ein Glas?«

Ich wusste nicht, ob das eine normale, höfliche Frage war oder ob er mehr damit meinte, einen Hinweis auf unvorsichtigen Alkoholverbrauch.

»Ja. Gerne.«

Ich ging hinein und holte ein Glas, nahm die Flasche mit nach draußen. Setzte mich in den Stuhl neben ihm.

»Es wird ein schöner Tag«, sagte er mit ferner Stimme. Das hast du schon gesagt, dachte ich. Ich trank von meinem Glas, es kitzelte kalt im Mund.

»Haben Sie gesehen, dass es hier Mäuse gibt?«, sagte er.

»Wirklich?«

»Ich sehe sie dauernd.«

»Aber nicht drinnen?«

»Nein, hier draußen. Kleine Waldmäuse.«

»Uff.«

»Wir müssen das Haus gut abdichten, bevor der Herbst kommt, sonst kriegen wir Probleme.«

Er hielt mir sein Glas hin und signalisierte, dass ich es wieder auffüllen sollte.

»Wohnen Sie schon lange in diesem Haus?«, fragte ich plötzlich, ehe ich darüber nachdenken konnte.

»Ja«, antwortete er, »es ist mein Elternhaus.«

»Haben Sie schon immer hier gewohnt?« Ich ließ die Frage unmerklich und vertrauenswürdig herausschleichen.

Er nickte zur Antwort. Ich wollte fragen, ob er Kinder hatte, es konnte ja sein, rein rechnerisch konnten sie inzwischen ausgezogen sein, aber ich sagte nichts. Ein so langes Gespräch hatten wir noch nie geführt, es war besser, den Bogen nicht zu überspannen.

»Nehmen Sie ruhig mehr«, sagte er, als ich mein Glas ausgetrunken hatte. Ich goss mir den Rest der Flasche ein. So blieben wir eine ganze Weile, ohne etwas zu sagen. Ich dachte, ich sollte aufstehen und ein bisschen im Garten arbeiten, zeigen, dass ich eine starke Loyalität meiner Arbeit gegenüber fühlte, aber es war so schön, dort zu sitzen, ich blieb wie festgeklebt auf dem Stuhl. Er hatte weiche Augen, wie er dasaß und zu den Bergen über dem Fjord hinübersah, aber es konnte jederzeit aufhören. Ich stand ruckartig auf, mit einem kleinen »Nein!« beim Einatmen, ging über den Hof zum Geräteschuppen und holte den Unkrauteimer. Ging an ihm vorbei, aufgesetzt zuverlässig, und blieb am Rand des Abhangs stehen. Zog mir die Handschuhe an und fing an, Giersch zu jäten. Ich hielt den Blick fest auf den Boden gerichtet, riss die Blätter und Wurzeln heraus und legte sie in den Eimer, arbeitete mich sorgfältig voran, während ich die ganze Zeit seinen Blick im Rücken spürte. Eine Fremde, die in den Handschuhen seiner Frau jätete. Als ich mich umdrehte, um den Eimer auszuleeren, war Bagge hinten bei den Beerensträuchern, schlenderte umher. Ich nahm den Henkel und trug den Eimer zum Komposthaufen, blickte nicht auf, als ich an ihm vorbeiging.

»Wissen Sie, was das ist?«, sagte er, als ich den Inhalt daraufleerte.

»Das? Das ist nur Unkraut«, sagte ich rasch.

Er lachte.

»Nein. Das hier.«

Er zeigte auf die weißen margeritenartigen Blumen, die aus der kleinen Steinmauer herausragten.

Ich ging näher heran.

»Das da.« Ich zögerte kurz. »Das ist, glaube ich, Balderkraut.«

»Das da ist Balderkraut?«

»Es wurde nach Balders Wimpern benannt. Wenn sich

abends die Blütenblätter schließen und wieder öffnen, ist es wie ein Auge, das blinzelt.«

Er sah mich etwas überrascht an.

»Ich weiß das, weil ich als Kind so fasziniert von Balder war.«

»Warum das?«

Er folgte mir durch das dürre, gelbe Gras zurück zum Abhang.

»Er war meine erste Liebe und mein erster Liebeskummer.«

Ich riss weiter Wurzeln aus, mir wurde warm davon, ihn hinter mir stehen zu wissen.

»Ich kann mich nicht an seine Geschichte erinnern.«

»Die Geschichte Balders, des nordischen Lichtgottes? Das ist eine traurige und schöne Geschichte.«

»Gleichzeitig traurig und schön?«

»Sie führt zum Untergang der Welt. Aber der bewirkt auch, dass eine neue und bessere Welt entstehen kann.«

»Eine neue Welt«, sagte er.

Ich nickte.

»Wie?«

»Es beginnt damit, dass er schreckliche Dinge träumt, von Blut und bösen Vorzeichen.«

»Ja?«

»Die anderen Götter sorgen sich um ihn, und sie versammeln sich auf dem Thingplatz. Sein Vater Odin beschließt, es herauszufinden. Er sattelt Sleipnir und reitet nach Helheim. Dort beschwört er eine Seherin herauf, die östlich des Tores zum Garten Hel begraben liegt. Er fragt die Seherin, für wen man drinnen bei Hel gedeckt hat. Die Seherin antwortet widerwillig, dass es Balder ist, für den alles bereitet wurde.«

»Balder soll sterben«, sagte er. Er stand ganz still hinter mir.

»Ja.«

»Und dann?«

»Als Odin mit der Botschaft nach Hause kommt, dass Balder sterben soll, weigern sich die Asen, das zu akzeptieren. Balders Mutter Frigg zieht umher und lässt alle Dinge auf der Welt einen Eid schwören, dass sie Balder nicht schaden werden, Feuer und Wasser, Eisen und Stein, alle Tiere, Vögel und Pflanzen, alle Schlangen, alle Krankheiten.«

»Und so wird er unverwundbar.«

»Ja. Und die Asen beginnen, mit ihm zu spielen: Sie schießen Pfeile auf ihn, werfen Spieße und Steine, sie stechen Schwerter in ihn, aber nichts kann ihm schaden.«

»Aber dann«, sagte er und setzte sich auf die Steinmauer, ich traf kurz seinen Blick und jätete weiter. Er war so merkwürdig. Sah mich an.

»Aber Loki, der am Rand steht und zusieht, wird immer eifersüchtiger.«

»Loki.«

»Ja. Also verwandelt er sich in eine Frau und geht zu Frigg hinüber, die auch das Spiel betrachtet. Loki fragt sie, ob es wahr ist, dass sie wirklich alle Dinge gebeten hat, Balder nicht zu verletzen. Sie bejaht. Aber dann fällt ihr ein, dass sie den Mistelzweig ausgelassen hat, weil er so klein war, dass er unmöglich Schaden anrichten konnte.«

Ich hielt inne. Hatte seit vielen Wochen nicht mehr so viel geredet. Hatte Angst, wie eine Dampfwalze zu wirken, es musste der Wein sein, der mich dazu brachte, einfach loszuplappern, aber Bagge saß ganz ruhig da und hörte aufmerksam zu. Er hatte mich ja gebeten zu reden. Meine Stimme zitterte leicht, ich räusperte mich.

»Loki pflückt den Mistelzweig, und er geht zu Hödur, Balders Bruder. Er fragt Hödur, warum er Balder nicht auch die Ehre erweist, so wie die anderen Götter. Hödur, der blind ist, erklärt, dass er erstens nicht sehen kann und zweitens keine Waffe hat. Ich helfe dir, sagt Loki.«

Er saß mit gesenktem Kopf da und hörte zu, ich riss einen letzten Gierschstängel aus und legte ihn in den Eimer.

»Er legt den Mistelzweig an den Bogen, Hödur spannt den Bogen, und Loki zielt für ihn. Der Mistelzweig durchbohrt Balder, und er fällt tot um.«

Er sah auf, überrascht.

»Aber das wussten Sie doch sicher?« Er saß vor mir und sah auf einmal aus wie ein Kind.

»Er stirbt?«

»Ja.«

»Was passiert dann?«

»Die Asen sind wie gelähmt vor Trauer. Sie bekommen kein Wort heraus, ihre Arme hängen schlaff herunter. Sie stehen stumm und verzweifelt da und sehen einander an. Keiner von ihnen schafft es, den anderen von der Trauer zu erzählen, die er fühlt. Sie können nur weinen. Odin begreift, dass dies das größte Unglück ist, das Göttern und Menschen jemals passiert ist.«

Sein Hals unter dem groben Wollpullover war rot.

Ich nahm den Eimer und schritt über den Hof, leerte ihn auf den Komposthaufen. Bagge blieb auf der Steinmauer sitzen. Es gab nichts mehr zu jäten. Wenn ich mich an der einen oder anderen komplizierteren Arbeit versuchte, würde er sofort sehen, dass ich nicht wusste, was ich tat. Ich ging mit dem Eimer zum Geräteschuppen. Die Sonne war warm. Ich nahm den Besen heraus, ging über den Vorhof und auf die Veranda, begann, sie zu fegen, eine Arbeit, bei der nichts schiefgehen konnte. Fühlte, wie die Sonne mich durchströmte, als ich Bagge von der Steinmauer aufstehen und durch den Garten näher kommen sah.

Er setzte sich auf die Verandatreppe, drehte sich zu mir um, ich zog den Besen mit starken Schwüngen über die Planken, versuchte, es wie einen graziösen Tanz aussehen zu lassen, aber sobald ich das dachte, kam ich ins Stocken.

»Hört es so auf?«, sagte er und zog sich den Pullover über den Kopf.

»Nein, es geht weiter.«

Ich fegte langsamer und erzählte weiter, versuchte, mich an die Details zu erinnern.

»Als die Asen es geschafft haben, sich zu sammeln, fragt Frigg, wer für sie zu Hel reiten und Lösegeld für Balder bieten will, um ihn aus dem Totenreich heraus und zurück nach Asgard zu holen. Hermodr, Sohn von Odin und Bruder von Balder, meldet sich. Er darf Sleipnir ausleihen und reitet los. Währenddessen müssen die Asen Balders Feuerfahrt arrangieren. Kennen Sie die Geschichte?«

»Nein.«

»Die Asen tragen Balders Leiche zum Strand. Balder besitzt das schönste Schiff von Asgard, es heißt Ringhorn. Darauf wollen sie Balder zur Feuerfahrt schicken.«

»Was ist das?«

»Die Leiche und das Boot in Brand setzen und es forttreiben lassen. Aber als die Asen das Schiff zu Wasser lassen sollen, will es sich nicht bewegen. Keiner der Götter schafft es, es auf die Rollstämme gleiten zu lassen, nicht einmal Thor. Zum Schluss müssen sie nach der Riesin Hyrokkin schicken lassen, die auf einem Wolf angeritten kommt und Kreuzottern als Zügel verwendet. Sie ergreift das Heck und schiebt das Schiff beim ersten Versuch elegant hinaus. Thor wird so wütend, dass er versucht, ihr den Schädel zu zerschmettern, aber die Asen können es verhindern. Dann liegt Ringhorn auf dem Wasser. Sie heben Balder auf sein Schild und tragen ihn aufs Schiff. Da bricht das Herz seiner Witwe, die am Strand steht und zusieht. Sie stirbt vor Trauer. Kann nicht ohne ihn leben. Sie tragen sie an Bord und legen sie an Balders Seite.«

»Wie hieß seine Frau?«

»Sie hieß Nanna.«

Er sagte nichts.

Ich hörte auf zu fegen.

»Finden Sie es schön, dass sie vor Trauer gestorben ist?«, sagte ich und schluckte.

»Ja«, sagte er, schwarz im Blick.

»Sein Pferd wird in vollem Zaumzeug aufs Schiff geführt, und Odin legt seinen Ring, Draupnir, dazu. Dann zünden sie das Holz an, und Ringhorn gleitet davon.«

Er saß ganz still.

»Also … ja.« Ich schwieg. War aufgedreht, sicher rot im Gesicht. »Das war es.«

Er antwortete nicht. Wirkte fern.

Ich ging mit dem Besen zurück zum Geräteschuppen. Als ich herauskam, hatte er sich wieder unter den Kirschbaum gesetzt. Er hatte eine Hand um den Stiel des leeren Glases gelegt und winkte mich heran.

»Holen Sie noch eine, Allis?«, sagte er mit belegter Stimme.

»Noch eine Flasche?«

Er nickte.

Ich ging hinein und wusch mir die Hände mit glühend heißem Wasser, rieb die Erde mit Seife weg, wusch mir den Schweiß von der Stirn. Meine Arme und Beine zitterten, ich nahm eine Flasche aus dem Kühlschrank. Als ich wieder in den Garten hinauskam, lag er im Gras. Ich blieb hinter ihm stehen, fragend.

»Haben Sie schon mal versucht, so zu liegen?« Seine Stimme war fern, als ob er eigentlich gar nicht mit mir spräche. Ich legte mich vorsichtig hin, zwei Meter von ihm entfernt. Das Gras kitzelte mich im Nacken.

»Ich sollte vielleicht eine Waschmaschine anmachen. Heute trocknet die Wäsche sicher gut.«

»Es geht doch kein Wind, Allis.« Er krempelte seine Hemdsärmel hoch. Mein ganzer Körper war in Spannung, ich fürchtete, er könnte hören, wie mein Herz schlug. Nach einer Weile sah ich vorsichtig zu ihm hinüber. Er sah aus, als würde er schlafen. Seine Brust hob und senkte sich langsam. Ich wandte ihm vorsichtig den Kopf zu, musterte sein Gesicht. Er hatte feine Falten um die Augen. Sein Haar kräuselte sich um die Ohren ein wenig. Er sah nicht älter aus, als er war. Ich bekam Lust, ihm über die Stirn zu streichen. Sie glänzte ein bisschen von Schweiß. Ich drehte den Kopf zurück und schloss die Augen. Ich konnte mich nicht entspannen, lag nur da und versuchte, ruhig zu atmen. Der Wein, den ich herausgeholt hatte, stand auf dem Tisch und wurde warm. Ich fühlte mich langsam erschöpft. Immer ließ er mich im Rückstand liegen, steuerte mich nach seiner Laune. Erlaubte sich, nach spontanen Einfällen zu handeln. Machte mich traurig und einsam. Er atmete schwer, aber fast lautlos.

Nach einer Weile stand ich vorsichtig auf und ging zum Geräteschuppen, um nachzusehen, ob es dort Mausefallen gab. Ich sah keine. Ging eine Runde ums Haus, um nach Öffnungen zwischen den Fensterrahmen oder im Kellerfenster zu sehen. Keine Maus konnte sich wohl durch diese hohe Grundmauer nagen. Ich erinnerte mich, wie mein Vater unten an allen Türen unseres Ferienhauses Metallbeschläge befestigt hatte. Ich beschloss, nach dem Wochenende solche zu kaufen und alles Gebüsch und Gestrüpp an den Hauswänden zu entfernen, damit die Mäuse nicht daran hochklettern konnten.

Ich warf einen Blick in den Garten. Er lag immer noch im Gras. Es war seltsam von ihm, so plötzlich einzuschlafen, mitten am Tag. Er war wohl schläfrig von der Sonne und dem Wein. Ich ging in die Küche und begann mit dem Abendessen. Als alles fertig war und ich auf die Veranda ging, um Bagge hereinzurufen, hatte es zu regnen begonnen. Er lag ganz still im Regen. Ich wusste nicht, was ich denken sollte. Ich blieb stehen und starrte ihn an. Die Tropfen wurden schwerer, der Regen nahm an Stärke zu. Bald kam ein ordentlicher Schauer. Ich rannte zu ihm hinaus. Sein Haar war durchnässt, das Hemd und die Hose klebten am Körper. Er lag mit geschlossenen Augen da. Ich rüttelte ihn an der Schulter, und plötzlich schlug er die Augen auf und sah mir direkt ins Gesicht, ernst. Sein dunkles Haar klebte an der Stirn. Die Tropfen schlugen gegen seine hervorstehenden Wangenknochen, gegen seine Lippen.

»Mein Gott, Sie können doch nicht so daliegen.«

Er sah mich nur an, die Tropfen hämmerten auf sein Gesicht. Er zog eine Grimasse. Dann begann er zu lachen.

»Machen Sie, dass Sie ins Haus kommen«, sagte ich hart und ergriff seine Hand. Er zog sich hoch und ging hinter mir her über die Veranda hinein.

»Ziehen Sie sich um, bevor Sie krank werden.«

Plötzlich krachte ein Donner draußen. Er sah mich an.

»Kommen Sie jetzt, ziehen Sie sich trockene Kleider an!« Ich schob ihn vor mir her.

»Haben Sie Angst vor Gewitter?«

Seine Stimme war stockend.

»Nein.«

Er ging in sein Schlafzimmer. Kurze Zeit später kam er heraus. Er hatte sich einen dünnen grünen Wollpullover und eine dunkle Hose angezogen. Ich hatte in der Zwischenzeit den Esstisch für ihn gedeckt. Er setzte sich. Wirkte etwas gequält. Ich servierte ihm das Kalb und fragte, was er dazu trinken wollte. Er sagte, Rotwein. Als ich mit einer Flasche aus dem Keller kam, saß er am Tisch und zitterte vor Kälte. Ich holte eine Decke für ihn, die ich dicht um ihn wickelte. Es fühlte sich an wie eine intime Handlung. Er lachte mich aus.

»Was denn. Sie werden noch krank. Ich heize den Ofen.«

Ich ging in die Hocke und schürte den Ofen, während er aß. Ich hörte seine Zähne gegen das Besteck klappern.

»Jetzt verstehe ich, dass Sie jemanden gebraucht haben, der auf Sie aufpasst«, sagte ich, als ich das Feuer in Gang gebracht hatte. Er lächelte. Ich setzte mich hin und schenkte ihm Wein ein. Da senkte er den Blick und aß weiter. Es blitzte draußen, und nach ein paar Sekunden donnerte es wieder.

»Gar nicht weit weg von hier.«

Er antwortete nicht.

»Sie hätten sich die Haare ordentlich trocknen sollen.«

Er kaute langsam ein Stück Fleisch, die Decke dicht um sich herum. Dann legte er das Besteck hin und leerte sein Glas. Ich ging zum Ofen und pustete vorsichtig. Alte Asche wirbelte auf und stob in den Raum, das Feuer flackerte. Ich legte noch ein Scheit nach. Er hatte aufgehört zu essen. Draußen donnerte es.

»Ich glaube, Sie brauchen ein warmes Bad.«

Er wandte sich um.

»Soll ich Wasser für Sie einlassen?«

Er nickte.

Ich stand auf und ging die Treppe hoch, drehte den Hahn in meinem Badezimmer auf, und die Wanne füllte sich langsam. Er hatte, soweit ich gesehen hatte, nie einen Fuß in meine Etage gesetzt, abgesehen vom ersten Tag, als er mir mein Zimmer gezeigt hatte. Ich prüfte mit der Hand, dass das Wasser nicht zu heiß wurde. Als ich mich umdrehte, um zu rufen, dass es fertig war, stand er hinter mir in der Türöffnung. Ich fuhr zusammen, meine Güte, was sollte dieses lautlose Auftreten. »Es ist fertig«, sagte ich. Er war blass im Gesicht, die Lippen leicht bläulich. Ich erhob mich vom Badewannenrand, aber Bagge stand noch immer in der Türöffnung und versperrte den Ausgang. Ohne mich anzusehen zog er sich den Pullover über den Kopf, er hatte nichts darunter. Ich zögerte. Seine Hände fingerten an den Hosenknöpfen, er ging einen Schritt auf mich zu, ich sprang zur Seite und drehte mich weg, als er die Hose fallen ließ, wurde heiß und rot, was machte er da. Er stieg in die Wanne, sein Körper glitt nach vorn, und er legte den Kopf nach hinten auf den Rand, ich hastete hinaus und schloss die Tür unsanft hinter mir.

Ich räumte den Tisch mit hektischen, ruckartigen Bewegungen ab. Wieder musste er auf Biegen und Brechen demonstrieren, dass ich eine Nicht-Person für ihn war, ein Nichts, er zwang mich, eine selbstvernichtende Rolle einzunehmen. Nachdem ich den Abwasch erledigt hatte, legte ich mehr Holz in den Ofen und schenkte mir ein großes Glas Wein ein. Ich ging auf die Veranda hinaus und sog die fast sommerliche Abendluft ein, alles war feucht und grün. Plötzlich kam ein Hagelschauer, ich blieb stehen und starrte die großen Körner an, die gegen die Gartenmöbel hämmerten.

Jetzt lag Bagge wahrscheinlich in der Badewanne und ertrank, ohne es selbst zu merken. In diesem Fall würde er wohl kaum vermisst werden. Ich schloss die Verandatür und ging in den Keller hinunter, um eine neue Flasche zu holen. Wenn er sich solche großen Freiheiten nahm, konnte ich das auch. Ich legte ein paar große Birkenklötze auf, jetzt zeigte sich Wirkung. Er hatte bald eine Stunde in der Wanne gelegen, und das Wasser musste inzwischen kalt sein. Wenn er mit warmem Wasser aufgefüllt hätte, hätte ich es gehört. Sein Verhalten fing an, gekünstelt zu wirken. Mein Gott!, dachte ich plötzlich, gibt es überhaupt irgendjemanden, der weiß, wie es mir geht? Ich hatte seit acht Wochen nicht mit meinen Eltern gesprochen. Hatte mit niemandem Kontakt gehabt. Hier zu leben war, als würde man nicht mehr existieren. Er hatte mich da mit hineingezogen, mit sich zusammen, und gleichzeitig war ich völlig allein. »Oh«, sagte ich leise zum Tisch hinunter. Aber es gab auch keine anderen Orte, an denen ich sein konnte. Und es gab keine andere Arbeit, die ich mir vorstellen konnte. So war es nun mal. Ich wünschte mir wohl nur, dass es hier etwas angenehmer wäre, dass ich mehr Freund sein könnte als stummer Diener. Gerade als meine eigenen Gedanken anfingen, mich zu nerven, hörte ich etwas auf der Treppe, und Bagge, nun angezogen, kam herunter.

»Ist es jetzt besser?«

»Ja, jetzt ist mir warm.«

»Es brennt ganz gut im Ofen«, sagte ich.

»Ich merke es.« Er zog den Stuhl zum Tisch, streckte sich nach der Flasche und schenkte sich ein. Stellte die Flasche wieder ab, ohne mir mehr Wein anzubieten, das enttäuschte mich, auch wenn mein Glas noch fast voll war. Wir saßen stumm da.

»Es hat vorhin ganz schön gehagelt«, sagte ich schließlich.

»Ich habe es am Dach gehört.« Er beugte seinen Kopf herunter. »Sehen Sie, jetzt habe ich es ordentlich getrocknet.«

»Ja, tüchtiger Junge.«

Er lachte, das war überraschend.

»Haben Sie studiert?«, fragte er plötzlich.

»Ja, ein paar Jahre.«

»Was denn?«

»Haushaltsschule«, sagte ich, nervös über meinen eigenen Scherz.

Er lächelte leicht.

»Nur Universitätsfächer, Geisteswissenschaften.«

»Klar.«

Ich hatte mich gefragt, ob er beeindruckt sein würde, wenn ich sagte, dass ich bei der Universität angestellt gewesen war, aber jetzt, wo alles so »klar« war, wollte ich es trotzdem nicht sagen.

»Haben Sie studiert?« Wusste, dass das eine Grenzüberschreitung war.

»Ich habe studiert.«

»Ja …?«

Er nickte.

»Nein, jetzt müssen Sie nachgeben. Sie müssen doch sagen können, was Sie studiert haben.«

»Recht und Gesetz.« Er sagte es in die Luft.

»Aha.« Ich beschloss, ihm keine weiteren Fragen zu stellen, es war unmöglich zu wissen, wann man zu weit gegangen war. Eine Weile sagte niemand von uns etwas. Meine Wangen waren heiß vom Wein und der Wärme des Ofens. Er sah mich an.

»Haben Sie im Sommer Urlaubsbedarf?«

»Nein, darüber habe ich nicht nachgedacht. Ich habe keine Pläne.«

»Es ist schön, wenn Sie die ganze Zeit hier sein können.«

»Das ist kein Problem.«

Ich wünschte, er würde sein Glas erheben und mir zuprosten, aber er saß ganz ruhig da und machte keine Anstalten zu irgendetwas. Er konnte nicht immer so gewesen sein. Ich hoffte, er würde mich bitten, noch eine Flasche zu holen, wenn diese hier leer war, dass er etwas redseliger würde und plauderte, wenn er mehr getrunken hatte.

»Ich habe mich gefragt, ob ich morgen die Gartenmöbel streichen soll, falls es sonnig ist.«

»Das können Sie machen.«

»Ich habe im Geräteschuppen ein paar Dosen Öl gesehen.«

Er nickte, desinteressiert. Diese Kommunikation, dachte ich, auf und ab, der Teufel soll ihn holen. Hier saßen wir, er und ich, bei prasselndem Feuer und dem schwachen Duft des nassen Grases von draußen. Ich goss den Rest Wein in sein Glas. Jetzt lag es bei ihm. Ich vermisste es, betrunken zu werden. Vermisste es, zu lächeln, vermisste es, unbekümmert und gelöst zu sein. Aber ich wollte nicht, dass er mich für dumm hielt. Ich fühlte mich schrecklich jung, im negativen Sinne. Wenn ich nur die Chance bekäme, etwas Intelligentes zu sagen. Er nahm einen Schluck aus seinem Glas. Es war noch nicht ganz leer. Er sah mich nicht an. Plötzlich holte er Luft, als ob er etwas sagen wollte. Aber es war still. Ich fragte mich, ob er mich hübsch fand. Ob er sich überhaupt Gedanken über mich machte oder ob ich nur ein menschlicher Besen für ihn war. Wahrscheinlich lebte er auf einer geistigen Ebene, auf der solche Dinge völlig uninteressant waren. Beim Gedanken daran, wie dumm ich war, als ich die Kleider gekauft hatte, musste ich mir ein grimmiges Lächeln verkneifen, jedes Teil war für ihn gewesen. Warum dachte ich so, war es nur, weil ich jemanden vermisste? Und weil Bagge jetzt der einzige Mann in meinem Leben war, nicht ganz freiwillig von meiner Seite aus. Aus dem Augenwinkel konnte ich ihn sein Glas leeren sehen. Ich legte Daumen und Zeigefinger um den Stiel und drehte mein Glas langsam, ein Signal, dass die Gesellschaft für meinen Teil gerne weitergehen konnte.

»Vielleicht holen Sie noch eine Flasche, Allis?«

Ich schnellte hoch, plötzlich von allen Fesseln befreit. »Rot?« Er nickte. Rot, rot, dachte ich die Stufen zum Keller hinunter, leicht schwankend. Flaschen in Regalen an allen Wänden. Ich ahnte, dass es guter Wein war, aber ich hatte keinen Schimmer. Jedes Mal wählte ich willkürlich eine Flasche. Es war seltsam, dass er mir nie richtige Anweisungen gegeben hatte, was ich dort unten nehmen sollte. Ich knüpfte einen Knopf an meiner Bluse auf und ging wieder nach oben.

»Es ist schön, dass Sie genauso gern Wein trinken wie ich«, sagte er und nahm die Flasche entgegen.

»Ich trinke nicht gern Wein, ich trinke gern Alkohol«, antwortete ich.

Er lachte kurz auf, öffnete die Flasche und schenkte uns ein. Das war es, was ich am Rausch mochte. Dass man mit verhältnismäßig einfachen Hilfsmitteln schwuppdiwupp eine Alternative zu sich selbst werden konnte. Ich hielt Bagge mein Glas entgegen. Er sah nicht überrascht aus, hob nur sein Glas ein wenig in meine Richtung, sah mich einen kurzen Augenblick an und führte das Glas zum Mund. Zusammen bildeten wir ein fast perfektes gleichseitiges Dreieck. Er an der Schmalseite des Tisches, ich an der Längsseite und die Flasche vor uns auf dem Tisch. Normalerweise hatte ich nichts gegen Stille, aber jetzt fühlte ich mich fast verzweifelt. Durch meinen Kopf raste eine Lawine von Sätzen, die ich zu ihm sagen wollte, aber keiner davon war möglich. Ich wollte so gern, dass er ein bisschen interessiert an mir war, dass er mehr über mich wissen wollte, er wusste fast nichts darüber, wer ich war. Warum wollte er es so haben? Draußen war es dunkel geworden, aber es regnete nicht mehr. Im Ofen glomm es nur noch, und ich stand auf und legte noch einen großen Klotz hinein. Als ich mich wieder auf den Stuhl setzen wollte, verlor ich das Gleichgewicht, und intuitiv griff ich nach ihm. Er reagierte und fasste mich um die Schultern. Ein allzu lautes und jähes Gelächter entfuhr mir, und er ließ mich los. Ich blieb vor ihm stehen.

»Entschuldigung.«

»Vielleicht haben Sie genug«, sagte er trocken.

Ich setzte mich hin.

»Nein, es war nicht deshalb, ich habe nur das Gleichgewicht verloren. Ich vertrage eine ganze Menge.«

»Sind Sie sich sicher?«

»Ganz sicher.« Ich spürte immer noch den Druck seiner Hände um meine Schultern, ein fester Griff, beinahe hart. Ich nahm einen großen Schluck, um ihm zu demonstrieren, dass ich noch längst nicht genug hatte.

»Was für ein langer Tag«, sagte ich, damit die Stille nicht wieder überhandnehmen sollte.

»Ja. Sind Sie müde?«

»Nein, überhaupt nicht. Sie?«

»Nein.«

Meinetwegen konnten wir gerne die ganze Nacht aufbleiben. Ich wollte Bagge sagen hören, dass er mich mochte. Dass er froh war, dass ich da war. Ich wollte ihn fragen, ob er es lästig fand, mich im Haus zu haben, nur damit er das Gegenteil sagte, ein kindischer Impuls. Ich hielt den Mund.

»Haben Sie Angst vor mir?«

Ich verschluckte mich fast am Wein.

»Angst vor Ihnen? Nein, ich …«

Er sah mich an, sein Blick mit einem Mal dunkel, bohrend.

»Vielleicht ein bisschen«, antwortete ich schließlich. Da huschte etwas Mildes über sein Gesicht.

»Das verstehe ich. Aber das brauchen Sie nicht zu haben.«

»Warum fragen Sie?«

»Nein«, sagte er.

»Ich habe vielleicht ein bisschen Angst, dass ich Ihnen lästig bin«, sagte ich.

Er nickte.

»Ich finde nicht, dass Sie das sind.«

Ich spürte ein Ziehen in der Magengegend.

»Das ist gut.«

»Ich finde, Sie sind genau so diskret, wie ich es wollte.«

Er sah mich an, als hätte er mir gerade ein großes Kompliment gemacht.

»Es gibt natürlich … vieles, was ich mich frage«, sagte ich, so vorsichtig ich konnte.

Er nickte.

Ich konnte mich nicht überwinden, mehr zu sagen, jedenfalls nichts mehr, das mit Bagges Meinung über meine Diskretion in Einklang gebracht werden konnte. Das Ticken der Wanduhr wurde kräftiger. Selber tick tack, dachte ich erbittert. Ich wollte hinausgehen. Ich konnte draußen im Garten ganz still in der Dunkelheit stehen, nur in die Schwärze hinausblicken und mich für ihn interessant machen. Dann würde er etwas zum Nachdenken haben. Dann konnte er sehen, dass es auch mir nicht fremd war, mich sonderbar zu benehmen, dass es noch mehr Leute gab, die diese Kunst beherrschten. Oder ich konnte ganz ohne Vorwarnung sagen: »Nein, jetzt ist aber Schluss mit dem Wein!«, und hinaufgehen, ohne eine Miene zu verziehen. Gute Nacht. Ich wusste, egal, was ich tat, es würde ihn nicht kümmern. So wurde man eben, nach einer langen Zeit der selbstgewählten Einsamkeit. Eingeschränkt und gefühllos, unfähig, Wärme von anderen Menschen anzunehmen. Was war aus seiner Frau geworden? Hatte sie ihn verlassen? Ich verstand, dass er mich als Zuschauer seines Lebens haben wollte. Es war eine notwendige Rollenverteilung, ohne Raum für Symmetrie in irgendeiner Form. Ich spürte, dass ich allmählich betrunken wurde. Das Gefühl wurde von der Stille und der wackeligen Kommunikation verstärkt und von dem totalen Mangel an Vertrautheit zwischen uns. Ich merkte, dass ich ungeduldig mit den Fingern auf den Tisch trommelte. Er ließ sich solche Dinge nicht anmerken. Er sah aus, als hätte er mit seinem inneren Leben mehr als genug. Ich hatte mit meinem nicht genug. Begann, es leid zu werden, mich verschmäht zu fühlen. Draußen war es windstill und kohlschwarz.

»Tjaja. Fühlen Sie sich gesund?«, fragte ich auf einmal und stockte beim Geräusch meiner Stimme, das die Stille durchbrach. Er blickte zu mir auf.

»Ja, danke der Nachfrage.«

Sein Blick warnte mich: genug. Mein Herz pochte in der Brust, aber ich hielt seinen Blick fest.

»Gern geschehen«, sagte ich, und dann rutschte mir ein unbehagliches Gelächter heraus, das ich schnell unter Kontrolle bekam. Jetzt war ich so geworden. Ein ekelhaftes, dummes Mädchen. Lästig, spechtartig. Nichts zu verlieren. Etwas Dunkles brodelte in mir.

»Wie heißt Ihre Frau?«

»Warum wollen Sie das wissen?«

»Kommt sie nicht bald nach Hause?«

»Noch nicht.«

Ich spürte, dass ich meine Gesichtsmuskeln nicht mehr steuern konnte, die Mundwinkel wurden auseinandergezogen, ich fühlte mich wie Loki, wie ich dort mit meinem unfreiwilligen Grinsen saß und die Zähne bleckte. Ich rückte meinen Stuhl unsicher nach hinten und wankte die Treppe hinauf.

Das Gesicht im Badezimmerspiegel blickte beschämt zu mir zurück. Ich hatte die aufgerissenen Froschaugen, die ich immer bekam, wenn ich getrunken hatte und mich dumm fühlte. Es war frühmorgens, ich trank drei Glas Wasser hintereinander und schluckte ein paar Schmerztabletten. Die Hände zitterten. Über der Badewanne lag Bagges Handtuch, immer noch feucht, ich legte es an mein Gesicht, sog seinen Geruch ein. Jetzt würde er mich wieder nach Hause in die Stadt schicken. Ich duschte lange, zog mich an, blieb oben an der Treppe stehen und horchte nach ihm. Ich putzte mir die blaue Farbe von den Zähnen, schrubbte meine Gesichtshaut heftig, cremte mich ein. Horchte wieder. Er war noch nicht wach. Vorsichtige Schritte die Treppe hinunter und in die Küche. Der Kaffee wurde besonders stark, ich setzte mich an den Küchentisch. Wartete nervös und dachte darüber nach, was ich sagen sollte, wenn er aufstand. Eine Stunde verging. Ich setzte eine neue Kanne auf. Eine weitere Stunde verging. Er war nie so spät dran. Vielleicht hatte er ein Taxi in die Stadt genommen, nachdem ich ins Bett gegangen war, in einem Hotel eingecheckt, eine Prostituierte aufgesucht, um mich zu bestrafen. Auf einmal fing ich an zu weinen, auch wenn das letzte Mal noch nicht lange her war. Ich hörte auf zu weinen und horchte nach Geräuschen von Bagge, hörte aber nichts aus dem Schlafzimmer. Ich erlaubte mir, noch ein bisschen zu weinen. Konnte ich es ihm erzählen, wenn er aufgestanden war, dass ich Geburtstag hatte? Bei dem Gedanken wurde mir schlecht. Es versprach ein weiterer sonniger Tag zu werden. Ich machte die Küchentür auf, die Luft war schon warm. Ich bin nichts, dachte ich. Ich bin nichts, und ich habe nichts. Laufe herum wie eine Schale. Sollte einfach aufhören, es zu versuchen. Ich ging hinaus und in den Geräteschuppen. Scham, Scham. Das Bild kam jetzt öfter in mir hoch, es tauchte in meinem Kopf auf, ohne dass ich es verhindern konnte. Sah mich selbst dort unter ihm liegen wie ein rubenssches Weihnachtsschwein, mit heruntergezogener Strumpfhose. Die Gestalten in der Türöffnung, wie kalte Schauder im Augenwinkel. Nein, nein. Kann nicht zurück, muss hier sein. Mir drehte sich der Magen um, ich holte den Unkrauteimer und die Handschuhe heraus, eilte in den Garten hinunter und jätete, jätete noch schneller, hatte furchtbare Angst, die Arbeit zu verlieren. Wieder in den Geräteschuppen, nach der kräftigsten Gartenschere suchen und den Schubkarren zu den Obstbäumen schieben. Fing im Gebüsch hinter den Birnbäumen an. Hackte das Gestrüpp systematisch herunter, fuhr Fahrt um Fahrt mit der Schubkarre und warf alles auf einen Haufen. Ich arbeitete mehrere Stunden lang, vergaß den Hunger. Der Anblick meiner braunen Arme in den großen Arbeitshandschuhen beruhigte mich. Braune Fußgelenke in den Arbeitsschuhen. Die Arbeit draußen hatte mich stärker gemacht, robust. Ich fuhr die letzte Fuhre zum Haufen, goss Wasser rundherum, dann setzte ich das Ganze in Brand. Ich achtete gut auf das Feuer und rechte mit langsamem Eifer Zweige, Blätter und Abfälle in die Flammen. Durch den dichten Rauch kam er angerannt.

»Um Himmels willen, ich dachte, es brennt!«

»Ich habe es unter Kontrolle.«

»Haben Sie Löschwasser?«

»Ja. Entspannen Sie sich ruhig. Ich weiß, wie man das macht.«

»Na gut«, sagte er.

Ich spürte, dass ich nicht viel zu verlieren hatte. Nach gestern stand es Spitz auf Knopf. Er zögerte hinter dem Rauch.

»Ja, ja. Dann passen Sie gut auf. Ich mache mir das Abendessen heute selbst.«

Er wandte sich um und ging zum Haus zurück.

Graue Aschefetzen hingen in der Luft. Die Gartenabfälle verwandelten sich langsam in schwarze Kohle. Während ich mit dem Gartenschlauch in der einen und dem Rechen in der anderen Hand dastand, musste ich an Johs denken, Johs, der immer nur gut zu mir gewesen war, und trotzdem hatte ich alles daran gesetzt, sein Leben in Schutt und Asche zu legen, seines und mein eigenes, für den Rundfunkchef, »K«, wie ich ihn nannte, eine Person, die sich streng genommen nicht einmal besonders für mich interessierte. Er musste so viele gehabt haben. Ich stellte sie mir oft vor, knallharte Körper und perfekte Frisuren, zweifelhafte, souveräne Frauen. Dass man nicht lernen konnte, sie einfach durchzustehen, diese irrationale Idiotenkraft im Menschen, zu erkennen, dass es eine vorübergehende Wahnvorstellung ist, und stark zu sein. Zu wissen, dass es im tiefsten Inneren um Eitelkeit ging, dass der Gedanke an die Gefühle, die jemand für dich haben soll, genauso stark ist wie die Gefühle, die man für den anderen hat: Ich bin viel zu viel, als dass nur eine Person von mir wissen sollte! Man bekommt die Chance, von Neuem entdeckt zu werden: Lausche! Ich mag diese Musik. Schmecke! Ich mag diesen Wein. Höre! Ich habe dieses Wissen in mir. Fühle! Ich liebe auf diese Weise.

Vor mir lag ein Häuflein aus schwarzer Asche und Kohle. Es rauchte ein bisschen. Ich spritzte noch ein wenig mehr Wasser über das Ganze und zog den Gartenschlauch mit zum Haus hinauf. Ging auf der Rückseite des Hauses hinein und in mein Bad hinauf, hatte Rußflecken im Gesicht, ich wusch mich und ging nach unten, um mir etwas zu essen zu machen. Er saß in seinem Stuhl im Wohnzimmer.

»Sind Sie hungrig?«

Er schüttelte den Kopf: »Ich habe gerade gegessen.«

Ich schmierte mir ein paar Scheiben Brot, die ich an der Küchenzeile stehend aß, er saß mit einem Buch auf dem Schoß da. Als ich die Arbeitsfläche säuberte, legte er das Buch zur Seite und sah auf.

»Ich gehe hinunter, ein bisschen angeln.«

Ich wandte mich um.

»Ich habe auch eine Angel für Sie. Sie angeln doch gerne?«

Es fiel mir schwer, die blubbernden Glücksgefühle zurückzuhalten, ich antwortete, ich hätte schon immer gern geangelt. Er stand auf und ging in den Keller, kam mit zwei Ruten und einer Hakenbox zurück.

»Und ein Messer haben Sie?«

»Es sind Messer im Bootsschuppen«, sagte er und ging vor mir durch die Verandatür.

Hintereinander gingen wir stumm zum Steg hinunter, er zuerst, in mir kribbelte es. Der Abendhimmel war sommerhell und klar. Er wählte einen orangefarbenen Blinker für mich aus, sagte, es sei der beste, den er habe. Ich fingerte viel zu lange herum, um ihn an der Schnur festzuhaken, verfluchte mich selbst, weil ich so ungeschickt war. Zum Schluss musste er helfen. Ich wusste kaum noch, wie man vorgehen musste, um eine Angel auszuwerfen. Ich hatte mich während meiner ganzen Zeit bei Bagge sehr angestrengt, um den Eindruck zu erwecken, ich sei eine Art Naturmädel, aber das war mir bis jetzt nicht besonders gut gelungen.

»So«, sagte er und zeigte es mir.

Nach drei missglückten Versuchen schaffte ich es endlich,

einen schönen Wurf zustande zu bekommen. So standen wir da, machten ein paar Würfe und zogen die Schnur wieder ein, nebeneinander auf dem Steg, den rosa Abendhimmel vor uns. In meinem Inneren erfand ich manisch Gespräche zwischen uns, was er sagte, was ich antwortete, wie er reagierte, lächelte, ich sagte etwas Lustiges, und er lachte, antwortete etwas Intelligentes, ich parierte, und er lachte, machte einen eleganten, maskulinen Wurf, er sah mich aus den Augenwinkeln an, und ihm fiel auf, wie hübsch und weiblich ich war, wie viel Glück er hatte, einen solchen Menschen in seinem Leben zu haben, ich beugte die Angel nach hinten und warf die Arme nach vorn, der Blinker sauste durch die Luft, während die Rolle mit einem herrlichen Geräusch Schnur ließ, er sah mich an und dachte daran, wie stark und schön ich war, ich überlegte, wie ich vermitteln konnte, dass mein Geburtstag war, er würde mir gratulieren, und beim Gedanken, dass es stimmte, ich Geburtstag hatte, an diesem Tag vor dreiunddreißig Jahren geboren worden war, würde er beinahe gerührt sein, was für eine Vorstellung, denn jetzt war ich hier bei ihm.

»Tja, ich habe heute Geburtstag«, rutschte es mir heraus.

Er drehte sich zu mir um.

»Sie haben heute Geburtstag?«

Ist es die Möglichkeit, dachte ich, mit so etwas herauszuplatzen, als wäre ich acht Jahre alt, was war ich für ein verwachsener Idiot, so unwürdig.

»Dreiunddreißig?«

Ich nickte, flau, warum musste ich das nur sagen! Ein Benehmen, das meinem neuen Alter nicht zustand.

Er kurbelte ein. Dann legte er die Angel zur Seite und ging in den Bootsschuppen. Kurz darauf kam er mit einer Flasche in der Hand heraus.

»Sehen Sie mal, was ich gefunden habe.« Es war eine kleine, halb ausgetrunkene Flasche Calvados. Er zog den Korken mit einem Plopp heraus und nahm einen Schluck. Dann reichte er mir die Flasche. Es rieselte warm hinunter, als ich einen Schluck nahm und ihm die Flasche zurückgab.

»Alles Gute zum Geburtstag, Allis.«

»Danke«, sagte ich und fühlte mich so klein, so klein.

Er nahm einen Schluck und gab mir die Flasche wieder.

»Gut«, sagte ich.

»Ja.«

Die See war golden und blank. Es hatte die ganze Zeit, in der wir dort standen, keine einzige Welle gegeben. Er zog seine Schnur ein und nahm noch einen Schluck, reichte mir die Flasche. Es war eine unerwartet intime Handlung, aus derselben Flasche zu trinken. Er ließ es vertrauenswürdig wirken, aber das war es nicht.

»Was machen Sie eigentlich hier?«, sagte er plötzlich.

Ich sah ihn an.

»Warum arbeiten Sie nicht, sind mit Leuten zusammen?«

»Streng genommen arbeite ich ja und bin mit Leuten zusammen.«

»Naja, aber nur gerade so.«

Jetzt kam das Bild zu mir zurück, die grauen, teigigen Schenkel, ich richtete den Blick fest auf das Wasser hinunter, um es zum Verschwinden zu bringen.

»Ich fand eben, es wäre zu früh, mit dem normalen Leben anzufangen.«

»Jetzt, wo Sie dreiunddreißig sind, ist es aber vielleicht doch an der Zeit.«

»Finden Sie?«

»Meinetwegen können Sie ja gerne tun, was Sie wollen«, sagte Bagge und reichte mir die Flasche. Ich nahm einen tiefen Schluck und brachte endlich wieder einen schönen Wurf zustande.

»Machen Sie sich keine Gedanken darüber, wie dumm Sie sich gestern benommen haben.«

»Danke. Entschuldigung.« Ich kurbelte ein, und mein Gesicht wurde rot. Du hast dich auch dumm benommen, dachte ich. Die Sonne war untergegangen, es war vollkommen windstill. Ich versuchte, ganz lautlos zu atmen, um nicht mehr als notwendig zu stören.

»Ein paarmal habe ich hier Heilbutt am Haken gehabt«, sagte er leise. »Jetzt im Mai ziehen sie ganz nach oben bis in fünf, zehn Meter Tiefe.«

»Wahnsinn.«

»Und bald sind ja auch die Makrelen hier. Ansonsten fängt man meistens Pollack.«

Ich spürte ein Ziehen im Magen, als es plötzlich am Ende der Stange zu rucken begann.

»Aber ich mache recht gute Fischfrikadellen aus Pollack«, sagte er.

»Das müssen Sie mir beweisen«, sagte ich, und jetzt entdeckte er den Bogen in meiner Angel. Es war Kraft am anderen Ende, ich spannte meinen ganzen Körper an und kurbelte schnell ein, während mein Puls stieg und stieg.

Er warf seine Angel zur Seite und rannte zu den Steinen hinter dem Schuppen, nahm einen Käscher von der Wand und kam zurückgerannt. Ich zog den zappelnden Fisch aus dem Wasser.

»Sind Sie bereit?«

»Ja.«

Er breitete den Käscher aus und fing das glänzende, starke Geschöpf ein, hievte es auf den Steg hinüber. Ich ging in die Hocke und legte eine Hand auf den Rücken des Fisches, während ich ihm mit der stumpfen Seite des Messers dreimal kurz auf den Kopf schlug.

»Tja, das ist jedenfalls kein Pollack«, sagte er, als ich den Fisch totgeschlagen hatte und wir den Fang betrachten konnten.

»Meerforelle«, sagte ich.

»Ja. Nicht die weltgrößte, aber sie sieht schön aus.« Er wog die Forelle zwischen den Händen.

»Ein Kilo.«

»Sollen wir sie für morgen aufheben, oder sollen wir sie als Nachtimbiss essen?«

»Wir machen sie jetzt«, sagte er und sah mich ernst an. »Das ist der erste Fisch des Jahres. Wir machen ein Feuer.«

Er kam mit einem Brett aus dem Bootsschuppen und kniete sich hin, legte den Fisch auf das Brett. Er schlitzte den Bauch auf und ergriff die Eingeweide, drehte die Hand und schnitt dann den Kopf ab. Ich konnte den Blick nicht abwenden. Er war schön mit Blut an den Händen. Er warf die Eingeweide ins Wasser, eine Möwe stürzte hinunter und schnappte sie sich im selben Moment. Er stand auf und ging zu den Steinen hinüber, wusch den Fisch im Meer, während die Möwen über uns wie verrückt schrien.

Es war stockdunkel, es blitzte bloß hier und da in der schwarzen See. Wir aßen still und tranken Schlucke von kaltem Weißwein dazu. Ich hatte den Fisch mit Senf und Dill in Folie gebacken, die Kohle knisterte im Kugelgrill. Es war eine kühle Nacht, ich hatte eine Decke um mich gewickelt.

»Ich würde gerne wissen, wovor Sie davongelaufen sind«, sagte er.

»Als ich herkam?«

»Ja.«

»Jetzt bin ich jedenfalls hier.«

»Das sind Sie.«

»Ist es so sicher, dass ich vor etwas davongelaufen bin?«

»Glauben Sie, ich merke das nicht?«

Aus den Augenwinkeln wusste ich, dass er mich direkt ansah. Es war unklar, was für ein Signal er senden wollte, ich hielt den Blick fest auf den Fjord gerichtet.

»Wie lange …«, sagte ich zögernd, »… sind Sie noch allein hier?«

»Sie meinen, wann Nor zurück ist?«

»Nor?«

»Das ist ihr Name. Es dauert wohl noch eine Weile, sie ist weit weg.«

Etwas krampfte sich in mir zusammen. Nor. Sie hatte einen Namen, damit existierte sie. Ich fragte nicht weiter, falls er sich wieder verschließen würde. Ich nahm das Glas und trank es aus, um meine Enttäuschung zu verbergen. Er registrierte es und streckte sich nach der Flasche, füllte mein Glas, ohne dass jemand von uns etwas sagte. Das war unsere Gesprächsform geworden. Wein trinken, das Glas heben und zum Mund führen, einander einschenken, neue Flaschen holen. Ich war immer noch stolz, den Fisch vor Bagge gefangen zu haben. Hoffte, dass ihm das gefallen hatte. Dass ich Fähigkeiten hatte, dass ich uns versorgen konnte. Dachte, dass ich mir nicht erlauben konnte, enttäuscht zu sein, nur weil es sich zeigte, dass seine Frau einen Namen hatte. Es war mir ja klar, dass sie existierte, was war ich denn für eine, die herumlief und träumte, Frauen von anderen würden nicht existieren. Allis, sagte ich innerlich, du bist nicht mehr diese Person. Du bist eine andere. Das war ein befriedigender Gedanke. Ich wiederholte ihn ein paarmal. Du bist eine andere. Es ist möglich, jemand anders zu werden. Ein milder Luftzug vom Fjord im Haar, der Geruch von Meer. Ich war jetzt ganz ruhig, in einem Gedankenblitz dachte ich, dass es »paradiesisch« war, so in der Dunkelheit zu sitzen, mit ihm, nur hier und da seine leise, ruhige Stimme zu hören, mir einzubilden, dass ich beinahe die Wärme seines Körpers spüren konnte. Ich wollte so gern wissen, was er war, was er gearbeitet hatte oder arbeitete, wer er war.

»Was haben Sie gemacht, bevor Sie hergekommen sind?«, fragte er plötzlich, als ob er gehört hätte, was ich dachte, und mir zuvorkommen wollte.

»Was ich gearbeitet habe?«

»Ja, was haben Sie getrieben?«

»Ich bin Historikerin.«

»Wirklich? Das hätte ich nicht gedacht.«

»Warum nicht?«

Er sah ein wenig überrascht aus.

»Ich weiß nicht.«

»Finden Sie, ich wirke geschichtslos?«

Er lachte kurz.

»Ich habe ein paar Jahre unterrichtet. An der Universität.«

Er antwortete nicht.

»Ältere norwegische Geschichte. Damit habe ich mich am meisten beschäftigt.«

Er sagte immer noch nichts.

Wir tranken, ohne ein Wort zu sagen. Ich war müde und betrunken, es schaukelte ruhig in mir. Ich sah auf das blitzende Wasser hinaus, hörte das Meer, das weich gegen den Tang schwappte.

»Kann ich mich auf Sie verlassen?«, fragte er plötzlich.

»Was meinen Sie?«

»Sind Sie verlässlich?«

»Ganz generell?« Ich versuchte zu grinsen, aber ich brachte es nicht richtig zustande.

»Sie wissen, was ich meine.«

»Nein?«

Er sah mich nicht an. Ich verstand, dass es eher eine Art Anklage war als eine Frage, oder etwa nicht? Was fragt er mich da, ob ich treu bin?

»Warum fragen Sie?«

»Ich muss mich auf Sie verlassen können.«

»Ich bin verlässlich«, sagte ich. Versuchte, es mit einer Art stillem Nachdruck zu sagen. Ich wandte mich zu ihm: »Ich bin es. Und Sie?«

Er wollte meinem Blick nicht begegnen, saß nur da und sah auf den Fjord hinaus, ohne zu antworten. Ich wandte mich zurück. Ich bin es, wiederholte ich innerlich.

»Ich kann genau so sein, wie Sie es wollen«, sagte ich und bereute es sofort. Es klang hohl und rückgratlos, am besten sagte ich nichts mehr. Ich holte Atem und war still.

»Kyrie eleison«, kam es leise von Bagge. Er drehte sich um und starrte mich an, ich musste lachen, weil der Mond seine Augen leuchten ließ wie bei einer Katze.

»Was haben Sie gesagt?«

»Und Kyrie elysion.«

Dann schwieg er und sah aus, als ob er es bereute.

»Das wäre ein schöner Name. Noch schöner als Allis«, sagte er.

»Elysion.«

»Ja, Sie sollten ihn wechseln.«

»Spinner.«

Er leerte die Flasche und stand auf.

»Elysion?«, sagte er zu mir gewandt.

»Allis«, sagte ich.

»Elysion Hagtorn.«

»Ich weiß, was Elysion ist.«

»Was denn?«, sagte er.

»Ins Elysion zu kommen? Das ist sterben.«

Er machte einen Schritt nach hinten auf den Rand zu.

»Wollen Sie mit mir baden, Elysion?«

Er zog sich das Hemd aus, ließ es auf den Boden fallen und ging rückwärts, ohne mich aus den Augen zu lassen. Ich rührte mich nicht. Sein Blick war so merkwürdig. Wie bei einem Tier.

»Was ist mit Ihnen?«

Er antwortete nicht, ging nur langsam rückwärts.

»Wollen Sie?«

»Ich bade nicht«, sagte ich angespannt.

Er ging Schritt für Schritt, bis er am Rand stand. Dann warf er sich nach hinten und war verschwunden. Danach hörte ich nichts mehr. Ich saß auf der Mauer und hörte nur das Echo des Aufplatschens wieder und wieder in meinem Kopf, bevor ich zum Rand stürzte und in die schwarze See hinunterblickte. Das eine Platschen, dann nichts mehr. Er war weg. Ich kam fast in Zweifel, ob er wirklich hier gewesen war. Ich wartete darauf, dass mich der eine oder andere Instinkt zum Handeln bringen würde, aber ich stand nur da und sah hinunter, paralysiert. Ratlos. »Ich … ich …«, konnte ich mich selbst japsen hören, aber ich stand nur da, konnte mich nicht rühren, nur das, als ob ich versuchte, mich zu erklären: »Ich … ich …!«, mit offenem Mund und aufgerissenen Augen hinunter in die Schwärze. »Hallo!«, schrie ich. »Hallo?!«

Mit lautem Keuchen brach er durch die Oberfläche. Ich schrie auf.

»Warum haben Sie mich nicht gerettet, Elysion?«

Er kletterte die Leiter zum Steg hinauf, kam tropfnass auf mich zu, lachend. Das Tier in ihm. Etwas durchfuhr mich, ich schlug ihm ins Gesicht, so fest ich konnte, und drehte mich um, rannte die Treppe hinauf.

»Elysion!«, rief er mir nach.

Ich rannte, so schnell ich konnte, musste fort, bevor er hinterherkam, bevor er kam, um mich zu holen. Ich blickte mich um und sah ihn kurz aufblitzen, ein vom Mond erleuchteter Oberkörper, ich schluchzte auf und rannte vornübergebeugt und erschöpft durch den Garten und über den Hügelkamm in den Wald hinein, blickte mich wieder um und sah ihn in seiner durchnässten Hose die Treppe heraufkommen, sein schwarzes Haar klebte ihm am Kopf. Sein Blick fiel auf mich. Ich rannte weiter, immer weiter und weiter hinein, spürte, dass meine Knie auf dem weichen Waldboden langsam nachgaben. Hielt mitten im Wald inne, musste mich sammeln, wieder Luft bekommen. Der nächtliche Wald, ganz schwarz und still, nur mein Atem, der alles Schlafende weckte. Ich blickte mich um, glaubte, ihn zu sehen, lief weiter zwischen bärtigen Bäumen hindurch, Zweige ritzten mein Gesicht, rissen an meinen Haaren, an der Bluse. Heute Nacht sterbe ich. Musste wieder stehen bleiben, versteckte mich hinter einer dicken Eiche und konnte wieder Luft holen. Stand stocksteif da, spürte überall Hände, die nach mir greifen wollten. Die Lunge brannte, ich versuchte, kein Geräusch zu machen, aber musste nach Atem ringen, im selben Moment legten die Schreie einer Eule sich über den Wald, tiefes Stöhnen zwischen den Bäumen, jammerndes Hu-hu. Ich horchte nach knackenden Zweigen auf dem Hügel, wenn er näher kam, würde er mich kriegen. Wusste nicht, wie tief ich im Wald war, ich fror. Er war unberechenbar. Die Wangen kochten, kalter Schweiß brach mir aus. Hier konnten Tiere sein, aber was für Tiere? Hirsche und Rehe, genauso angstvoll wie ich, aber was noch? Dachte darüber nach, was mir in der Tiefe des Waldes begegnen würde. Früher oder später würde ich auf die Bundesstraße treffen, oder lief die Straße parallel? Konnte gehen, bis ich Autos hörte, aber die Straße war ja nachts so wenig befahren. Keine Häuser, nichts. Und wenn ich es durch den Wald schaffte bis zur anderen Seite, was erwartete mich dort? Das, vor dem ich geflohen war. Ich holte Atem, zögerte. Was war es, das bewirkt hatte, dass ich so reagierte? Ich schämte mich plötzlich. Der Wolf in ihm. Ich machte einen Schritt vom Baum weg, ließ den Blick über den Wald schweifen, überall schwarz. Nirgendwo die Außenbeleuchtung des Hauses. Begann langsam zurückzugehen, den Weg, den ich hoffentlich gekommen war. Dunkel und grau, stille Nacht. Schlich über den Waldboden, über trockene Blätter. Das Herz bis zum Hals schlagend. Hielt plötzlich durch einen Ruf inne. »Entschuldigung!« Ich ging zwei Schritte nach vorn. Horchte. »Entschuldigung!« Er schrie es. Ich hielt inne, ging wieder weiter. »Allis! Entschuldigung!« Seine Silhouette, die am Waldrand entlanglief und schrie.

»Entschuldigung!«

Ich blieb dreißig Meter von ihm entfernt stehen und stand stocksteif da, den Wald um mich herum, sah ihn dort unten verzweifelt hin und her gehen.

»Ich bin hier!«

Er blieb stehen und sah in die Richtung des Geräuschs, erblickte mich. Ich wollte rufen und fragen, ob es sicher war herunterzukommen, ob er gefährlich war. Ging langsam auf ihn zu. Er sah unendlich traurig aus. Seine eine Wange war blutrot.

»Entschuldigung, Allis.«

Ich sagte nichts.

»Es tut mir so leid.«

»Ist gut.«

Er stand direkt vor mir, ohne Hemd. Er legte eine Hand auf meine Schulter. War stumm. Ich sah zu Boden. Er ließ mich los. Wir gingen zusammen hinunter, genierten uns voreinander. Er blieb auf dem Hof stehen.

»Kommen Sie mit rein?«

Er ging vor mir auf der Rückseite des Hauses hinein. Vor der Tür zu seinem Badezimmer blieb er stehen.

»Ist Ihnen kalt?«

»Ein bisschen.«

»Soll ich Ihnen etwas Warmes zu trinken machen?«

Ich nickte vorsichtig, konnte nicht anders, als mit »Ja« zu antworten.

»Ich ziehe mich nur um«, sagte er und öffnete die Badezimmertür. Ich ging die Treppe hinauf in mein Zimmer, stand unsicher mitten im Raum, bevor ich mir die Bluse aufknöpfte, sie hatte einen Riss im linken Ärmel bekommen. Ich zog die Hose und die Strümpfe aus, zog mir dicke wollene Unterwäsche und warme Socken an. Meine Oberschenkel zitterten, die Waden, die Arme, mein Puls ging langsam nach unten. Ich horchte nach Geräuschen von unten. Zog mir Hose und Pullover an, ging in die Küche hinunter. Er stand am Herd, in einem weißen Wollpullover, sein Haar war immer noch feucht. Ich setzte mich an den Esstisch. Draußen schien der Mond stärker, als ich es je zuvor gesehen hatte, es musste nach zwei Uhr sein, vielleicht drei. Er wandte sich zu mir um.

»Besser?«

»Ja.«

»Gut.«

Er nahm den Topf von der Platte und füllte einen Becher, den er mir gab.

»Heißer Rotweintoddy.«

Es dampfte aus dem Becher, roch nach Zimt. Ich führte ihn zum Mund und trank, der Dampf machte meine Stirn feucht.

»Gut.«

»Meine Frau macht das im Winter«, murmelte er.

Er setzte sich an den Tisch, wirkte scheu. So ist es bei ihm, dachte ich, nichts spricht dagegen, mitten in der Nacht auf zu sein. Er erlebt doppelt so viele Stimmungen wie normale Menschen, das ganze Spektrum. Ich blickte vorsichtig zu ihm hinüber, versuchte von einer neutralen Position aus zu beurteilen, ob ich machen sollte, dass ich hier wegkam, ob er mir schaden konnte.

»Sie denken, ich bin gefährlich«, sagte er im selben Moment.

»Nein!«, antwortete ich spontan, entschied mich jedoch um, zwang mich dazu, ihm in die Augen zu sehen: »Haben Sie mir einen Grund gegeben, etwas anderes zu denken?«

Er sah mich überrascht an. Dann bekam er einen bekümmerten Zug um die Augenbrauen. Ich bereute, etwas gesagt zu haben.

»Sie können sich ja nicht benehmen wie ein normaler Mensch«, sagte ich und versuchte, einen ironischen Unterton in meine Stimme zu legen.

Der Anflug eines Lächelns zeigte sich in seinem Gesicht.

»Nein«, antwortete er. Sein schwarzes Haar glänzte. Ich trank aus dem Becher, fühlte mich hellwach. Ich sah unser Spiegelbild in der Verandatür, seinen großen weißen Rücken, den Kopf im Profil, meine Augen sahen aus wie zwei schwarze Löcher, das Haar dicht darüber.

»Warum sind Sie zurückgekommen?«

»Aus dem Wald? Was hätte ich denn tun sollen?«

»Ich war sicher, Sie wären für immer verschwunden.«

»Wirklich?«

Er antwortete nicht.

»Ich hatte Angst«, sagte ich und lächelte beschämt.

»Ich auch.«

Ich sah ihn an.

»Angst, dass Sie nicht wieder herauskommen würden.«

Er stand auf, als er das gesagt hatte, holte den kleinen Topf vom Herd und schenkte in unsere Becher nach. Setzte sich wieder.

»Dann hätten Sie mich holen müssen.«

»Das hätte ich getan.«

Er sah mich mit einem winzigen Lächeln an. Mein Kopf wurde heiß, und ich nahm einen tiefen Schluck. Jetzt sah er friedlich aus. Saß ganz aufrecht, die Hände um den dampfenden Becher. Ich legte meine Hände vor mir auf den Tisch, versuchte mich zu entspannen. Seine Hände, braun und stark. Warm. Fühlte ein schwaches Flattern im Bauch, ein leeres, trauriges Flattern. Wenn diese Hände nur meine berühren könnten.

»Jetzt ist es aber definitiv Zeit, ins Bett zu gehen«, sagte Bagge ohne Vorwarnung. Die Stuhlbeine kratzten hart über den Boden, als er aufstand. Er ging durchs Zimmer auf sein Bad zu, hielt inne.

»Schlafen Sie gut.«

Der Geräteschuppen war voller Material, das verwendet werden konnte, breite, helle Planken, die in Stapeln an den Wänden lagen. Sie waren schwer, aber ich schaffte es, sie nacheinander in den Garten zu tragen und legte dort los. Der nächtliche Nebel war gerade verstrichen, die Sonne kitzelte mich im Nacken. Die Zeichnungen im Gartenbuch wirkten nicht allzu avanciert, aber das konnte auch daran liegen, dass ich mit meiner geringen Kompetenz nicht imstande war, sie zu beurteilen. Er war nicht zum Frühstück aufgetaucht, jetzt kam er zu mir heraus, verwundert, mich dort im Gras vorzufinden, wo ich mich mit Planken abmühte, die ich an den Enden zusammenzunageln versuchte.

»Was machen Sie da?«

»Das sind Kästen für den Gemüsegarten.«

»Gemüsegarten?«

»Oder wollten Sie die für irgendetwas verwenden?«

Er schüttelte den Kopf.

»Nein. Aber es ist gut, etwas Material vorrätig zu haben, also schreiben Sie auf, wie viele Sie nehmen.«

»Ja«, sagte ich. Aufschreiben, wohin denn? Das sagte er nur, um mich zu kontrollieren. Er sah aus, als wolle er sich umdrehen und zurückgehen, aber er ließ den Kopf wieder hängen. Er holte Luft.

»Allis, gestern …«

»Machen Sie sich keine Gedanken, wirklich nicht.«

Ich sah ihm in die Augen, um zu zeigen, dass ich es wirklich meinte, und es kam mir so vor, als würden sich seine Augenbrauen etwas heben.

»Ich muss in die Stadt«, sagte er.

»Sind Sie zum Abendessen zurück?«

»Ich esse in der Stadt. Es kann sein, dass es spät wird.«

»Wie spät, glauben Sie?«

Er zuckte mit den Schultern.

»Es kann sein, dass ich über Nacht bleiben muss.«

Er verschwand wieder im Haus, und ich fuhr mit der Schreinerarbeit fort. Kurz darauf hörte ich seine Schritte über den Kies knirschen, er hatte eine große Ledertasche über der Schulter, ich sah seinen Rücken durch das Tor verschwinden.

Ich hatte mich so schwermütig gefühlt, als ich aufgestanden war, und es tat gut, körperlich zu arbeiten, das war das Einzige, was half – Muskeln, die schmerzten, milde Luft in der Lunge und Sonne im Nacken –, aber jetzt, als er gegangen war, wurde ich wieder schwermütig.

Während ich mit den Kisten hantierte, überlegte ich, wie in aller Welt ich ohne Auto Pflanzerde hierherschaffen sollte. Ich musste in ein Gartencenter, wusste aber nicht, wo das nächste war, wahrscheinlich in der Stadt. Ich rechnete mir aus, dass ich genügend Material für drei Kästen à zwei Meter auf einen Meter hatte. Als sie fertig waren, war ich völlig erschöpft. Ich ließ sie im Gras liegen, ging hinein und nahm eine Dusche. Danach machte ich mir eine einfache Mahlzeit, ging nach oben und las ein bisschen im Gartenbuch, konnte mich aber nicht konzentrieren und legte es zur Seite. Eine Kombination aus Alkohol und zu wenig Schlaf. Ich sah mich ein bisschen im Zimmer um, ein rastloses Kribbeln im Körper. Zum Schluss öffnete ich die Schreibtischschublade und nahm mein Telefon heraus. Hatte es nicht angerührt, seit ich die Auskunft angerufen hatte. Ich wartete ein bisschen. Dann schaltete ich es ein. Wartete. Tippte den Code ein. Wartete. Es kam eine Nachricht. Von meiner Mutter, dass die Universität und Johs meine ganze Post zu ihr nach Hause geschickt hatten, und sie eine Adresse brauchte, um sie mir weiterzuleiten. Ich schickte ihr die Adresse, ohne seinen Namen zu nennen, ich wollte ihn nicht preisgeben, sonst fingen sie vielleicht an zu schnüffeln oder kamen auf Überraschungsbesuch vorbei. Beim Gedanken an meinen Vater, der Bagge einen Besuch abstattete, stieß ich ein angsterfülltes kaltes Lachen aus. Es gab meinem Herzen einen kleinen Stich, an Johs zu denken, nicht weil ich ihn vermisste, sondern weil ich ihn mit all dem Papierkram sitzengelassen hatte. Ich musste das mit der Trennung und Scheidung angehen, wurde aber matt bei dem Gedanken.

Ich ging nach unten, holte in der Küche Klebeband und schrieb meinen Namen darauf, ging zur Straße hinauf und klebte meinen Namen unter seinen auf den Briefkasten. Versuchte, es so provisorisch wie möglich aussehen zu lassen, falls er es auf dem Rückweg sehen würde oder, Gott bewahre: falls seine Frau plötzlich auftauchen sollte. Ich presste ein nervöses Lachen hervor, aber es stach im Magen.

Zwei Tage später kam die gesamte Post. Bagge hatte nichts von sich hören lassen, und ich ging mit wachsender Unruhe herum. Er hatte gesagt, es würde spät werden, aber nicht so spät. Den Großteil der Post konnte ich zum Glück wegwerfen. Inkassoforderungen, die Johs zu meinen Eltern geschickt hatte, von Zeitschriftenabonnements und anderem, ließen mir den Magen zusammenkrampfen, aber die Erleichterung darüber, dass die Menge so überschaubar war, war stärker als die Angst. Wie verblüffend leicht es ist zu verlassen, dachte ich. Sind sich die Leute darüber im Klaren? Das sollte nicht öffentlich werden.

Die Verkäuferin hatte an der Kasse einen Ständer mit Samentütchen aufgestellt. Ich musterte sie diskret, während ich die Waren auf den Ladentisch legte, aber ich kaufte keines, ich wollte im Garten nichts anbauen, das von ihr stammte.

»Es gefällt Ihnen unten bei Bagge, wie ich sehe.«

Sie tippte die Waren ein, während sie das sagte, und sah mir nicht in die Augen.

»Ja, ich …«

»Ja. Es wird wohl sonst einsam für ihn.«

Ich bezahlte. Sie drehte sich um und begann, mit einem Teppichmesser ein paar Kartons aufzuschlitzen, um zu signalisieren, dass das Gespräch vorbei war. Als ich mich auf den Heimweg machte, hatte ich das ekelhafte Gefühl, unter Beobachtung zu stehen. Wie konnte sie wissen, dass ich gerade bei ihm wohnte? Ich fragte mich, ob ich es ihm gegenüber erwähnen sollte, kam aber zu dem Schluss, dass es am besten war, es bleiben zu lassen. Als ich aufsperrte, war er immer noch nicht da. Ich räumte die Waren an ihren Platz. Ich hatte das Gefühl, dass sie mich verunsichern wollte. Der Briefkasten, natürlich. Mein Name, den ich unter seinen geklebt hatte. Ich rannte zur Straße hinauf und riss den Zettel ab. Ein Gedankte tauchte in meinem Kopf auf: Ich werde dich ausdefinieren. Ich wusste nicht einmal, was das bedeutete. Aber ich dachte es wieder und wieder: dich ausdefinieren, dich ausdefinieren, wie ein Mantra. Es waren jetzt drei Tage. Wo war er geblieben? Ein Stein von Sorge im Magen, ich spürte, dass etwas nicht in Ordnung war. War das nur ein normaler Bestandteil des Lebens mit

Bagge, oder war etwas passiert? Und die Frau im Laden, was wusste sie über mich? Ich kontrollierte, ob alle Türen verschlossen waren, bevor ich die Treppe hinaufging. Als ich mich hingelegt hatte, erfasste mich eine unerklärliche Angst. Ich meinte, Autos langsam den Weg zum Haus hinunterfahren zu hören, mit ausgeschalteten Lichtern, Stimmen und knirschende Schritte im Kies. Ich horchte und horchte, unter der Bettdecke, ich wusste, wenn jemand käme, um mich zu holen, wäre ich so feige, dass ich es nicht einmal schaffen würde, Widerstand zu leisten, nackt und feige, ich würde mich unter der Bettdecke verstecken und hoffen, dass es schnell vorbei wäre, dass sie mir einfach durch die Decke in den Kopf schießen würden. Ich wünschte, stark genug zu sein, um aus dem Bett zu steigen und mir die Kleider anzuziehen, die über dem Stuhl hingen, sodass ich zumindest etwas besser gerüstet war, wenn sie kommen würden, aber ich lag stocksteif da und wagte mich nicht zu rühren, horchte und horchte.

Den ganzen nächsten Tag über lief ich nur herum und fürchtete mich vor dem Abend. Horchte nach Bagge, dachte darüber nach, was passiert sein könnte. Versuchte, ein bisschen im Garten zu arbeiten, aber jedes Mal, wenn ich mit dem Rücken zum Anwesen stand, wurde ich von der Angst übermannt, von hinten überfallen zu werden. Ich versuchte, langsam und kontrolliert an den Beeten entlangzugehen, aber mein Körper war steif, und mein Herz hämmerte in der Brust. Ich summte leise vor mich hin, während ich zähneklappernd herumlief, um dem Gehirn vorzugaukeln, dass ich ruhig war.

Ich ging hinein, das war am sichersten. Kontrollierte die Türen mehrmals, bevor ich in die Küche ging, um zu sehen, was ich zum Abendessen machen konnte. Fing an,

Gemüse für ein Ofenratatouille vorzubereiten. Schnitt Zucchini, Paprika, Zwiebeln und Auberginen in hauchdünne Scheiben. Legte sie in Reihen hochkant in eine Auflaufform, bestrich sie mit Öl. Krümmte mich plötzlich bei einem lauten Knall gegen die Verandatür zusammen. Ein ekelhaftes, weiches Gefühl von Metall durch Haut. Blut tröpfelte von meinem Zeigefinger, ich ließ das Messer los und griff nach der Küchenrolle, zurrte das Papier fest um den Finger und ging zur Glastür, sah schnell hinaus, das Herz klopfte bis zum Hals. Es war ganz eindeutig ein lauter und harter Knall gewesen, und zwar gegen die Glastür, ich war ganz sicher. Im Zeigefinger pochte es leicht, das Blut war durch das Papier gedrungen. Ich sah nichts. Ein Angriff. Ich zog mich rasch vom Fenster zurück und drückte mich gegen die Wand, mein Herz schlug, im Finger pochte es stärker, ich spürte ein Kribbeln im Körper, als ob ich in Ohnmacht fallen würde. Ernsthaft!, sagte ich hart zu mir selbst, du fällst doch wohl nicht grundlos in Ohnmacht, Allis Hagtorn! Ich holte tief und kontrolliert Luft, streckte den Kopf nach vorne und blickte wieder hinaus. Auf dem Verandaboden ein kleines Bündel, rostrot und grau, ich trat einen Schritt nach vorn, ein Rotkehlchen. Ich hätte den Schlag gegen die Tür von den zahllosen Malen wiedererkennen müssen, an denen das Gleiche in meiner Kindheit passiert war. Es flogen andauernd Vögel gegen Fenster, ich konnte gar nicht zählen, wie oft ich in der Kindheit Vogelbegräbnisse abgehalten hatte, mit Kirchenliedern und Prozession. Ich zog Schuhe an und ging hinaus in den Geräteschuppen, um den Spaten zu holen, schlüpfte in die Handschuhe und holte das Rotkehlchen, ließ es vorsichtig in meine Handfläche rollen, es wog nichts. Lag mit geschlossenen Augen in meiner Hand, armer kleiner toter

Körper. Ich grub ein Loch hinter den Holzstapeln, legte das Federbündel vorsichtig hinein. »Der du den kleinen Vogel speisest, Amen«, sagte ich und deckte Erde darüber.

Als der Abend kam, zog ich die Vorhänge vor alle Fenster. Die Reflexionen ließen mich hochschrecken, ich glaubte die ganze Zeit, draußen bleiche Gesichter vorbeigleiten zu sehen. Verfluchte mich selbst für meine Ängstlichkeit. Als es dunkel geworden war, kam ich darauf, dass ich eine Waffe brauchte, um sie neben dem Bett liegen zu haben. Zog mir Schuhe an, sperrte die Tür auf und flitzte die Stufen hinunter, über den Hof und in den Geräteschuppen. Starrte die Alternativen an, die vor mir an der Wand hingen. Axt oder Hammer, Axt oder Hammer, mir fiel ein, dass es zu einer schreckliche Schweinerei führen konnte, sich mit einer Axt zu verteidigen, also riss ich den Hammer herunter, warf die Tür hinter mir zu und stürzte über den Hof, die Stufen hinauf und ins Haus. Verschloss die Tür. Stand einfach nur da, den Hammer in der Hand, und spürte, wie dumm ich war, aber dass ich gleichzeitig keine andere Wahl hatte.

Ich ging angezogen ins Bett. Der Hammer lag auf dem Nachttisch. Wo war er? Er musste verstehen, dass ich nicht ohne ihn hier sein konnte. Die vierte Nacht allein im Haus. Noch angstvoller als gestern. Ich legte mich hin und schloss die Augen. Lag lange da und lauschte meinem eigenen Atem, wurde schrittweise ruhiger, schlug plötzlich die Augen auf: Es kam Orchestermusik von draußen. Ich wagte mich nicht zu rühren, lag stocksteif da, alle Sinne angespannt, und horchte. Es kam schwach vom Wald her, Streicher und Posaunen, eine Symphonie, mein Herz hämmerte, ich wünschte, ich wäre tot. Atmete auf, als ich verstand, dass es das Rauschen des Baches hinter dem Haus war, was ich gehört hatte. War kalt von Schweiß, holte tief Luft und schloss die Augen wieder.

Ich erwachte von Geräuschen und hatte die Schrecken der vorhergehenden Nacht vergessen, erkannte auf einmal an den Schritten, dass er es war. Oh! Oh, mein Gott! Ich zitterte vor Freude, rannte in der Kleidung der Nacht hinunter.

»Da sind Sie ja!« Ich kreischte es beinahe, ich konnte meine Ekstase nicht zurückhalten.

Er stand im Flur. Sah anders aus. Bleich, dunkle Ringe unter den Augen. Er sah schrecklich aus.

»Hallo, Allis.«

Hallo, Allis? War das alles? Ich stand da und sah ihn mit offenem Mund an, fühlte, wie mein ganzes Gesicht in dem allzu breiten Lächeln erstarrt war, das ich nicht hatte zurückhalten können.

»Ich habe mir Sorgen um Sie gemacht.«

»Es hat etwas länger gedauert, als ich gedacht hatte.«

Er sagte nichts mehr, nahm die Ledertasche über die Schulter und ging durch die Küche und das Wohnzimmer in sein Zimmer. Ich stand perplex da und sah ihm nach. Hatte so viele Ängste und Gefühle in sein Verschwinden investiert, und das war der Lohn.

Ich legte die Waren auf den Ladentisch, alle Antennen ausgefahren, stand nur da und wartete auf den einen oder anderen zweideutigen Kommentar. Sie tippte alles manuell ein, hatte alle Preise im Kopf, schob die Sachen weiter den Ladentisch entlang.

»Jaja, er hat Glück, dass er Sie hat, jaja«, murmelte sie leise, fast unhörbar.

Ich sah sie an, das graugelbe Wollhaar, die blinzelnden

Augen, den schwammigen Körper hinter der roten Schürze. Sie tippte weiter die Waren ein.

»Ein bisschen Essen ist jetzt sicher gut. Ein bisschen Essen und noch etwas mehr.«

Ich hatte keine Antwort, nahm die Waren und setzte mich aufs Fahrrad. Wollte schreien, aber trat nur heftiger in die Pedale. Glück, dass er Sie hat. Noch etwas mehr. Ich fühlte mich gekränkt, fragte mich aber gleichzeitig, warum. Warum sollte sie, mit ihrer tragischen Erscheinung in ihrem von der Pleite bedrohten Laden, es schaffen, dass ich mich gekränkt fühlte, wenn nicht, weil ich mich leicht kränken ließ, weil ich eben leicht gekränkt war? Weil ich allen Grund hatte, mich von den ausgefeilten, andeutenden Kommentaren getroffen zu fühlen, die sie mit weicher, höhnischer Stimme abgab. Sie traf. Glück, dass er mich hat. Sie hätte mir genauso gut mit einem Messer »Hure« auf die Stirn ritzen können, mir war übel, als ich die Einkäufe in die Diele trug. Im selben Moment kam er aus seinem Badezimmer. Er sah aus, als ob er etwas sagen wollte, aber ich ging schnell an ihm vorbei in die Küche. Das war so typisch, dachte ich aufgebracht an der Küchenzeile, so typisch für die kleinen Leute, Personen zu bekritteln, die etwas erreicht hatten. Die hart und engagiert an etwas gearbeitet und es geschafft hatten, das war für die kleinen Leute das Schlimmste, es erinnerte sie an ihre eigene Unbedeutsamkeit. Nur ein kleiner Fehltritt, dann würden sie dich zerreißen, mit freudigem Geschrei. Uff, nein, dieses Bestellen der Erde hatte eine ungesunde Wirkung auf mich, es brachte mich dazu, mich wie ein Übermensch zu fühlen.

Er hatte kaum sein Zimmer verlassen, seit er wieder zu Hause war. Ich hatte ihn kaum mehr als in sein Badezimmer und zurück gehen hören. Er hatte mir Bescheid gegeben, ihm kein Essen zu machen, weder Frühstück noch Abendessen, bis er es eventuell sagen würde. Ich verstand das nicht ganz, hatte aber keine Berechtigung, weiter zu fragen. Er musste doch essen. Und war das nicht meine Verantwortung, war es nicht das, wofür ich bezahlt wurde? Ich beschloss, ihn durch Brotbacken auszuräuchern. Ich wusste, dass er auf das schwere schwarze, saure, in Plastik eingepackte Pumpernickel aus dem Laden bestand, aber im Rezeptbuch war ein Roggenbrot beschrieben, das ihn bestimmt auf andere Gedanken bringen würde.

Ich rührte die ungeschroteten Körner, das grobe Roggenmehl, den Sirup und die anderen Dinge zu einer zähen Masse zusammen. Erst als ich die Form in den Ofen gestellt hatte, las ich im Rezept, dass das Brot ganze fünfzehn Stunden im Ofen bleiben musste, um Himmels willen, es sollte gedämpft und nicht gebacken werden. Fünfzehn Stunden, und jetzt war es fünf, es würde erst zum Frühstück am nächsten Morgen fertig werden.

Um Mitternacht machte ich mich daran, auf den Bücherregalen im Esszimmer Staub zu wischen. Ich wollte nicht, konnte nicht den Eindruck vermitteln, dass ich jemand war, der bei der Wache schlief. Der Dampf stand um die Form. Ich hatte Angst, er würde herauskommen und entdecken, dass der Ofen mitten in der Nacht an war, dann könnte ich gleich kündigen. Natürlich ist es nicht gefährlich, ins Bett zu gehen, dachte ich, aber was sollte ich machen, einen Zettel schreiben, falls er in der Nacht aufstand? Was würde das anderes bringen, als zu verraten, wie viele Gedanken ich mir um diese Problemstellung gemacht hatte? Ungefähr um zwei Uhr setzte ich mich mit einem Buch auf das kleine Sofa hinter dem Esstisch.

Ich erwachte davon, dass er aus seinem Zimmer kam. Oh, das Brot! Ich war eingeschlafen. Was würde er jetzt denken, wie viel Uhr war es? Nein, es war ja völlig dunkel, ich war nur einen Augenblick lang weg gewesen. Ich blieb hinter dem Esstisch liegen, er ging vorbei und in den Flur, ins Bad. Es war vier Uhr. Ich überlegte, ob ich in mein Zimmer flitzen sollte, aber er konnte ja jederzeit wieder herauskommen, und ich blieb wie erstarrt liegen. Bald ertönte ein schwaches Summen, kurze summende Schwünge, wieder und wieder. Nach ein paar Minuten wurde es still. Dann etwas rumoren, bevor in der Toilette gespült wurde. Er kam aus dem Bad, ich lag so flach auf dem Sofa, wie ich nur konnte, mein Herz donnerte gegen die Wände. Er blieb an der Küche stehen, der Ofen leuchtete wie ein alter Atomreaktor, dann ging er auf sein Zimmer zu, und ich sah ihn ganz kurz, bevor er die Tür hinter sich schloss. Das hätte ich absolut nicht sehen sollen. Wenn irgendetwas auf dieser Welt sicher war, dann die Tatsache, dass ich das absolut nicht hätte sehen sollen. Sein Kopf war kahl. Er hatte sich alles Haar abrasiert. Sein Schädel war bleich, ein paar einzelne Streifen von schwarzem Haar waren an manchen Stellen stehen geblieben.

Ich hörte Schritte draußen, als ich früh am Morgen in der Küche stand und das noch immer dampfende Brot aufschnitt, ich rannte zum Eingang und schaute durch das milchige Glas in der Tür, sah seine Gestalt durch das Tor und mit langen, schnellen Schritten die Allee hinuntergehen. Ich drehte lautlos den Schlüssel um, drückte die Klinke so vorsichtig ich nur konnte, öffnete die Tür einen Spalt. Sah den weißen Hinterkopf auf dem Weg zur Bundesstraße immer kleiner werden, er war schwarz gekleidet. Wie war er aus dem Haus gekommen, ohne dass ich es gemerkt hatte? Der Anblick von letzter Nacht kam in regelmäßigen Abständen wieder und versetzte mir einen Stich in den Magen, mir war übel. Es mochte für vieles andere eine gute Erklärung geben, aber nicht dafür. Ich ging in sein Badezimmer. Er hatte es geschafft, gut hinter sich sauberzumachen, nicht ein Haar war zu sehen. Ich teilte das Brot in vier Stücke, packte es in Plastik und legte es in den Gefrierschrank. Das hier ging einfach nicht. Ich trat auf den Hof hinaus und stand lange ganz still da, spähte zur Straße hinüber. Nichts. Er war weg. Ich zögerte ein bisschen, dann lief ich zum Geräteschuppen hinüber. Öffnete die Tür und trug die Leiter heraus, legte sie ins Gras. Ging ins Haus und füllte einen Eimer mit warmem Seifenwasser, nahm einen Lappen mit hinaus.

Ich wischte zuerst die anderen Fenster, so würde es weniger verdächtig aussehen, falls er doch plötzlich zurückkommen sollte. Es hämmerte in meiner Brust, als ich die Leiter an die Wand lehnte, die meinem Schlafzimmer gegenüberlag, zum verschlossenen Zimmer hin. Ich kletterte zitternd hinauf, es war hoch. Das Fenster war dreckig, als würde man in einen Staubsaugerbeutel schauen, ich strich mit dem Lappen über die Scheibe und legte mein Gesicht daran. Konnte an der Wand gegenüber ein paar Kisten erahnen. Ein paar Schuhe und Stiefeletten, Damenschuhe. An der anderen Wand noch mehr Pappkartons, manche mit zusammengelegter Kleidung darauf, es war nicht schwer zu erkennen, dass es Frauenkleider waren. Hierher hatte er also die Sachen seiner Frau geschafft. Warum wohl – würde sie so lange weg sein, dass ihre Dinge aus dem Weg geräumt werden mussten? Es gab sie also. Nor. Eine Weile hatte ich gedacht, das mit der Frau wäre nur eine Erfindung. Aber das war es also nicht. Auf eine Art war ich erleichtert. Wenn er über seine Frau gelogen hätte, wer weiß, worüber er sonst noch gelogen hätte? Ich putzte das Glas sauber und kletterte vorsichtig hinunter.

Ich trug die Leiter ums Haus und stellte sie unter das Arbeitszimmer. Mein Magen krampfte sich zusammen. Ich überprüfte, ob er auf der Straße zu sehen war, aber nichts. Ging zur Leiter zurück, wrang den Lappen aus und kletterte hinauf. Fuhr mit dem Lappen über das Glas. Weiße gehäkelte Gardinen auf der Innenseite. Ich legte die Stirn an das nasse Glas und starrte hinein, die Augen wechselten den Fokus, aber man konnte nicht hineinsehen.

Als ich die Leiter an ihren Platz hinter dem Geräteschuppen gestellt hatte, fühlte ich mich leer. Die Frau, die existierte. Die zurückkommen konnte. Wagte kaum, daran zu denken, ich konnte nicht hier sein, wenn es so weit war.

Ich wusste nicht, was ich machen sollte. Würde er dieses Mal genauso lange wegbleiben? Warum konnte er nicht wenigstens irgendwie Bescheid geben? Sollte ich auch anfangen zu verschwinden, wie es mir gerade passte? Ich kochte Kaffee und setzte mich unter den Kirschbaum, sowohl er als auch die Obstbäume waren jetzt schlohweiß von Blüten. Die Sonne prickelte wohltuend. Im Garten herrschte ein prachtvolles Chaos, das mit jedem Tag schlimmer wurde. Es wuchs und wucherte unkontrolliert. Nach jedem kleinen Regenschauer, dem ein bisschen Sonne folgte, spross etwas Neues aus der Erde und forderte Platz.

Als ich mit der Kaffeekanne hineinging, nahm ich das Pflanzenbestimmungsbuch und einen Block mit hinaus, schlenderte in den Garten hinunter, fest entschlossen, systematisch und ausdauernd zu sein. Ich blieb bei jeder Pflanze stehen, bei der ich mir unsicher war, schlug nach, blätterte vor und zurück und verglich Stängel und Blütenblätter und alles, was es gab, bis ich mit absoluter Überzeugung den Namen auf einem Zettel notieren und ihn entweder an einen Zweig oder vorsichtig um den Stängel kleben konnte, oder auf einen Stein davor, wenn es sich um eine wuchernde Pflanze handelte.

Nach ein paar Stunden hatte ich fast dreißig Namen gesammelt und war stolz und müde. Zumindest war meine Freude an der norwegischen Sprache wieder erwacht. Auf meinem Notizblock hatte ich Blutroter Storchschnabel, Echte Nelkenwurz, Schatten-Steinbrech, Rauhaarige Gänsekresse und Hain-Gilbweiderich notiert, wunderbare Worte. In allen Beeten wuchs eine wilde Mischung aus prächtigen, selbstbewussten Gartenpflanzen und wilden Blumen, die sich von selbst dort niedergelassen hatten. Die dichte Hecke, die den Garten vor dem kalten Fjordwind schützte, war eine Wein-Rose. Dass ich früher Blumen gegenüber so ignorant gewesen war! Hatte jahrelang in der Stadt gewohnt und kaum einen einzigen privaten Garten gesehen, nur hier und da den einen oder anderen halbherzigen Stadtpark. Aber wenn ich es recht bedachte, war ich ja in einem Garten aufgewachsen. Hatte es damals kaum registriert, aber jedes Wochenende hatten meine Eltern draußen an irgendetwas gearbeitet. Rückblickend sah ich es vor mir – meine Mutter auf Knien in den Beeten an der Mauer, mit Handschuhen, ein Eimer mit Schaufel und Unkrautgabel. Die allumfassenden Kompostierungsprojekte meines Vaters. Der Kräutergarten meiner Mutter. Die Töpfe mit Schnittlauch, die allen Kindern aus der Nachbarschaft das ganze Sommerhalbjahr über einen konstant schlechten Atem bescherten. Der Rhabarber in der Ecke des Rasens, die Stachelbeersträucher hinten bei der Fichte. Lange Stangen mit Zuckererbsen, Gemüsebeet mit Karotten und Kartoffeln. Himbeeren und Brombeeren, Blaubeerbüschel im Wald hinter dem Haus. Ja, der Wald, meine Güte, ich war ja im Wald aufgewachsen, dort war ich den Großteil meiner Zeit gewesen, ganze Sommer lang waren wir dort herumgerannt, und jetzt war es vergessen. Jetzt war der Wald, die Natur, fremd geworden, bedeutete Kontrollverlust, früher war er ein Zuhause gewesen.

Plötzlich kam ein Regenschauer, und ich stellte mich auf der Veranda unter das Dach, bis er aufhörte. Genauso plötzlich erschien die wärmende Nachmittagssonne. Das Wetter änderte sich ebenso schnell wie Bagges Stimmung. Ich ging über den Hof und holte den Spaten aus dem Geräteschuppen, doch als ich wieder herauskam, stand er plötzlich vor mir, groß und breit. Eine ehrliche, unendliche Erleichterung brach aus mir hervor, ich ließ den Spaten zu Boden fallen.

»Da sind Sie ja!«, rutschte es mir heraus, obwohl er nur seit dem Morgen weg gewesen war.

Seine Ledertasche lag neben ihm auf dem Boden. Er stand da, mit seinem bleichen knochigen Schädel, im schwarzen

Anzug. Eine Hand in der Tasche der Anzughose, glänzende schwarze Schuhe. Er starrte mich düster an.

»Allis. Der Backofen war an, als ich heute Nacht auf war.«

»Ja … Entschuldigung, ich habe ein Brot gebacken.«

»Sie müssen verstehen, dass Sie den Ofen nicht mitten in der Nacht laufen lassen können.«

Wieder einmal spürte ich ein kindisches Weinen von irgendwo weit hinten heraufdringen, ich fand, es war zu viel, von einem anzugtragenden Bagge ausgeschimpft zu werden, wo ich so ehrlich besorgt um ihn gewesen war.

»Es tut mir leid.«

Ich konnte nicht offenbaren, dass ich Wache gehalten hatte und Zeuge seiner schrecklichen Handlung geworden war.

»Aber«, schlug ich um, so überrascht, wie ich es zustande brachte, ohne dass es übertrieben wirkte, »Sie haben sich ja das ganze Haar abgeschnitten!«

»Ich hatte Lust auf Veränderung, als ich in der Stadt war. Ich mache im Sommer oft alles weg.«

»Es steht Ihnen. Sie haben eine schöne Kopfform.«

Zu diesem Kompliment sagte er nichts.

»Haben Sie Hunger?«

»Nein. Danke.«

Er wandte sich um und ging hinein. Ich verfluche dich, dachte ich. Nicht mehr und nicht weniger: verfluche dich. Einen Moment lang dachte ich, ich wäre mit ihm verheiratet, und es wäre eine schrecklich schwierige Ehe, was für ein Schreckensszenario, ich als Hausfrau und er wie ein Eisbär, der abhaute, wie es ihm passte, ohne etwas zu sagen, um dann Tage später wieder aufzutauchen, ohne jede Erklärung. Was für ein neurosenfördernder und ungünstiger Ehemann. Kein Wunder, dass seine Frau abgehauen war. Ich war jetzt fast sicher, dass sie weggefahren war, ohne die Absicht zu haben zurückzukommen. Warum sollten sonst all ihre Sachen in Kartons verpackt sein? Ungefähr so hatte ich ja meinen Mann verlassen, ich hatte alles zurückgelassen, ohne hinter mir aufzuräumen, er musste schrecklich viel Arbeit damit gehabt haben, meine Kleider und Sachen loszuwerden, als ich gefahren war, zusätzlich zu der Mühe zu begreifen, was ich ihm angetan hatte. Mitten in dieser etwas aufgeregten Gedankenkette stand er wieder hinter mir.

»Trinken Sie Gin?«

»Ja, ja klar.«

Er setzte sich in den Gartenstuhl, stellte zwei Gläser, zwei Dosen Tonic und eine Flasche auf den Tisch. Er hatte sich umgezogen. Oh, jetzt kam dieses dumme blubbernde Glücksgefühl wieder, er war zurück, er wollte Alkohol trinken, was auf Gottes weitem Erdboden konnte besser sein.

Er gab mir das Glas, hob mir seines entgegen.

»Prost, Allis.«

»Prost.«

Oh, wie gut das war. Ich stürzte das erste Glas förmlich hinunter und musste mich zwingen, mich zurückzuhalten. Ich ging hinein und schnitt ein paar Gurkenscheiben auf, die ich in eine Schüssel legte, und holte Eiswürfel. Es konnte ja wohl nicht verboten sein, es sich ein bisschen schön zu machen. Es schien fast, als würde sich sein Gesicht etwas erhellen, als ich wieder hinauskam. Ich gab Eis und zwei Gurkenscheiben in mein Glas, bevor ich die Flüssigkeit daraufgoss, als Gebrauchsanweisung für ihn, falls er es nicht wusste. Ich wollte so gern reden, aber mir fiel wie immer nichts ein, was ich sagen konnte. Entweder er fand es perfekt oder er fand es unglaublich irritierend und bedrückend. Ich wollte so unbedingt wissen, wie er mich gerne haben wollte, ich konnte in jede erdenkliche Rolle schlüpfen, das war mein großes Talent, egal mit wem ich redete, ich passte mich unmerklich an. Ich könnte alles nur Erdenkliche für ihn sein, wenn ich nur eine Ahnung hätte, was er sich wünschte.

Jetzt füllte auch er sein Glas von Neuem, und als er zum Schluss einen Eiswürfel und eine Gurkenscheibe hineinfallen ließ, wurde mir warm, ich nahm es als eine Bestätigung meiner Person, dass er mich anerkannte, ich deutete es als eine Politik der Annäherung.

Sein nackter Kopf war furchtbar ungewohnt. Nur ein Millimeter war von seinem schwarzen schönen Haar übrig. Es wäre sicher ein fantastisches Gefühl, mit der Hand darüberzustreichen, aber ich vermisste seinen schwarzen Haarschopf.

Je weniger wir redeten, desto höher wurde die Hemmschwelle, den Mund zu öffnen und etwas zu sagen, desto schwieriger wurde es, Luft zu holen, alle Ansätze zu Gedanken, die man vermitteln konnte, landeten im inneren Schredder. So war es immer gewesen, mit allen, alles, was ich eigentlich laut sagen wollte, wurde zuerst in meinem Inneren abgespielt, alles wirkte wie eine Parodie darauf, wie Leute in der wirklichen Welt sprachen, ein optimistischer Versuch, sich normal und spontan zu unterhalten. In seinem Inneren war vielleicht nur ein ruhiges Meer. Ich spürte, dass sich allmählich eine Welle von Kichern in mir aufbaute. Das durfte absolut nicht passieren. Ich wollte hier als eine Ebenbürtige sitzen. Er sagte nichts, trank nur aus seinem kleinen Glas. Es würde wohl so werden wie immer, es würde so vielversprechend beginnen, bis sich seine Laune plötzlich komplett umkehrte und er hineinging. Bitte, sag etwas, oder bitte, lieber Gott, lass mir irgendetwas einfallen, das ich sagen kann. Ich fühlte das Gelächter kommen, so wie immer, wenn es nicht sollte. Gerade der Gedanke, dass ich jetzt nicht lachen durfte, bewirkte, dass es anrollte, einer der vielen unverständlichen und dämonischen Fallstricke, die der Körper oder die Seele für ihren Eigentümer legte, nur damit man sich zum Affen machte.

Ich gab meiner eigenen Psyche streng die Anweisung, sich normal zu benehmen, indem ich ein inneres Mantra wiederholte: Reiß dich zusammen. Reiß dich zusammen. Reiß dich zusammen. Idiotischerweise schien es zu funktionieren.

»Bedienen Sie sich einfach, wie Sie wollen«, sagte er.

»Danke.«

Ich füllte mein Glas von Neuem.

»Heute wird es guttun, sich zu betrinken«, sagte er völlig aus dem luftleeren Raum heraus. Nie hatte eine Aussage meine Stimmung mehr gehoben. Hatte er das wirklich gesagt, es angekündigt, dann konnte er es auch nicht brechen, konnte nicht plötzlich beschließen, dass Schluss war, und ins Bett gehen. Mindestens zwei Stunden musste er hier sitzen.

»Ist irgendwas Besonderes?«

»Oh«, seufzte er. »Ja. Nein.«

Aha. Danke für die präzise Antwort, sagte ich innerlich.

»Es ist ein besonderer Tag.«

Ich stellte keine Folgefragen. Goss etwas mehr Gin in meinen Drink, ich fand den Alkoholgeschmack noch nicht deutlich genug, vielleicht konnte man es auch als solidarische Geste deuten.

Plötzlich fielen mir all meine Inkassoforderungen ein, und ich nahm einen großen Schluck, um sie zu betäuben. Ich hatte das starke Bedürfnis, mich verantwortungslos zu fühlen.

»Wo waren Sie, bevor Sie hergekommen sind?«, fragte er plötzlich.

»Wo ich war? Ich war im Fernsehen.«

»Sie waren im Fernsehen?« Er drehte sich zu mir um, wie um es vor sich zu sehen, etwas, worin ich mir mit ihm einig war, ich fand auch nicht, dass ich eine ausgesprochene TV-Persönlichkeit war. Und es stimmte ja, ich war es nicht.

»Ja.«

»Ich sehe nicht viel fern.«

»Sie haben keinen Fernseher.«

»Was haben Sie dort gemacht?«

Dort, als ob er sich vorstellte, ich wäre im Fernsehgerät selbst gewesen.

»Ich habe eine Sendereihe über norwegische Geschichte moderiert.«

»Sie waren Moderatorin?«

»Ja.«

»Im Fernsehen?«

»Ja«, fuhr ich ihn an, genervt, war das denn so schwer vorstellbar.

Er schwieg kurz. Dann sah er mich wieder an.

»Aber dann war die Sendereihe vorbei.«

»Naja, nicht ganz.«

»Und Sie sind hierhergekommen.«

»Ja.«

»Weil Sie gern etwas ganz anderes machen wollten.«

»Ja.«

»Weil Sie nicht mehr im Fernsehen sein konnten.«

»Nein.«

Er durchbohrte mich mit seinem Blick.

»Sie mussten weg. Ganz weg.«

»Ja, ich musste verschwinden.«

»Niemand sollte Sie erreichen können.«

»Absolut niemand.«

Seine Augen verengten sich.

»Aber warum?«

»Gleichfalls warum, warum sind Sie hier, ganz allein?«

»Jetzt geht es um Sie.«

»Sie haben recht, niemand sollte mich erreichen können. Haben Sie noch mehr?«

»Was können Sie getan haben? Sie sind im Fernsehen … wie lange?«

»Zwei Jahre.«

»Relativ kurz. Könnte es etwas Finanzielles gewesen sein?«

»Nein, das war es schon mal nicht.«

Die Sache machte ihm Spaß. Er schenkte uns beiden ein.

»Politisch? Nein.«

»Nein.«

»Dann gibt es nur noch eine Möglichkeit.«

»Gibt es nur drei Möglichkeiten?«

»Ja, das wissen Sie doch.«

Es war, als säße ein Raubtier auf der anderen Seite des Tisches, ein großer, breiter Wolfspelz in einem Gartenstuhl.

»Ja, dann war es wohl das.«

»Puh, Allis«, sagte er.

Er blickte geradeaus, auf die Berge, den rosa Himmel, dachte nach.

»Hatten Sie einen …?«

Ich drehte mich zu ihm um, unsere Blicke trafen sich.

»Mann?«, sagte er.

»Nein.«

Dann sagte er nichts mehr, leerte nur sein Glas und schloss die Augen. Er bekam einen ernsten und tiefen, fast intensiven Zug um das Gesicht, er war so schön, dass es wehtat, ihn anzusehen. Ich sehne mich nach ihm, selbst wenn er hier ist, selbst wenn ich hier mit ihm sitze, dachte ich. Er hielt die Augen geschlossen, mir kam plötzlich der Gedanke, dass er wohl so aussah, wenn er mit jemandem schlief. Mit Nor. Genauso ernst, glaubte ich, würde er aussehen. Ich versuchte, es mir aus dem Kopf zu schlagen, durfte nicht so denken. Im selben Moment stand er auf und ging. Er ging. Wie immer ohne ein Wort: Ta-ta, jetzt ist der Abend vorbei. Oh verdammt, verdammt, dachte ich, goss mir das Glas voll, voller Unglück, voller Wut. Dann hörte ich, wie sich die Tür öffnete, und kurz darauf stand er wieder neben mir, jetzt in seinem groben Wollpullover.

»Ich finde, wir brauchen Flammen, um hineinzustarren, finden Sie nicht?«

»Oh, doch.«

Er ging in den Garten, stieg über das alte Tor und verschwand die Treppe hinunter. Kam mit dem alten Kugelgrill vom Steg herauf und stellte ihn vor mich hin. Ich saß bewegungslos da, nahm einen Schluck. Er ging hinter mir über den Vorhof zur Holzlege und kam mit einem Arm voll Holz zurück, lud die Scheite im Gras ab. Kurz darauf loderte es in der Dunkelheit auf, und er setzte sich. Feuer, gibt es etwas Besseres? Nein, gibt es nicht, dachte ich.

»Sind Sie sicher, dass Sie nichts essen wollen?«

»Was haben wir denn?«

»Wir haben Verschiedenes«, sagte ich.

»Sie müssen mir nichts herrichten.«

»Wir haben noch Würste.«

Seine Stirn hob sich so, wie sie es ungeheuer selten tat, ein Anflug davon, dass noch nicht alles verloren war. Ich ging hinein und holte die Würste, inzwischen hatte er zwei alte, abgenutzte Holzspieße hervorgeholt, an den Spitzen schwarz verkohlt.

Wir steckten die Würste darauf und drehten die Spieße langsam zwischen den Fingern, tranken zwischendurch kleine Schlucke Gin. Aßen die Würste direkt vom Spieß. Fleischsaft lief uns das Kinn hinunter. Ich war benommen, vom Alkohol, von all diesem Großartigen. Ich steckte gerade eine neue Wurst auf den Spieß, als ich die kleinen Schnitzereien in der Rinde bemerkte, wellenförmige Borten rund um den Schaft. In das stumpfe Ende des Spießes war ein deutliches »N« eingeschnitzt. Ja, na und, dann hatten sie eben hier gesessen und Würste gegrillt, das war doch schön für sie. Sollte sie doch nie wiederkommen. Doch, das sollte sie natürlich schon. Nein, das durfte sie nicht.

Nachdem die Würste aufgegessen waren, stand ich auf und holte mehr Holz. Wir saßen da und starrten in die Flammen, der Rauch wehte uns entgegen und brannte in den Augen, das Birkenholz prasselte und zischte.

»Sie sind also jemand, der abhaut, wenn es schwierig wird.«

Ich drehte mich zu ihm um. Er saß mit schmalen Augen zurückgelehnt da und sah nicht so aus, als ob es ihn sonderlich kümmern würde, dass er gerade eine Beleidigung herausgeschleudert hatte.

»Was haben Sie gesagt?«

»Also werden Sie wohl in nicht allzu langer Zeit auch von hier verschwinden.«

»Ach, haben Sie vor, es schwierig zu machen?«

»Vielleicht.«

Ich biss nicht an. Er wollte sich unheimlich machen, aber das hatte er schon viele Male zuvor getan.

»Viel Glück«, sagte ich.

»Ich bin ein Verräter.«

Es rutschte ihm ohne Vorwarnung heraus, und mir wurde kalt, ich sah ihn verwundert an. Seine Augen lagen im Schatten, die Wangenknochen und der Nasenrücken vom Mondlicht erleuchtet.

»Wirklich?«

»Ja.«

»Warum sagen Sie das?«

Er antwortete nicht.

»Wen haben Sie verraten?«

Ich bemerkte, wie undeutlich ich sprach, und setzte mich auf, um etwas munterer zu werden. Sein Blick war schwarz, wie er dasaß, mit seinem nackten Kopf, an den ich mich nie gewöhnen würde.

»Alle.«

»Alle auf der ganzen Welt?«

»Nein.«

Ich merkte, dass er wieder dabei war, in sich selbst zu verschwinden. Ich beugte mich nach vorn und legte noch ein Scheit auf, dachte, so lange das Feuer brannte, würde er sitzen bleiben.

»Wen?«

Er antwortete nicht. Es war Mitternacht, mir wurde langsam kalt. Er sah aus, als wäre er für diesmal fertig mit der Unterhaltung. Ich stand auf, sodass der Stuhl unter mir knackte, und ging hinein, um jedem eine Decke zu holen. Ich hoffte, er hatte Angst, ich würde ins Bett gehen. Zu meiner Freude wickelte er die Decke sofort um sich, als ich sie ihm reichte. Dann saßen wir da wie zwei seltsame Indianer, ohne etwas zu sagen.

»Wissen Sie, was an Ihnen merkwürdig ist?«, sagte er plötzlich.

»Nein?«

»Sie haben mir noch nie in die Augen gesehen.«

»Wie bitte?«

»Das ist wahr. Sie schauen mir nie in die Augen, Sie schauen immer vorbei.«

»Nein, tue ich nicht.«

»Doch.«

Das Gleiche habe ich vor langer Zeit bei dir bemerkt, dachte ich, aber ich sagte es nicht, in erster Linie, weil es sich anhören würde, als würde ich ihm nur nachreden.

»Darum weiß ich es.«

»Wissen Sie was?«

»Dass Sie vor etwas geflohen sind.«

Ich antwortete nicht.

Er blickte vor sich hin, holte Luft.

»Sie haben also im Job aufgehört. Es gibt nicht so viele Unbekannte in dieser Gleichung, wie Sie glauben. Sie haben sicher einen Job bekommen, den Sie nicht hätten haben sollen.«

Ich fühlte mich unwohl, trank schneller.

»Und zuerst waren Sie an der Universität, sind aber nach dem Fernsehen nicht dorthin zurückgegangen.«

Irgendwie war ich so froh, dass er redete, dass es das übertünchte, wovon er sprach, und ich tat nichts, um ihn zu stoppen.

»Dann haben Sie also einen Job bekommen, den ein anderer hätte haben sollen.«

Er hatte also Zeitungen gelesen, er musste von mir wissen. Die Art, wie er es sagte, brachte mich auf, er dachte, er wüsste alles über mich, obwohl er nichts wusste.

»Ich habe den Job angenommen, um zu verhindern, dass ein verlogener Kollege mit einer sehr starken politischen

Agenda ihn bekam. Das hätte alles zerstört, es wäre eine spekulative Geschichtsvermittlung zur besten Sendezeit geworden. Also kann man eigentlich sagen, ich habe es für das norwegische … Volk getan.«

»Aber wie haben Sie den Job denn ursprünglich bekommen?«, sagte er langsam und blickte in die Flammen, gleichsam zu sich selbst wie ein Detektiv.

»Das fragen Sie sich nur, weil Sie nicht finden, dass ich ins Fernsehen passe, aber Sie müssen wissen, dass ich wirklich einen guten Job gemacht habe«, sagte ich jäh. »Die Sendung wurde auf Samstagabend verschoben. Und es war eine große, große Aufgabe, es war unglaublich fordernd.«

Ich kümmerte mich nicht darum, dass ich nuschelte.

»Sie haben sich also mit jemandem von oben eingelassen, ganz oben …«

»Ich habe auch einen Preis gewonnen. Es gab niemanden, der meinte, ich hätte ihn nicht verdient. Hinterher sah es anders aus.«

»Aber wen haben Sie zuerst bekommen, den Job oder ihn von ganz oben?«

»Und es war kein Teil von irgendeinem Plan, es ist einfach passiert.«

»Wer war zuerst da, der Job oder er?«

»Er.«

»Schlechte Reihenfolge.«

Ich antwortete nicht.

»Musste er auch gehen?«

Ich nickte.

»War er ganz oben?«

Ich nickte wieder.

»Wie ist es herausgekommen?«

»Ich garantiere Ihnen, das wollen Sie nicht wissen.«

»Ich garantiere Ihnen, dass ich es wissen will.«

Naja?, dachte ich. Wenn du dir da so sicher bist. Ich hielt den Blick fest auf die Flammen gerichtet und nahm Anlauf.

»Ich war zu ihnen nach Hause eingeladen, zum vierzigsten Geburtstag seiner Frau, das Haus war voller Leute. Die Frau war so stolz über die Menge der Gäste, dass sie herumposaunte, dass sie alle Jacken ins Kinderzimmer und das Kind in die Abstellkammer hatten legen müssen! Spät nachts, als dem Geburtstagskind die Puste ausgegangen war, nahm er mich mit in ein Zimmer, und wir – plötzlich stand die halbe Gesellschaft in der Türöffnung, in ungläubiger Sensationsgeilheit.«

»Wie das?«

»Das Babyfon lag dort drinnen, während das Baby in der Kammer schlief.«

»O Gott.«

Ich sagte nichts mehr. Jetzt wusste er es also.

Er legte den Kopf zurück und lachte glucksend, rieb sich mit den Händen übers Gesicht. Es war eigentlich herrlich zu hören, denn es war ja tatsächlich eine Geschichte mit komischem Potenzial, wenn man sie mit einem gewissen Zeitabstand betrachtete.

»Das war also im Februar, März?«

»Ja, ein paar Wochen, bevor ich herkam.«

Er drehte sich zu mir um.

»Ich werde jetzt nicht mehr über Nacht fort sein.«

»Nicht?«

»Nein, das ist jetzt vorbei.«

»Ich habe keine Angst vor dem Alleinsein.«

»Aber ich habe Angst, Sie allein zu lassen.«

»Es sind Schlösser an den Türen.«

»Trotzdem.«

Mir wurde am ganzen Körper warm von seiner Nervosität.

»Haben Sie denn viele Feinde hier im Umkreis?«

»Es gibt ein paar.«

Ich wusste nicht, ob das ein Spaß sein sollte. Es konnte genauso gut wahr sein. Ich musste wieder an die Verkäuferin denken, mit ihrer boshaften weichen Stimme, sie, die ich beschlossen hatte auszudefinieren, was auch immer das bedeuten sollte. Ich wickelte die Wolldecke fester um mich. Ich habe neu angefangen, dachte ich. Wirklich. So ist es.

»Warum? Was haben Sie getan?«

Er hob die Augenbrauen.

»Sie brauchen keine Angst zu haben.«

»Ich habe keine Angst.«

Er goss erneut Gin in sein Glas und trank ihn pur.

Wenn du weiterhin so entgegenkommend bist, verliere ich bald das Interesse an dir, dachte ich. Oh, dieses ewige und schrecklich Menschliche, so zu sein, sich von Abstand und Abweisung angezogen zu fühlen, und sobald es sich dreht …

»Was passiert denn jetzt eigentlich?«, sagte ich.

»Was meinen Sie?«

»Jetzt ist Sommer. Bald ist Spätsommer.«

»Ja und?«

Wir hatten nicht so genau diskutiert, wie lange er mich hier brauchte. Den Sommer über, hatte er am Anfang gesagt. Ich hatte ihm zu verstehen gegeben, dass ich flexibel war, aber auch vorsichtig angedeutet, dass es nicht so viel gab, zu dem ich zurückkehren konnte, wenn er keine Verwendung mehr für mich hatte. Ich hatte es so verstanden, dass seine Frau dann zurück sein würde. Es war nicht so leicht sich vorzustellen, mit was für anderen Dingen ich mich dann beschäftigen könnte. Er brauchte Hilfe bei der Obsternte, aber danach gab es nicht mehr viel, wozu er mich brauchen konnte. Im Winter gab es keine Arbeit draußen, höchstens etwas Schneeschaufeln, und ich konnte eigentlich nicht bezahlt werden, wenn er nicht irgendetwas anderes erfinden würde, wobei er Hilfe brauchte.

»Brauchen Sie mich?«

»Brauchen nicht eher Sie mich?«

»Das kann sein. Aber ich muss ja arbeiten, wenn es einen Grund geben soll, mich zu bezahlen.«

»Was wollen Sie mit Geld, solange Sie hier wohnen?«

»Ich habe einen Studentenkredit.«

»Am Haus gibt es immer anfallende Arbeiten, die getan werden müssen. Es ist über hundert Jahre alt.«

»Wirklich?«

»Ja, es ist von 1890.«

»Dann können Sie eher einen Denkmalpfleger brauchen als mich.«

»Es ist schon spät«, sagte er.

»Nicht sehr.«

Ich legte ein neues Scheit auf, um ihn festzuhalten.

»Ich brauche auch noch Holz für den Winter, Allis.«

Jetzt waren es nicht mehr wir, jetzt war es er. Aha, so schnell konnte sich das Blatt wenden.

Aber dieser Abend war so schön.

»Man kann zu jeder Zeit draußen sitzen, wenn man sich nur dazu entschließt«, sagte er, als wäre das eine Art rätselhafte Wahrheit.

Jetzt hatte er zu viel gegeben, jetzt musste er also wieder schwierig werden. Es war viel zu vorhersehbar. Er benahm sich wie ein Puppenspieler, ich musste besser darin werden, wie ein selbstständiges Subjekt zu handeln und mich nicht die ganze Zeit von seinen Schwingungen steuern zu lassen. Die Flammen flackerten in seinem Gesicht, es lag in Falten und ließ mich an irgendeine Form von Kriminalität denken, er stand unter Strafe. Wenn das Haar nur ein bisschen wuchs, würde es grenzenlos schön, dunkel und dicht werden. Er war, seit ich ihn kannte, zum ersten Mal glatt rasiert, das sah ich erst jetzt, die Wangen waren blank, er hatte eine Kerbe im Kinn, die deutlich hervortrat. Er sah gefährlicher aus. Ich streckte die Hand nach einem neuen Holzscheit aus, er sollte nirgendwo hingehen dürfen.

»Au!«

Ich hielt die Hand zum Feuer hin, im Zeigefinger steckte ein Splitter tief im Fleisch.

»Was ist?«

»Ein Splitter.«

Ich versuchte, ihn mit den Fingerspitzen herauszupressen, aber das hatte die gegenteilige Wirkung.

»Lassen Sie sehen.«

Ich stand auf, um ins Licht zu gehen. Er kam hinterher.

»Lassen Sie sehen.«

Ich blieb stehen und hielt die Hand unter die Außenlampe an der Veranda.

»Es ist nichts, er ist winzig klein.«

»Ich ziehe ihn heraus.«

»Sie sind betrunken, Sie werden alles nur schlimmer machen.«

»Was für ein Unsinn.«

Er ging zur Verandatür hinein. Ich ging hinterher und setzte mich an den Esstisch. Er kam mit einer Nadel aus seinem Schlafzimmer.

»Haben Sie ein Nähzimmer da drin?«

Er lachte.

»Wollen Sie keine Pinzette nehmen?«

»Nadel ist besser. Vertrauen Sie mir.«

Ich sah ihn an, mich schauderte. Er zündete die Kerze auf dem Sekretär an und hielt die Nadel in die Flamme. Sie flackerte rotglühend in seinem Gesicht. Er nahm die Nadel heraus und sah mich an.

»Wollen Sie einen Schluck Gin?«

»Ja.«

Er ging hinaus und kam mit der Flasche zurück, gab sie mir. Hielt die Nadel von Neuem in die Flamme, während ich einen Schluck nahm, als ob das irgendeine Wirkung hätte. Er setzte sich auf den Stuhl mir gegenüber. Nahm meine Hand und sah mir mild, aber fest in die Augen.

»Es ist jetzt wichtig, dass Sie ganz still sitzen.«

»Ich fühle mich nicht besonders sicher bei dieser Sache.«

»Ganz still.«

»Ja.«

Ich dachte an alles, was er getrunken hatte. Schaute weg.

»Allis«, sagte er leise. »Ich muss Ihnen etwas sagen.«

»Was denn?«

»Etwas, worüber ich in letzter Zeit nachgedacht habe.«

Ich hörte ihn schlucken.

»Ja?«

Er antwortete nicht.

»Was wollten Sie sagen?«

»Reingelegt.« Er hielt den Splitter triumphierend gegen das Licht. Ich blickte überrascht auf meine Hand hinunter, die noch immer in seiner ruhte. Er ließ sie los.

»Warten Sie hier.«

Er stand auf und ging ins Bad und kam mit Desinfektionsmittel und Watte wieder. Dann setzte er sich und nahm von Neuem meine Hand.

»Das wird gut. Es blutet nicht.«

»Danke.«

»Wie fühlt es sich an?«

Du wolltest etwas sagen, dachte ich.

»Gut.«

Er ließ meine Hand nicht los. Wir blieben so sitzen. Ich dachte: Es ist jetzt Zeit. Es ist Zeit. Nimm mich mit da rein.

»Zeit, ins Bett zu gehen.«

Er ließ meine Hand los und stand auf.

»Gute Nacht, Allis.«

»Gute Nacht.«

Ich sank zu Boden. Blieb bewegungslos sitzen, bis er in sein Bad gegangen war. Bagge, Bagge. Bitte, zertritt mein Herz etwas sanfter. Ich stand auf und ging mit schweren Schritten hinauf. Das war nicht fair. Ich putzte mir die Zähne, wusch mir das Gesicht und ging ins Bett, das Herz pochte in der Brust, schnell, der Alkohol würde mich nie schlafen lassen. Ich hörte ihn aus dem Bad kommen. Kniff die Augen zu. Verstehst du denn gar nichts?

Ich erwachte aus Unruhe, mitten in einem Traum hatte ich mich an das Feuer im Grill erinnert. Es war absolut unwahrscheinlich, aber es war die letzten Tage trocken gewesen, und falls etwas Glut heraussprang … Ich stand auf und ging zum Fenster. Das Feuer war erloschen. Aber davor saß Bagge, unbeweglich, in seinem Stuhl. Sein Anblick versetzte mir einen Stich in der Brust. Nicht weil er allein sein wollte. Sondern die Art. Wie er dort allein mit sich selbst im Stockfinsteren saß und in seinen eigenen Tiefen wühlte. Ich mochte das nicht. Es war drei Uhr. Worüber denkst du nach? Plötzlich, ohne Vorwarnung, wandte er sich um und sah mir geradewegs ins Gesicht. Ich machte automatisch einen Schritt zur Seite, vom Fenster weg, aber es bestand kein Zweifel daran, dass er mich gesehen hatte. Ich blieb wie erstarrt hinter der Wand stehen. Ich wollte nur das Feuer kontrollieren! Sollte ich das rufen? Aus dem Fenster? Ich brauchte es nicht zu rufen, ich könnte es flüstern, und er würde es hören, draußen war es totenstill. Ich ging zurück ins Bett, diesmal mit noch stärker pochendem Herzen, ich zog mir die Decke über den Kopf, darunter wurde alles noch stärker. Dann hörte ich ihn auf der Treppe. Schnelle, feste Schritte zu mir herauf. Jetzt schlägt er mich tot. Jetzt kommt er und macht Schluss mit mir, ich wusste nicht, warum ich das dachte.

»Allis.«

Er stand vor der Tür, seine Stimme war belegt, seltsam.

»Ich wollte nur sehen, ob das Feuer aus ist!«

Es war still.

»Können Sie rauskommen?«

»Was ist denn?«

Er sagte nichts mehr, aber ich hörte seinen Atem an der Tür.

»Sie müssen antworten«, sagte ich, beinahe jammernd.

»Kann ich reinkommen?«

»Was wollen Sie?«

Auf meiner Seite steckte ein Schlüssel in der Tür, ich konnte es schaffen, ihn in einem Satz zu erreichen und umzudrehen, aber ich lag da wie gelähmt.

»Was wollen Sie?«

»Lassen Sie mich rein!«

»Nein!«, wimmerte ich.

Es wurde still. Ich hörte seinen Atem. Mein Herz hämmerte in der Brust, meine Augen wichen nicht von der Tür, ich konnte mich nicht bewegen.

»Mein Gott«, sagte er leise. »Entschuldigung.«

Ich hielt den Atem an, lag stocksteif da.

»Entschuldigung.«

»Was ist denn?« Meine Stimme nahe am Kippen.

»Ich habe nicht gemerkt, dass ich Sie erschreckt habe. Entschuldigung.«

Ich antwortete nicht.

»Entschuldigung, Allis. Ich wollte Sie nicht erschrecken.«

Ich sagte nichts.

»Wollen Sie schlafen? Oder kann ich kurz reinkommen?«

»Die Tür ist offen.«

Die Tür glitt auf. Er stand vor mir, die tiefen, dunklen Augen, er musste noch viel mehr getrunken haben, nachdem ich ins Bett gegangen war. Er war völlig benommen, machte einen unsicheren Schritt herein. Sank auf die Knie.

»Entschuldigung, Allis.«

»Es ist okay.«

Er warf den einen Arm hinter sich und schlug die Tür zu.

»Sie sind ja völlig betrunken.«

Er sah auf.

»Sie haben einen Hammer auf dem Nachttisch.«

»Ich muss mich wohl verteidigen dürfen.«

»Darf ich auf Ihrem Fußboden schlafen, Allis?«

»Auf meinem Fußboden?«

Er antwortete nicht.

Ich legte eins der Kissen auf den Boden, auf den Teppich.

»Ich habe ja keine zweite Bettdecke«, sagte ich.

»Entschuldigung …«, nuschelte er und ließ sich auf die Seite fallen. Er schloss die Augen und schlief sofort ein. Ich schüttelte leicht den Kopf. Ein Kind. Sein Rücken hob und senkte sich, er lag mit dem nackten Kopf auf dem einen Arm. Was war er? Diese plötzlichen Sprünge, der Wolf in ihm. Und trotzdem, trotzdem fühlte ich mich so warm und sicher mit ihm neben mir auf dem Fußboden. Ich schloss die Augen und drehte mich zur Wand.

Zwei Stunden später musste ich ihn wecken. Es hatte mit Wimmern und schnellen Atmen begonnen. Seine Knöchel waren weiß, die Brust angespannt. Seine Schulterblätter bohrten sich in den Boden. Dann gab er ein Heulen von sich. Ich streckte eine Hand nach unten und rüttelte ihn vorsichtig an der Schulter.

»Sie träumen!«

Er riss die Augen auf, rang nach Atem.

»Nein!«

»Doch. Sie träumen.«

Er sah mich an. Dann sank er zusammen und schloss die Augen wieder.

»O mein Gott.«

»Was haben Sie geträumt?«

Er vergrub sein Gesicht im Kissen. Sagte nichts.

»Was?«

Dann hörte ich an seinem Atem, dass er wieder schlief.

Als ich aufwachte, war er weg. Das Kissen lag auf dem Boden, aber sonst hatte er keine Spuren hinterlassen.

Er saß am Frühstückstisch, als ich die Treppe herunterkam. Ich betete innerlich, dass ihm nicht flau sein und er das dadurch kompensieren würde, dass er nun wütend auf mich war, wie er es immer wurde. Aber er war nicht wütend. Er lächelte und blickte auf.

»Guten Morgen.«

»Guten Morgen«, antwortete ich. Fühlte, wie sich Wärme in meinem Bauch ausbreitete.

»Das wird sich nicht wiederholen. Ich muss sehr betrunken gewesen sein.«

»Das ist okay. Es war schön, Besuch zu haben.«

»Ich wusste erst nicht, wo ich war, als ich aufgewacht bin«, sagte er und lächelte etwas verlegen.

Ich setzte Kaffee auf und deckte den Tisch. Dann aß er eifrig und war irgendwie lachlustig, redselig. War vielleicht immer noch betrunken. Ich stand mit einer Kaffeetasse an der Küchenzeile, es schien nicht, als ob er das als Grenzüberschreitung empfand. Wenn einer von uns die Grenze des anderen überschritten hatte, dann war das ja wohl er. Als er aufgegessen hatte, musste ich fragen.

»Erinnern Sie sich, was Sie diese Nacht geträumt haben?«

»Diese Nacht?«

»Wissen Sie nicht mehr, dass Sie einen Alptraum hatten und ich Sie wecken musste?«

»Sie haben mich geweckt?«

»Dann sind Sie sofort wieder eingeschlafen.«

Er sah nachdenklich aus.

»Es muss ein schrecklicher Alptraum gewesen sein. Sie waren schweißnass, Sie haben geschrien.«

»Ich habe geschrien? Was habe ich geschrien?«

»Oder geheult.«

Er lachte kurz.

»Sie müssen furchtbare Angst gehabt haben.«

»Habe ich etwas gesagt?«

»Nichts, das ich verstehen konnte.«

»Ich kann mich an nichts davon erinnern.«

Als er das gesagt hatte, wurde er still. Er sah aus, als würde er sich auf das konzentrieren, an das er sich nicht erinnerte.

Ich stand auf und räumte den Tisch ab. Goss den letzten Rest Kaffee in seine Tasse. Während ich die Teller spülte, drehte er seinen Stuhl zu mir um.

»Was ist denn?«

»Mir fiel plötzlich ein, dass …«

»Dass?«

»Dass ich Ihnen nie von damals erzählt habe, als sie mich geholt haben«, sagte er und sah mich an.

»Geholt?«

»Ja. Sie sollten vielleicht davon wissen.«

Ich wandte mich zu ihm um.

»Wie, geholt?«

»Denn ich weiß immer noch nicht sicher, wer sie waren. Sie kamen mitten in der Nacht hierher und holten mich. Fünf, sechs große Männer. Nor war bei mir, aber sie rissen sie von mir fort und nahmen mich in einem Lieferwagen mit.«

»Was?«

Ich setzte mich an den Tisch.

»Wir fuhren viele Stunden lang. Ich lag auf dem Boden, die Hände auf den Rücken gebunden, wurde in jeder Kurve gegen die Wand geschleudert. Hörte Hundegebell. Dann blieb das Auto stehen, und wir waren da, die Türen zum Laderaum wurden geöffnet, und sie ließen mich heraus. Wir waren an einem Waldrand. Es war mitten im Winter, überall Schnee. Fichtenwald mit schwerem Schnee auf den Ästen. Wir gingen hinein, schnell, sie schubsten mich vor sich her. Niemand sagte etwas. Ich konnte von keinem das Gesicht sehen, sie trugen Sturmmasken. Sie waren dunkel gekleidet, hatten Stiefel an, ich weiß noch, dass ich dachte, sie müssten ehemalige Soldaten sein. Im Wald war kein Laut zu hören, nur unser Atem und ab und zu Hundegewinsel.

Ich hatte zwei, drei vor mir und genauso viele hinter mir. Ich wusste, dass ich nicht entkommen konnte. Nach einer ganzen Weile verstand ich, dass wir uns dem Ziel näherten, denn die Hunde begannen zu heulen, mehr und mehr, und wirkten freudig erregt. Als wir zu einer Waldlichtung kamen, wurden sie wild, sie sprangen an ihren Ketten auf und ab, die Männer schlugen ihnen mit der Faust auf die Schnauze, damit sie still waren. Sie krochen im Schnee zusammen und wimmerten leise.«

Dann sagte Bagge nichts mehr, sondern ging nach Hause, wie ich es innerlich zu nennen begonnen hatte, wenn er oft plötzlich still und abwesend wurde.

»Ja? Und dann?«

Er sah zu mir auf, fragend.

»Was ist dann passiert?«

»Ich bekam einen Stuhl.«

»Einen Stuhl.«

»Hinter mir kam jemand mit einem Stuhl, wir standen mitten auf dieser Lichtung im Wald, und ich sollte mich setzen. Ich saß, war immer noch gefesselt, durchgefroren, barhäuptig. Extrem erschöpft nach dem langen Marsch durch den Wald.«

Ich kauerte auf dem äußersten Rand des Stuhls, blass vor Angst und Verwunderung über das, was er erzählte.

»Dann trugen einige der Männer, die mich geholt hatten, noch mehr Stühle heran, die sie genau mir gegenüber in zwei Reihen aufstellten, im Schnee. Der Stuhl in der Mitte war viel größer als die anderen. Dann kamen von allen Seiten Männer und Frauen aus dem Wald. Alle hatten lange schwarze Mäntel an und trugen Masken vor dem Gesicht. Es waren Vogelmasken, zwölf verschiedene, Kolkrabe, Elster, Möwe, Kohlmeise und Rotkehlchen. Ich sah einen

Schwan. Einen Mäusebussard. Eine Frau trug eine Maske über dem ganzen Kopf, die eines Stockentenmännchens. Es war ein unglaublicher Anblick, die unfassbar schöne, glänzend grüne Farbe ganz oben auf diesem schwarz gekleideten Frauenkörper, ich starrte sie die ganze Zeit nur an.«

Ich fing an zu lachen, er blickte verwundert zu mir auf.

»Sie machen nur Witze, oder?«

»Nein!«

Ich sah ihn verständnislos an.

»Ich verstand, dass es ein Tribunal war, und dass es meine Sache war, die verhandelt werden sollte. Die zwölf Geschworenen saßen ganz still und blickten hinter ihren Vogelmasken geradeaus. Meine Wachen standen in einer geraden Reihe hinter mir, ich wandte mich um, und jetzt hatten sie die Sturmmasken abgenommen: Einer hatte den Kopf eines Heilbutts, auf der einen Seite blind und auf der anderen zwei Augen. Ein anderer hatte einen Krötenkopf. Einen Mäusekopf. Einer hatte einen schwarz glänzenden Kreuzotterkopf. Ich fühlte ein intensives, pulsierendes Pochen in den Ohren, aber als die Richterin hervortrat, bemühte ich mich, ihr in die Augen zu sehen, ihrem Blick standzuhalten. Sie trug eine Adlermaske. Sie bat mich aufzustehen, las meinen Namen vor und sagte, ich sei eines ›Skemdarvig‹ angeklagt. Ich kannte das Wort nicht, aber ich verstand, was es bedeutete. Sie fragte, ob ich mich schuldig bekannte. Ich schüttelte den Kopf. ›Wir haben dich gesehen‹, sagte einer der Geschworenen, ich ließ den Blick über sie schweifen und blieb bei der Möwe stehen, sah, wusste, dass sie es war. Ich schüttelte wieder den Kopf. Die Geschworenen wandten sich einander diskret zu und flüsterten, konferierten. Ich stand aufrecht. Danach ging alles schnell, die Richterin mit der Adlermaske las das Urteil vor, das schon im Vorhinein vorbereitet und niedergeschrieben war, ich durfte mich nicht erklären. Sie verurteilte mich zum Tod. ›Die Missetaten sind von solchem Charakter, dass sie dich zum Unmenschen machen.‹ Während sie das sagte, sah ich wieder zur Stockente hinüber. Sie wandte ihr Gesicht ab. Da erkannte ich sie: Es war Nor.«

Ich saß da wie erstarrt und hörte seiner Erzählung zu.

»Dann haben Sie mich geweckt.«

»Dann war es ein Traum! Mein Gott, Sigurd! Sie haben gesagt, es war keiner!«

»Was?«

»Sie haben darüber geredet, als wäre es wirklich passiert!«

»Das war das, was ich diese Nacht geträumt habe«, sagte er verwirrt.

»Ich saß da und habe zugehört, als ob das mit Ihnen passiert wäre, als ob sie Sie wirklich geholt und in den Wald verschleppt hätten, das war ja fürchterlich.«

Er lachte überrascht.

»Aber es war ein sehr lebendiger Traum.«

Ich schüttelte den Kopf. Spülte und wrang einen Lappen aus, wischte die Tischplatte vor ihm ab. Er saß in Gedanken versunken da, sah mit leerem Blick in die Luft und nahm mich nicht wahr. Rieb mit der Hand über seinen kurzen Bart. Sein Haar war glücklicherweise merklich gewachsen, in nur einer Nacht. Ein schwarzer Flaum. Als ich den Wasserhahn aufdrehte, wurde er aus seinen Gedanken gerissen, er rückte vom Tisch weg und dankte für das Essen.

Als ich allein war, ging ich in mein Zimmer hinauf und nahm die Wörterbücher aus dem Wohnzimmer mit. Ich hatte das Wort schon einmal gehört, fand es aber in keinem der Wörterbücher wieder. Ich versuchte es mit alternativen Schreibweisen. Zum Schluss fand ich »Skjemtarverk«, aufgeführt als Begriff für eine nicht wiedergutzumachende Tat, ein Verbrechen, das so schwer war, dass es nicht mit Bußgeld oder etwas anderem gesühnt werden konnte. Der Begriff stammte aus den Gesetzen des Königs Magnus Lagabøte, daher kannte ich ihn auch. Der Täter wurde für vogelfrei erklärt und konnte von allen getötet werden. »Skjemtarverk« war dasselbe wie »Nidingsvig«, las ich, ein niederträchtiger Mord. Ein »Niding« war die niederste Form eines Menschen. Ein Unmensch, eine Person, der alle Ehre entzogen worden war. Warum träumte er so etwas? Nicht, dass ich die brüchige innere Logik von Träumen und all das nicht kannte, ich konnte zu beinahe jeder Tages- und Nachtzeit träumen und verkörperte dabei alles vom Kriegsgefangenen bis zum Henker. Aber die Präzision, mit der er es erzählt hatte, so chronologisch und lebendig. Nicht wie ein normaler Traum, in dem alles hübsch und ordentlich zusammenzuhängen scheint, solange man daliegt, was aber in wachem Zustand meistens nur wirre Fragmente aus einer verkehrten Welt sind. Dass seine Frau ihm im Traum erschien, während er bei mir auf dem Fußboden lag. Mit grünglänzendem Stockentenkopf. Ein Himmel von Schuld.

Ich gab mir besonders große Mühe, an alles zu denken, damit ich diese Woche nicht mehrere Male zu gehen brauchte. Zum Schluss stellte ich den Korb auf den Ladentisch. Halt heute bloß die Klappe, dachte ich, die Aversion saß in jeder Faser meiner Nerven. Sie sagte nichts, ich auch nicht, sie widmete sich dem Eintippen der Waren. Rot genoppte Haut am Hals unter dem weichen Kinn. Als ich ihr das Geld gegeben hatte, hielt sie kurz inne.

»Tja, das war ja schrecklich mit der Frau.«

»Was?«

Ich richtete den Blick auf sie, um zu zeigen, dass ich stark war, sie sollte nicht glauben, dass sie einfach Dinge herausschleudern konnte, die ich wie ein Trottel mit nach Hause tragen würde.

»Nicht, dass es einen anderen Weg gegeben hätte.«

»Ich weiß leider nicht, wovon Sie …«

»Sie konnten vielleicht nicht an der Beerdigung teilnehmen? Hatten wohl im Garten zu tun?«

Sie lächelte ein wenig, reichte mir das Geld.

Ich ging, ohne etwas zu sagen. Drückte die Waren so fest in die Fahrradtasche, dass ich fühlen konnte, wie die Eier zerbrachen. Ich musste es Bagge sagen, er musste es wissen. Kein Nachbarhaus in der Nähe, und trotzdem wusste sie, dass ich im Garten arbeitete. Das war das Dümmste von allem, die Besorgnis, dass mich vielleicht jemand bei meinen trostlosen Versuchen mit der Gartenarbeit gesehen hatte. Er im schwarzen Anzug, glattrasiert. War es so gewesen? Ich konnte diese Verkäuferin nicht noch mehr Kontrolle über mich bekommen lassen, als sie schon hatte.

Wenn ich daran festhielt, sie nur als Verkäuferin anzusehen, nicht als Individuum, sondern als Teil einer undeutlichen, feindlichen Gruppe, dann würde es einfacher sein, sie zu töten, dachte ich. Aber sie hatte bereits ein Gesicht und eine Stimme. Konnte es wahr sein, dass seine Frau tot war? »Nicht dass es einen anderen Weg gegeben hätte.«

Er kam nicht aus seinem Zimmer, als das Abendessen fertig war. Ich klopfte mehrmals an die Tür. Rief in den Garten hinaus. Er war weg. Ich schlüpfte in die Sandalen und ging durch den Garten nach unten. Fand ihn ganz außen auf dem Steg, wo er mit der Angel stand, in dünnem Hemd.

»Hier sind Sie! Das Abendessen ist fertig.«

Er wandte sich um.

»Ach, Mist, ich habe die Zeit völlig vergessen.«

»Haben Sie etwas gefangen?«

»Nichts.«

Er ging hinter mir her die Treppe hinauf.

»Wollen Sie nichts essen?«, sagte er, als ich seinen Teller vor ihn hinstellte.

»Sie essen immer allein.«

»Wirklich?«

»Herrgott nochmal, das haben Sie doch schon die ganze Zeit gemacht! Ich esse immer nach Ihnen.«

»Warum denn?«

»Weil Sie es gesagt haben! Wenn Sie in Ihr Zimmer gehen, dann esse ich.«

Er sah verwundert zu mir auf. Er schien mir nicht zu glauben. Ich war nahe daran, ihn zu fragen, ob er verrückt geworden sei, aber ich traute mich nicht, falls er es wirklich war.

»Aber wird dann nicht das Essen kalt?«

Ich nickte zum Herd.

»Dafür verwende ich die Folie.«

»Aber wollen Sie denn nicht mit mir essen, wäre das nicht einfacher?«

»Ja, wollen Sie das denn?«

»Na klar, Allis.«

Ich deckte ihm gegenüber für mich auf. So, dachte ich, jetzt hat sie recht behalten, jetzt habe ich angefangen, mich in ihn hineinzufressen. Sie wird immer recht haben.

Es war das erste Mal, dass wir zusammen aßen, jedenfalls drinnen, wir hatten Fisch und Würste draußen gegessen, aber dies war eine formelle Situation, eine Institution, Abendessen am Esstisch. Er da drüben, dachte ich, ist das ein Mann in Trauer? Ja, natürlich, genauso muss es sein, er steht unter Schock. Verwirrung und schlechtes Gedächtnis, das ist ja wie im Bilderbuch. Konnte es wirklich so sein, wo war sie gewesen, war es ein langes Krankenbett? Er war während der Zeit, die ich hier verbracht hatte, kaum aus dem Haus gewesen, er war seit April vielleicht viermal in die Stadt gefahren.

»Es schmeckt sehr gut. Was ist das?«

»Seelachs.«

»Aus dem Laden?«

Ich nickte.

Wir aßen still. Ich tat, was ich konnte, um nicht zu viel mit dem Besteck zu klappern und ihn darauf aufmerksam zu machen, dass ich anwesend war, falls er es vergessen hatte. Er kaute den Fisch langsam, das kleine Besteck in seinen großen Händen, er trank ein paar Schluck Wasser. Das Haar glatt und schwarz, das Kinn von einem dichten, kurzen Bart bedeckt, er hatte sich nicht rasiert, seit er wieder zu Hause war. Ich hatte keine Ahnung, wie ich ihn fragen sollte, musste es tun, bevor das Abendessen vorbei war, aber das Essen auf seinem Teller wurde kontinuierlich weniger, und ich brachte es nicht über mich, etwas zu sagen.

Schließlich stand er auf.

»Danke für das Essen.«

»Bitte.«

Ich musste etwas sagen. Holte Luft.

»Sigurd.«

Er drehte sich um.

»Ja?«

»Wollen Sie Kaffee?«

»Ja, gerne. In einer halben Stunde?«

»Schön, in einer halben Stunde.«

Ich seufzte innerlich. Dachte nach, ob es eine Nummer gab, die man anrufen konnte, ob es irgendeine staatliche oder kommunale Instanz gab, die man kontaktieren konnte, um zu erfahren, ob jemand gestorben war. Nein, das konnte ich ja nicht machen. Die Zeitungen, Todesanzeigen. Wenn die Beerdigung am Freitag gewesen war, konnte die Annonce vielleicht am Montag oder Dienstag drin gestanden haben, ungefähr gerechnet. Nein, ich schlug es mir wieder aus dem Kopf, das war nichts, in das ich mich einmischen sollte.

Als wir mit unseren Kaffeetassen am Esstisch saßen, schaffte ich es trotzdem, aus Versehen laut zu sagen, was ich dachte.

»Die Verkäuferin«, hörte ich meine eigene Stimme in den luftleeren Raum sagen, abwesend.

»Ja?«

»Kennen Sie sie gut?«

Er sah mich verwundert an.

»Die Verkäuferin, ob ich sie gut kenne? Nein, tue ich nicht.«

»Nein, okay.«

»Warum?«

Wie sollte ich das vermitteln? Ich versuchte nachzudenken, was sie konkret gesagt hatte. Holte Luft.

»Sie hat in letzter Zeit angefangen, Dinge zu mir zu sagen.«

Er richtete seine grauen Augen auf mich.

»Was für Dinge?«

Ich versuchte, mich zu erinnern, was sie eigentlich gesagt hatte.

»Es hat damit angefangen«, – ich schluckte –, »dass ich meinen Namen unter Ihren auf den Briefkasten kleben musste, weil ...«

»Was haben Sie gesagt?«

Er stellte die Tasse vor sich auf den Tisch, neben die Untertasse.

»Weil meine Mutter viel Post für mich bekommen hatte, die sie weiterschicken musste.«

»Sie haben Ihren Namen auf meinen Briefkasten geklebt, wann haben Sie das gemacht?«

»Während Sie fort waren, vorige Woche.«

Er antwortete nicht.

»Er hing dort nur einen Tag. Oder vielleicht zwei.«

»Was für Dinge hat sie gesagt?«

»Nur komische Dinge ...«

»Ja, was denn?«

»Es scheint, als würde sie mich bloßstellen wollen, versuchen, mir Angst zu machen.«

»Was sagt sie?«

Ich holte Luft.

»Ist Ihre Frau tot?«

Er stand auf.

»Sie können nicht gehen.«

Er blieb stehen, und es sah aus, als würde er am Boden festhängen.

»Sigurd.«

»Ja, ist sie.«

Er stand immer noch da und sah mich direkt an, als er das sagte.

»Ja, sie ist tot.«

Ich spürte etwas fallen, in meinem Inneren, als er das sagte, und etwas steigen.

»Ist es schon lange her?«

Ich versuchte es so ruhig, so weich wie möglich zu sagen.

»Als ich so lange fort war.«

Er sah mich nicht an, hatte den Blick geradeaus in die Luft gerichtet. Ich wollte nicht zu viel sagen, sondern ihn entscheiden lassen, ob er reden wollte oder nicht.

»Mein Beileid.«

Er setzte sich zurück auf den Stuhl, seitlich, von mir abgewandt.

»Danke. Hat sie noch mehr gesagt im Laden?«

»Nein, nichts Besonderes.«

Er sah mit leerem Blick vor sich hin.

»War sie krank?«

»Ja, was sonst?«

Er war so feindselig, dass ich nichts mehr zu fragen wagte. Ich blieb sitzen, rührte meinen Kaffee nicht an, aus Angst, respektlos zu wirken. Ich wollte sagen »ich fühle mit Ihnen«, aber das würde sich nur dumm anhören. Er machte keine Anstalten, mehr zu sagen, aber er blieb sitzen.

»Sind Sie am Freitag von der Beerdigung gekommen?«

»Ja.«

Er war ja an diesem Tag so merkwürdig gewesen, als er

nachts auf meinem Fußboden geschlafen hatte, aber gleichzeitig war das Zusammensein mit ihm niemals besser gewesen.

»Es tut mir leid.«

»Es gibt nichts, was Ihnen leidtun sollte.«

Nein, nein. So war er nicht empfänglich. Das war okay, ich hatte Verständnis dafür. Aber warum hatte es keine Anzeichen gegeben, war sie auf dieser Reise krank geworden, oder war auch die eine Erfindung? All die Sachen in dem abgesperrten Zimmer im oberen Stockwerk, sie hatte ja offenbar eine ganze Weile nicht hier gewohnt. So saßen wir lange, ohne etwas zu sagen. Ich war froh, dass er nicht wegging.

»Kann ich Ihnen etwas bringen?«

Er sah auf.

»Es gibt noch Kaffee.«

»Ja. Danke.«

Ich stand auf, um ihm einzuschenken. Er ergriff mein Handgelenk, die Kanne fiel auf den Boden und zerbrach, der Kaffee lief aus. Er hielt mich fest, hart, er zischte.

»Sie fragen und fragen!«

»Entschuldigung!«

Er ließ los, und ich fiel, machte ein paar Schritte nach hinten und schaffte es, das Gleichgewicht zurückzugewinnen, ich hörte Glas unter meinen Füßen knirschen, hatte zum Glück Pantoffeln an. Ihre. Er stand auf und ging in sein Zimmer, schnell, hart. Der Puls pochte in meinen Ohren, alles passierte so schnell. Handfeger und Schaufel standen neben dem Kühlschrank, ich musste das Glas aufkehren, ich beugte den Nacken und war die ganze Zeit bereit, mich wegzuducken, spürte ihn hinter mir. Machte einen Lappen nass, kniete mich hin und wischte die Kaffeelache auf, sah mir über die Schulter, hörte, wie sich seine Tür wieder öffnete.

»Allis. Entschuldigung.«

Wie oft würde er das noch sagen?

»Es macht nichts.«

»Ich meine es ernst, es tut mir so leid.«

»Ich meine es auch ernst, es macht nichts.«

Ich stand auf, ging zur Küchenzeile, ohne ihn anzusehen, und spülte den Lappen aus.

»Sie müssen mir vergeben.«

Ich drehte mich um.

»Aber das tue ich ja! Ich vergebe Ihnen! Ich vergebe Ihnen, was es auch sein mag!«

Er sah mich betrübt an. Ich machte einen Schritt auf ihn zu.

»Es macht wirklich nichts, ich meine es ernst. Hier.«

Ich streckte ihm meine Hand hin, er nahm sie. Drückte sie fest in seiner, mit geschlossenen Augen. Er zog mich an sich und umarmte mich mit dem anderen Arm, meine Nase wurde in seine Halsgrube gepresst, meine Arme waren schlaff, ich konnte sein Herz hören. Er ließ meine Hand los und schlang beide Arme um mich, hielt mich fest. Meine Knie zitterten. Er ergriff mit beiden Händen meine Schultern und hielt mich von sich weg, sah mich ernst an.

»Allis.«

Dann ließ er mich los. Ich war nahe daran zusammenzusacken, war wie eine Puppe. Ich nahm die Kehrschaufel und öffnete den Küchenschrank, schüttete die Glasscherben klirrend in den Müll.

»Allis.«

Ich sah auf.

»Sie müssen weg von mir.«

»Was?«

Er stand nur da und sah mich an. Dann schüttelte er plötzlich den Kopf.

»Nein«, sagte er. »Entschuldigung.«

Ich wusste nicht, was ich machen oder sagen sollte, ich bückte mich, um eine Glasscherbe aufzuheben, die unter dem Esstisch in der Abendsonne glänzte. Er stand nur da und betrachtete mich mit sorgenvoller Miene. Ich dachte, hier muss man nachsichtig sein, er hat gerade seine Frau begraben, meine Güte, was für ein Gedanke. Er drehte sich um und ging in sein Zimmer. Anstatt zu weinen, holte ich tief Luft, ich brauchte auch nicht wegen jeder Kleinigkeit zu weinen, obwohl ich gelesen hatte, dass Tränen rein chemisch eine Art lindernden Effekt haben sollten. Ich spürte den Druck auf der Brust, stand auf und fing mit dem Abwasch an. Gerade als ich fertig war, kam er heraus.

»Allis, können Sie eine Runde mit mir rausgehen?«

Ich wandte mich um, verwundert, ein wenig ängstlich.

»Jetzt?«

»Ich muss Ihnen etwas zeigen.«

»Was denn?«

Er zog sich die Schuhe an, die innen an der Verandatür standen. Öffnete dann die Tür.

»Sie werden schon sehen. Ziehen Sie sich einen Pullover an.«

Ich wollte sagen, er müsse versprechen, mich nicht umzubringen, dachte aber, das wäre unpassend, wo doch seine Frau gerade gestorben war. Ich ging langsam auf ihn zu, schlüpfte in die Sandalen, und dann folgte ich ihm durch den Garten, es war ein warmer roter Juniabend. Er ging auf die Treppe zu, die zum Steg hinunterführte.

»Sie wissen, dass ich nicht bade.«

»Ja, klar.«

Ich folgte ihm die Treppe hinunter. Es hatte zu dämmern begonnen. Ich hatte Angst vor ihm, er war instabil, er könnte mir sonst was zeigen wollen, ich sah den Sarg mit seiner Frau im Schuppen vor mir, alle möglichen Vorstellungen rasten mir auf dem Weg die Stufen herunter durch den Kopf. Er musste es gemerkt haben, denn er wandte sich zu mir um.

»Es ist nichts, wovor Sie sich fürchten müssen.«

Dasselbe hätte er gesagt, wenn es tatsächlich etwas wäre, wovor ich mich fürchten müsste, dachte ich.

Als wir zum Steg hinunterkamen, standen die Gartenstühle dort.

»Setzen Sie sich.«

Er gab mir eine Decke.

War es das, was er mir zeigen wollte, dass er es geschafft hatte, die Gartenstühle hinunterzutragen? Wir saßen lange da, ohne etwas zu sagen, sahen nur auf das Meer hinaus, es blies ein leichter, milder Abendwind zum Land hin, sonst war alles still und ruhig.

Ungefähr um neun fing ich an, ungeduldig zu werden.

»Aber was wollten Sie mir zeigen?«

»Warten Sie.«

Na gut. Alle Arten von Gedanken schossen mir durch den Kopf, während ich dort saß, ein bisschen schläfrig und ein bisschen fröstelnd, ich dachte an mein früheres Leben an der Uni, beim Fernsehen, die Städte, in denen ich gewesen war, ich dachte an frühere Sommerferien in meiner Kindheit, an Gespräche, die ich mit verschiedenen Leuten geführt hatte, mit Leuten, die ich kaum kannte, aber die ich immer noch wörtlich in Erinnerung hatte, an Fahrradtouren und an den alten Lebensmittelladen, in dem ich immer eingekauft hatte, als ich meine erste eigene Wohnung hatte, die Handschrift meiner Großmutter.

»Jetzt«, sagte er.

»Was?«

»Schauen Sie jetzt.«

»Wohin?«

»Schauen Sie den Mond an.«

Der Mond war plötzlich tiefrot geworden, mit einem weißglühenden Rand an der oberen Hälfte.

»Mondfinsternis«, sagte ich.

»Ja.«

»Ich habe nie verstanden, wie das funktioniert.«

»Aber wenn Sie raten müssten?«

»Lieber nicht.«

»Doch, Sie kommen nicht drum herum.«

Jetzt musste ich demonstrieren, wie dumm ich war. Sonnenfinsternis war noch okay. Aber das?

»Die Sonne steht zwischen dem Mond und der Erde.«

Er schüttelte den Kopf, lächelte ein bisschen.

Ich musste scharf nachdenken.

»Nein. Ich weiß es nicht.«

»Die Erde kommt zwischen die Sonne und den Mond. Der Mond landet im Schatten der Erde.«

»Der Mond bekommt kein Sonnenlicht?«

»Genau.«

Ich bereute, dass ich nicht besser nachgedacht hatte.

»Der Schatten, der über dem Mond liegt, das ist der Schatten der Erdkugel.«

Der Schatten der Erdkugel. Er wölbte sich fast über die ganze Mondoberfläche, das hatte auf einmal etwas Mächtiges an sich. Man konnte die Erde von außen betrachten, wenn auch nur als Schatten, und nur einen kleinen Teil von ihr.

»So hat Aristoteles bemerkt, dass die Erde rund ist«, sagte er.

Der Mond wurde ungeheuer langsam von der roten Dunkelheit aufgefressen. Wir saßen ganz still da und sahen zu.

»Jetzt ungefähr«, sagte er. »Jetzt ist er am kleinsten.«

Wir saßen fast in völliger Dunkelheit, in völliger Stille, außer dem vorsichtigen Plätschern des Meeres und seinem Atem, kaum hörbar. Ich war froh, ruhig. Und traurig. Ich wollte so gern richtig reden, frei, ernsthaft. Das ging nicht. Vielleicht wünschte er sich dasselbe. Aber er musste anfangen. Ich wollte etwas über seine Frau hören. Hatten sie getrennt gelebt? Und warum? Ich saß hier mit einem Witwer.

»Lassen Sie sich ansehen.«

»Was?«

»Lassen Sie sich ansehen«, wiederholte er.

Ich drehte mich zu ihm.

»Sie sind schön, Allis.«

»Jetzt, wo es ganz dunkel ist, ja.«

»Auch im Licht schön.«

»Finden Sie?«

»Ja. Natürlich.«

»Sie sind auch schön.«

Jetzt hatte ich es gesagt. Aber er hatte angefangen. Mir wurde warm im Gesicht, konnte mein Lächeln nicht verbergen. Er stand auf. Er stellte sich vor mich, sodass die tiefrote Kugel hinter ihm verschwand.

»Lassen Sie sich ansehen.«

Ich starrte zu ihm hinauf, lächelte vorsichtig.

»Lassen Sie sehen.«

Ich sah ihn fragend an, wusste nicht, was er von mir wollte.

»Sie sind so schön.«

»Danke.«

»Ziehen Sie die dicke Jacke aus, Allis. Wollen Sie nicht?«

Jetzt war es soweit. Hier? Etwas zögerlich wand ich die Arme aus der Jacke, legte sie in meinen Schoß, saß nur in dem hellen, dünnen T-Shirt da. Er seufzte mit der Zunge an den Vorderzähnen.

»So schön.«

Ich öffnete die Lippen ein klein wenig, sah zu ihm auf.

»Du Liebe. Liebe Allis.«

Ich wusste nichts zu sagen.

»Ich muss dich sehen dürfen. Etwas mehr von dir. Darf ich?«

Durfte er das? Er stand über mir, der Mondschein schuf um ihn herum eine blasse Kontur. Sein Blick war dunkel und weich, behutsam. Ich zog mein T-Shirt langsam aus.

»Du.«

Er seufzte wieder.

»Du musst dich mir zeigen.«

Es war kalt. Ich hatte eine Gänsehaut. Ich sah fragend zu ihm auf. Er nickte fast unmerklich.

Ich legte die Hände auf den Rücken und löste den BH, ließ ihn auf die Mauer fallen. Seine Augen wurden schmaler.

»Du«, flüsterte er.

Ich zitterte leicht. Holte tief Luft. Er machte einen Schritt vorwärts, beugte sich zu mir. Er lehnte sich zu mir herunter. Dann legte er sein Gesicht an meine Wange, die Lippen an mein Ohr. Ich schloss die Augen, sein warmer Atem an meinem Ohr schickte Blitze die Wirbelsäule hinunter.

»Hure.«

Er stand auf und wandte sich zum Fjord um, zum Mond. Dann ging er langsam die Treppe hinauf.

Es kribbelte mir hinter den Augen, alle Geräusche waren fern, dumpf. Ich spürte nur meinen Atem, der in die Lunge schnitt. Bald würden meine Beine ihre Kraft verlieren, aber ich musste noch ein bisschen schaffen. Nur schwarze Berge, graue Felder und dunkle Fenster, mit jedem Kilometer spärlicher. Vor mir war nur ein sich weitendes Nichts. Als würde man mit dem Fahrrad ins Universum hinausfahren. Seine viel zu große Arbeitsjacke wärmte meinen Oberkörper, aber die Hände und die Füße in den dünnen Sandalen waren eisig. Dass eine Bundesstraße so wenig befahren sein konnte. Ich musste bald anhalten und mich ausruhen, aber es war kaum irgendwo eine Haltebucht zu sehen, nur Straßengräben und Leitplanken zwischen mir und der steilen Böschung zum Fjord hinunter, der selbstzufrieden im Mondlicht glitzerte. Ich hatte keinen Plan, wusste nur, dass ich nicht anhalten konnte. Durfte diesmal nicht umdrehen, musste weg.

Ich hatte die entgegengesetzte Richtung zum Laden gewählt und damit die entgegengesetzte Richtung zur Stadt und zu meinen Eltern. War nicht sicher, wie weit ich von der nächsten Siedlung entfernt sein konnte, soweit ich wusste, konnte ich an einem Fähranlegeplatz landen, würde am nächsten Morgen erfroren irgendwo unten am Fjord gefunden werden.

Gerade als ich darüber nachdachte umzudrehen, kamen mehr und mehr Häuser. Die Straße wurde breiter. Hinter einer Kurve tauchte ein gelber Mittelstreifen auf, ich musste mich einem Ort nähern. Meine Beine waren steif und gefühllos, die Zehen in den Sandalen bläulich weiß. Mit letzter

Kraft schaffte ich es einen leichten Hügel hinauf, unendlich langsam. Oben blieb ich stehen und sah hinunter, dort unten war das leuchtende Schild. Ich war zu müde, um mich zu freuen, konstatierte es nur und ließ mich hinunterrollen. Stieg vom Fahrrad, und meine Knie sackten zusammen, ich musste mich an einer der Zapfsäulen abstützen. Schob das Fahrrad um die Ecke, in die Dunkelheit. Die elektrischen Türen öffneten sich. Eine Dame in roter Uniform mit braunem Pferdeschwanz blickte überrascht hinter der Theke auf.

»Darf ich die Toilette benutzen?«

Sie musterte mich rasch und nickte zur Tür hin. Ich ging steif durch den Raum, mit klappernden Zähnen, schloss die Tür ab und drehte den Warmwasserhahn auf. Hielt die Hände unter den glühend heißen Strahl, sie wechselten die Farbe von Weiß zu Tiefrosa, schwollen unter dem Wasser an. Ich schwappte mir ein wenig Wasser ins Gesicht, rieb den Schweiß und den Straßenstaub ab. Strich mir die Haare aus den Augen und fand einen Haargummi in meiner Hosentasche, sammelte das Haar in einem Pferdeschwanz. Ich richtete mich auf, presste die Schultern nach hinten und holte tief und zitternd Luft, es knisterte in den Ohren. Blutgeschmack im Mund, immer noch außer Atem. Meine Hände zitterten vom langen Umklammern des Lenkers. Die Neonröhre an der Decke flackerte, am Spiegel hing eine Liste, die die Reinigung der Toilette dokumentierte. Ein Kugelschreiber an einer Schnur. Menschliche Signaturen, die hießen: Ja, ich bin hier gewesen, ich habe die Toilette geputzt. An diesem und jenem Datum. Also sollte alles in Ordnung sein. Das schien mir auf einmal unendlich großartig, dass die Toilette nach Vorschrift geputzt worden war, mit industriellen Reinigungsmitteln und Gummihandschuhen. Ich fühlte Tränen hervordringen. Die Zivilisation. Mein eigener Anblick in seiner gigantischen dunkelblauen Arbeitsjacke, die ich vom Nagel über den Holzstapeln gerissen hatte. Wie klein ich trotz allem war. Konnte den Halt verlieren und von beinahe allem zerstört werden. Ich hielt so wenig aus. Jedes Mal, wenn etwas ein bisschen schwierig wurde, merkte ich, wie wenig ich aushielt, wie wenig mein Rückgrat eigentlich aushielt, dann gab es fast sofort eine zitternde Unterlippe und danach eine neue Flucht.

Es klopfte kurz an die Tür, mild.

»Ich muss jetzt schließen.«

»Ich komme«, antwortete ich schnell. Drehte den Wasserhahn wieder auf, streckte die Hände darunter, drehte ihn zu, trocknete die Hände mit Papier. Schloss die Tür auf. Sie stand am Ausgang mit einem Schlüsselbund in der einen Hand.

»Ist alles in Ordnung?«, fragte sie und blickte auf meine Füße, die nackten Zehen, die kurze Hose, die unter der dicken, langen Arbeitsjacke hervorragte. Sie warf einen Blick hinaus.

»Sie sind nicht mit dem Auto gekommen?«

»Mit dem Fahrrad.«

»Sie sind sehr dünn angezogen. Wollen Sie weit weg?«

Ich zögerte.

»Soll ich Sie irgendwo hinfahren?«

Ich sah sie an. Vielleicht zehn Jahre älter als ich. Eine dieser fantastisch bodenständigen Personen, von denen das Land so voll war, effektiv und mild zugleich, eine Mutter für alle, die sie brauchten. Braunes Haar und Sommersprossen, etwas breitbeinig und gut darin, überall aufzuräumen, wo es nötig war. Blitzartig durchfuhr es mich, dass ich jetzt eine Person war, die Hilfe brauchte, die Fürsorge anderer.

Bleigraue Schwermut erfüllte mich bei dem Gedanken, so vollkommen außerhalb jeglicher menschlicher Beziehungen zu stehen. Während die anderen Menschen aus Fleisch und Blut waren, die zusammen aßen, zusammen weinten, war ich eine Vogelscheuche, die weit draußen auf dem Feld stand, menschenähnlich, aber kein Mensch, und außerhalb aller sozialen Zusammenhänge, allein – aber eine Vogelscheuche hatte wenigstens eine Funktion, und das hatte ich nicht.

»Ich habe hier hinten Platz für Ihr Fahrrad.«

Ich ging durch den Raum auf sie zu, blickte hinaus. Auf der anderen Straßenseite lag ein Motel. Ich konnte übernachten, die Situation mit dem Geld erklären, die Rechnung zugeschickt bekommen. Wie weit war es von hier aus zum Flughafen? Es gingen sicher jede Stunde Busse, oder ich konnte ein Taxi zum Flughafen nehmen, dem Fahrer versichern, dass ich sofort bezahlen würde, wenn ich die Möglichkeit hatte. Flugticket? So etwas fügte sich, schließlich konnten alle sehen, dass ich nicht gerade an einem guten Punkt im Leben war, und so sind die Leute, sie helfen einander, wenn es nötig ist. Ich konnte einen Flug zurück zu Johs nehmen, es noch einmal versuchen. Das war kein wahnwitziger Gedanke, vielleicht war die Zeit jetzt reif. Ich dachte, insgesamt etwas aufgemuntert, dass das vielleicht eigentlich meine stärkste Seite war, dass ich trotz allem irgendwie lösungsorientiert war, immer sofort nach vorne dachte, wenn ich in irgendeine schlimme Situation geriet, gleich anfing, mögliche Auswege zu planen, immer ein bisschen begeistert, denn schlimme Situationen waren immer gute Ausgangspunkte für große und kleine Veränderungen im Leben, so war es mit K gewesen, ich hatte sofort gedacht, dass ich mich nun endlich mit gutem Grund vollkommen aus der Gesellschaft zurückziehen konnte. So hatte ich die Annonce gefunden.

Sie stand da und wartete darauf, dass ich antwortete. In der roten Uniform sah sie aus wie der Schiedsrichter bei einem Handballspiel.

»Wohin müssen Sie?«

»Nach Norden«, sagte sie.

»Ich auch.«

»Wie gut! Dann fahren wir«, sagte sie, öffnete mir die Tür, machte das Licht aus und schloss hinter uns ab. Ich ging um die Ecke und schob mein Fahrrad zu ihrem Pickup hinüber, hob es über die Umrandung auf die Ladefläche. Setzte mich nach vorne, sie startete das Auto und fuhr aus der Tankstelle heraus.

»Müssen Sie weit?«, fragte sie.

»Nur ein kleines Stück.«

»Sie haben einen Platz zum Schlafen?«

»Ja.«

Ich rollte langsam und klappernd durch die Allee, an den bleichen Birkenstämmen vorbei, sah den Zaun und das Haus vor mir. Alle Fenster waren dunkel. Ich lehnte das Fahrrad an den Zaun, öffnete und schloss das Tor lautlos und ging, so leise ich konnte, über den Vorhof. War absolut fest entschlossen, ich spürte es im ganzen Körper, jeder Zelle, ich würde nicht umkehren. Schlich an der Hauswand entlang und die Steintreppe hinauf, die Sandalen klapperten ein wenig, ich drückte leise die Klinke, er hatte abgeschlossen. Ich ging wieder hinunter, in meinem Kopf herrschte ein lärmendes Konzert aus Geräuschen und Gedanken und Stimmen. Ich lief auf den Steinplatten um das Haus herum, die beiden Stufen zur Veranda hinauf, trat an die Verandatür und versuchte, ins Zimmer hineinzusehen, es war vollkommen dunkel. Mein Blick glitt über die Küche nach ganz hinten, zum kleinen Zimmer, dem Esstisch, seinem Stuhl – ich blickte direkt in ein blasses Gesicht und in zwei große Augen, die mich geradewegs ansahen. Ich schrie auf. Griff mir ans Herz und schrie ihm entgegen. Er saß auf seinem Stuhl, völlig bewegungslos, und sah mich an, mit einem Blick wie tot. Ich stolperte hintenüber und verlor fast das Gleichgewicht, sah ihn hochschnellen, die Verandatür aufreißen.

»Scher dich weg!«

Seine Augen waren zwei schwarze Löcher, er wirkte krank, sah aus, als wäre er gerade dabei, diese Welt zu verlassen.

»Nein!«, sagte ich und biss die Zähne fest zusammen, stand am Rand der Veranda und spannte alle Muskeln an.

»Du brauchst mich!«

»Nein, Allis! Du musst weg von mir!«

Ich zögerte, dann griff ich nach dem einen Blumentopf, der auf dem Geländer stand, und schleuderte ihn fest auf den Boden. Scherben und Erde spritzten, er fuhr nach hinten.

»Nein! Ich fahre nirgendwohin. Du bist in Trauer.«

Er blickte zu Boden und schüttelte still, langsam, den Kopf.

»Nein. Das bin ich nicht.«

»Verstehst du denn gar nichts?«, sagte ich.

Er sah zu mir auf. Ich zitterte vor Kälte und Aufregung, barfuß in den Sandalen, meine langen kalten Beine unter der kurzen Hose und seiner Jacke. Ich klapperte mit den Zähnen, fühlte mich plötzlich so stark von dieser Wut im Bauch.

»Ich habe nichts, wo ich sonst hinkönnte!«

Ein Zittern ging durch meinen Körper, er wurde undeutlich vor mir, ich machte einen Schritt zur Seite und einen nach hinten, spürte, wie mir schwindelig und schwarz vor Augen wurde, sah ihn auf mich zustürzen.

Ich wurde von Geräuschen aus der Küche unten geweckt, eine intensive Freude durchstrahlte mich, ich war hier. Mein ganzer Körper war schweißnass, das Bettzeug klebte am Körper. Ich versuchte, mich im Bett aufzusetzen, aber meine Arme trugen mich nicht. Die Geräusche unten verstummten. Dann seine Schritte auf der Treppe nach oben.

»Allis?«, sagte er vor der Tür, klopfte leicht an. Er streckte seinen kurz geschorenen Kopf herein.

»Wie geht es dir?«

»Wie bin ich hier raufgekommen?«

»Ich habe dich heute Nacht getragen.«

»Ist es Morgen?«

»Es ist Vormittag. Was kann ich dir bringen?«

»Fiebersenkende Tabletten. Im Schrank in meinem Bad.«

Er ging hinaus, kam mit zwei Tabletten, die er mir in die Hand gab, und einem Glas Wasser zurück. Ich schluckte die Tabletten und legte mich wieder hin. Er verließ das Zimmer, seine Schritte auf der Treppe und rumoren aus der Küche. Nach einer Weile hörte ich ihn wieder die Treppe heraufkommen. Er klopfte an und kam mit einem dampfenden Teller und einem Glas rotem Saft herein.

Haferflockensuppe.

Er stellte sie auf meinem Nachttisch ab, hatte einen fast unmerklich stolzen Zug auf dem Gesicht. Ich lächelte matt und bedankte mich. Dann ging er wieder. Ich legte meinen Kopf auf das Kissen, konnte nicht essen, obwohl er so stolz gewirkt hatte. Ich schloss die Augen, eine Welle von Schüttelfrost durchfuhr meinen Körper, ich drehte mich auf die Seite und wartete darauf, dass die Tabletten wirken würden. Meine Haut fühlte sich so dünn an, so empfindlich.

Als ich wieder aufwachte, saß er auf dem Stuhl am Schreibtisch und sah mich an. Der Teller stand unberührt auf dem Nachttisch.

»Wie viel Uhr ist es?«

»Fast vier.«

»In der Nacht?«

Er lachte leise, schüttelte den Kopf. Er beugte sich zu mir vor, legte ruhig eine Hand auf meine Stirn.

»Wir müssen Fieber messen«, sagte er und griff nach dem Thermometer auf dem Schreibtisch, steckte es zwischen meine Lippen. Kurz darauf piepste es, er zog es heraus und musterte es mit einer Falte auf der Stirn.

»Schlaf jetzt, Allis.«

Als ich aufwachte, war ich allein. Sah am Licht, dass es früher Abend war, ich zitterte, meine Muskeln schmerzten. Ich horchte nach Geräuschen von unten, aber da war nichts. Nach einer ganzen Weile hörte ich das Fahrrad über den Hof klappern. Seine Schritte draußen, zur Tür herein, dann die Treppe hinauf. Ich machte die Augen wieder zu und drehte mich zur Wand. Er klopfte an, ohne dass ich antwortete, dann ließ er die Tür leise aufgleiten und kam ins Zimmer. Stand ein paar Sekunden lang ganz still mitten im Raum, dann hörte ich ihn etwas aus einer Tüte nehmen und auf den Nachttisch legen. Er ging hinaus und ließ die Tür angelehnt, ich bereute, dass ich so getan hatte, als würde ich schlafen. Ich drehte den Kopf, er hatte mir Trauben hingestellt.

Ich hatte einen Alptraum gehabt, konnte mich aber nicht erinnern, wovon, spürte nur, wie die Ängste der Nacht im

Körper saßen und jedes Mal aufflackerten, wenn ich daran dachte. Zum Frühstück versuchte er, mich wieder dazu zu bringen, Haferflockensuppe zu essen, ich brachte einige wenige Löffel der weichen, schleimigen Flocken herunter, dann nichts mehr. Er maß alle drei Stunden meine Temperatur, sie lag den ganzen Tag zwischen 39 und 40 Grad, ich hatte die meiste Zeit kalten Schweiß und fror.

Am Nachmittag kam er mit einer Schüssel zerdrückter Bananen und einem Löffel nach oben, ich fühlte mich wie ein Kind. Er hatte eine besorgte Miene, mein Fieber war gestiegen.

»Sollen wir einen Arzt rufen?«, fragte er.

»Nein, das geht vorbei. Es dauert ein paar Tage.«

»Was ist es?«

»Grippe, glaube ich.«

»Wer sollte dich angesteckt haben?«

»Es fühlt sich an wie Grippe.«

Er stand auf und machte das Fenster weit auf. Meine Zähne klapperten.

»Wir müssen ein bisschen lüften.«

Ich nickte. Trank einen Schluck Saft. Ich fühlte mich völlig elend, aber so unglaublich glücklich darüber, diesen Zugang zu ihm zu haben. Hoffte, ich würde nie gesund werden.

Er setzte sich wieder.

»Kann ich irgendetwas für dich tun?«

»Nein.«

»Wenn das Fieber morgen nicht zurückgeht, holen wir den Arzt.«

Ich erklärte mich mit einem Nicken einverstanden.

Er strich mir über die Stirn.

»Du bist ganz nass.«

Ich nickte.

Er schwieg eine Weile.

»Ist dein Schlafanzug nass?«

Ich nickte.

Er stand auf.

»Ich stecke ihn in die Maschine.«

Er stand an der Tür. Dann ging er hinaus. Das Ganze war unklar. Ich zog den Schlafanzug aus, es schmerzte in Armen und Beinen. Ich schob Hose und Hemd über den Boden zur Tür. Er streckte kurz darauf seinen Kopf herein, sah hinunter und hob den Schlafanzug auf. »Hier«, sagte er, warf mir ein Kleidungsstück zu und schloss die Tür. Ich nahm das Nachthemd, es war grau und aus weicher Baumwolle, ich fühlte mich erleichtert, dass es so alltäglich und komfortabel war, hatte befürchtet, sie hätte sinnliche Seidengewänder benutzt, die ich nie im Leben mit Würde hätte tragen können. Ich zog das Nachthemd über den Kopf und steckte meine Arme hinein, legte mich wieder hin.

Es war vollkommen dunkel im Zimmer. Er saß auf dem Stuhl am Schreibtisch.

»Du träumst.«

»Ich träume?«

»Nein, jetzt bist du wach, Allis. Aber gerade eben.«

»Ich erinnere mich nicht.«

»Du hattest Angst.«

»Ist es Nacht?«

»Ja.«

Ich sah ihn in einem merkwürdigen Licht dort auf dem Stuhl sitzen, das Zimmer drehte sich. Mein Magen war hohl, aber ich hatte keinen Hunger.

»Bist du da?«

»Ja«, sagte er. »Ich bin da.«

Wir waren still. Ich spürte eine neue Fieberwelle kommen, ich kroch zusammen. Er stand auf und packte die Decke dichter um mich, setzte sich zurück auf den Stuhl.

»Was ist in deinem Leben passiert?«, hörte ich meine Stimme sagen, eine seltsame, belegte Stimme.

Er schwieg.

»Was hast du getan, Sigurd?«

Es war meine Stimme, aber sie war so fern.

Ich sah ihn den Kopf zu mir drehen, den Blick senken. Sein Kopf hing herunter, gebeugt, der Mond schien auf seinen Nacken.

Er schwieg. Holte Luft, schwieg.

»Ich muss es wissen«, sagte meine Stimme, benommen. Ich fühlte mich selbst nach hinten verschwinden, zurück in den Schlaf.

Es hatte schon fast zu dämmern begonnen. Vollkommen still draußen. Er saß immer noch da.

»Kannst du mir etwas erzählen, Sigurd?«

»Was denn?«, sagte er, ausdruckslos.

»Eine Geschichte.«

Es war still. Ich hörte, wie er Atem holte.

»Es war im Sommer vor fünf Jahren«, sagte er endlich. »Der wärmste Sommer, an den ich mich erinnern kann. Wir schwammen den ganzen Juli über jeden einzelnen Tag vom Steg aus. Es war unwirklich, das ist das einzige Wort, das es trifft. Man konnte nichts tun, nicht arbeiten, wir konnten kaum essen. An einem Tag waren wir von morgens bis abends unten am Steg. Schwammen, sonnten uns, saßen im Schatten und schwammen wieder. Unsere Körper waren verbrannt, als der Abend kam, wir lagen im Sonnenuntergang direkt auf der Mauer und tranken aus einer Flasche Calvados, wir waren betrunken und fröhlich und benommen.«

Er hielt inne.

Calvados, dachte ich.

»Ich habe unten am Steg ihr Haar geflochten, es war schwer vom Salzwasser. Ich habe das immer gemacht, besonders, bevor sie Konzerte spielte, denn sie konnte es selbst nicht besonders gut. Dann kamen wir auf die Idee, ein bisschen zu rudern. Wir hatten einen alten, schönen Oselver, ein kleines geklinkertes Holzboot. In der Dämmerung ließen wir das Boot zu Wasser. Wir nahmen eine Angel mit und stiegen schwankend ins Boot, ich erinnere mich an ihr Gelächter hinter mir, als ich falsch auftrat und auf dem Weg an Bord beinahe ins Wasser fiel.

Sie ruderte. Sie liebte rudern, hatte starke Arme und machte langsame, kräftige Züge. Draußen war es ganz still, die Land- und Seebrise war vorüber, die Sonne hinter den Bergen. Wir redeten mit gedämpfter Stimme, damit keine Sommerhausbesitzer oder andere uns vom Land aus hörten, lachten leise übereinander. So saßen wir in der Dämmerung, ich mit der Angel und sie mit den Rudern, es war ein so unfassbar stiller Abend. Die Hitze begann endlich abzunehmen.«

Ich lag da und lauschte seiner gedämpften Stimme, ich atmete so geräuschlos, wie ich konnte, wollte ihn nicht unterbrechen, ihn daran erinnern, dass ich dort lag. Konzerte, dachte ich, sie war Musikerin, wie sollte ich mit so etwas konkurrieren können.

»Es war natürlich kein Wetter zum Fischen, es war mehr zum Spaß«, setzte er fort.

»Aber genau da, völlig aus dem Nichts heraus, glitt mir die Angel aus der Hand, es muss ein Riesenfisch gewesen sein, instinktiv hechtete ich nach der Angel, bevor sie über die Reling fiel. Nor stand genauso instinktiv auf, die Ruder rutschten heraus, sie fiel hintenüber, schlug mit dem Kopf gegen die Reling – alles passierte so unfassbar schnell, sie war untergegangen, unten in der schwarzen See, da sprang ich hinein, ohne sie zu sehen, musste mehrmals auftauchen, um Luft zu holen, und schließlich sah ich sie weit unten, ich brachte sie herauf, konnte sie ins Boot hinüberhieven, die Ruder trieben im Wasser fort, sie lag im Boot, da musste ich schwimmen und die Ruder holen, ich wusste nicht, ob ich an Land rudern oder hier versuchen sollte, sie wiederzubeleben, weit draußen … ich ruderte aus Leibeskräften zum Land, und gleichzeitig wusste ich, dass ich die falsche Wahl getroffen hatte, sie lag ja nur leblos da, während ich ruderte – also hörte ich auf und versuchte, sie im Boot wiederzubeleben –, dann entschied ich mich um und ruderte wieder zum Land, jede Wahl war falsch. Zum Schluss bekam ich Leben in sie und konnte Hilfe holen, aber es war eine schrecklich lange Zeit vergangen. Sie lag lange im Krankenhaus.«

Mein Gott.

»Nach ein paar Monaten wurde sie vom Krankenhaus ins Pflegeheim überführt. Man konnte nichts anderes tun, als darauf zu warten, dass sie aufwachte.«

Mein Herz schlug schnell, ich fror, fühlte die Tränen aufsteigen.

»Und dann?«

Er antwortete nicht.

»Und dann?«

»So verging die Zeit. Ohne dass etwas passierte. Wir bekamen keinen Kontakt zu ihr.«

Er saß eine ganze Weile still da.

»Und dann?«

»Dann … nichts mehr. Bevor das Telefon vor zwei Wochen klingelte. Dass es ihr schlechter ging. Ich musste entscheiden, ob sie ihre Organe haben konnten.«

Ich schnappte nach Luft.

»Und?«

»Ja«, sagte er. »Das war es. Ich bin hingefahren. Saß einen Tag bei ihr, eine Nacht, einen neuen Tag.«

Er schwieg.

»Dann war die Zeit gekommen.«

»Ich bleibe hier, solange du mich hierhaben willst«, sagte ich und schloss die Augen.

Die Sonne prickelte warm im Gesicht. Ich setzte mich im Bett auf. Mein Körper zitterte ein kleines bisschen, der Rücken war steif. Ich rollte die Schultern nach hinten, die Glieder schmerzten nicht mehr. Ich hatte den letzten Fieberrest herausgeschwitzt. Ich stand auf und ging zum Fenster.

Die Sonne schien auf den Kirschbaum herunter, schlohweiß vor Blüten. Ich machte das Fenster auf, kühler Wind auf der Haut. Der Morgen war gleichzeitig funkelnd und lau. Ich sog die Luft ein. Hörte knackende Äste im Wald, Vögel, die abhoben und zwischen den Zweigen herumflatterten.

Eine neue Welt.

Ich sah ihn die Treppe vom Steg heraufkommen, die Angel in der Hand. Er sah zu mir hinauf. Blieb stehen und hob eine Hand, ging weiter durch den Garten und blieb unter meinem Fenster stehen.

»Wie geht es dir?«

»Ich bin gesund.«

Er lächelte mich an, sah erleichtert aus.

»Hast du etwas gefangen?«

»Nichts.«

Er blieb stehen und blickte zu mir herauf, wie ich in dem dünnen Nachthemd seiner Frau dastand. Ich blickte zu ihm hinunter. Er holte Atem, wie um etwas zu sagen, aber lächelte stattdessen nur. Schien ein wenig geniert. Stand mit der Angel in der Hand da.

Ich wusste nicht, wie ich ihm zu verstehen geben konnte, dass ich mich an alles erinnerte, was er erzählt hatte, dass ich es in mich aufgenommen hatte. Stand nur da und blickte zu ihm hinunter. Lehnte mich etwas nach vorn. Er sah mich fragend an. Ich nickte, ernst, zog mich vom Fenster zurück.

Nur wenige Tage zuvor hatten wir auf der Leiter gestanden und die letzten Äpfel geerntet. Jetzt waren plötzlich kleine, trockene Schneekörnchen in der Luft. Ich sammelte die Schmutzwäsche und ging in den Keller. Etwas huschte in meinem Augenwinkel vorbei, als ich den Haufen auf dem Fliesenboden ablegte. Ich fröstelte, horchte. Meinte, eine Art Knistern hören zu können. Horchte an der Wand, beugte mich nach unten. Am Fußboden, ganz hinten in der Ecke, hatten sie es geschafft sich durchzunagen, ein kleiner, unregelmäßiger Spalt. Ich rannte die Treppe nach oben und riss den Schrank unter der Spüle auf, wo es Stahlwolle gab. Wie viele von ihnen waren es? Sie konnten überall im ganzen Haus sein, ekelhaft. Ich dichtete das Loch mit Stahlwolle ab und suchte die Wände gründlich nach weiteren Öffnungen ab. Soweit ich wusste, konnte es Mäusenester in der Isolierung geben, bei dem Gedanken lief mir ein Schauder den Rücken hinunter. Hinter der Waschmaschine fand ich Mäusekot. An der Wand unter den Kleiderhaken mit Bagges Regenzeug und Arbeitskleidung war noch mehr. Als ich alle Kleidung zur Seite schob, um zu sehen, ob dort noch mehr Löcher waren, kam eine Türklinke zum Vorschein. Ich hatte nicht damit gerechnet, dass es hier eine Tür geben konnte, aber natürlich war es so, das hier war ja nur ein kleiner Teil des Kellers. Mir war, als fühlte ich Mäuse über meine Füße huschen, und ich erschauderte, drückte die Klinke herunter und musste mein ganzes Körpergewicht aufwenden, um die Tür aufzustoßen, sie musste lange nicht geöffnet worden sein. Auf der anderen Seite war nur ein leerer, roher Kellerraum. Es war dunkel, ich tastete mich zu einem Lichtschalter vor, aber das Licht ging nicht an. Ich meinte in den Wänden und um meine Füße herum Mäuse kratzen zu hören, ich hielt den Atem an. An der Außenwand erahnte ich ein paar Treppenstufen und eine Tür, die Kellertür natürlich, neben der Veranda, an die ich vorher nie gedacht hatte. Ich sollte nicht hier sein. Die Birne an der Decke war herausgedreht. Ich schraubte sie fest und probierte den Schalter erneut aus, das Licht blinkte ein paarmal und erstarb. Der Keller war leer, feucht, am anderen Ende des Raumes befand sich eine kleine Treppe, die steil zur Decke hinaufführte. Ich machte ein paar zögerliche Schritte nach vorn, in ständiger Angst, auf etwas Weiches zu treten, dachte daran, wie mein Gewicht die dünne Haut zerreißen lassen würde. Die Treppe führte zu einer Falltür in der Decke, ich tastete mich mit den Händen vorwärts. Eine Falltür, ich versuchte, mich zu orientieren, was für ein Zimmer wohl über mir sein mochte, sein Schlafzimmer oder sein Arbeitszimmer? Wie ein vorsichtiges Hallo klopfte ich an die Falltür. Dann etwas kräftiger. Nichts. Er war nach dem Frühstück dort hineingegangen, aber vielleicht schlief er. Nein, nicht nach dem Frühstück. Ich drückte mit den Handflächen, die Tür öffnete sich: Hallo? Ich hob sie ganz an und konnte auf einmal meinen Kopf durch den Fußboden seines Zimmers stecken. Das Zimmer war leer, hier war nichts außer einem Fenster und einer Tür, einem Stuhl – ein Karton und ein Instrumentenkoffer standen in einer Ecke. An der Wand mehrere rechteckige dunkle Felder, Spuren von Bildern, die dort gehangen hatten. Ich kletterte hinauf. Bagges Arbeitszimmer. Ich schlich hinüber und sah den Koffer an, es war ein Geigenkoffer. Der seiner Frau. Ein zusammengeklappter Notenständer lag hinter dem Karton auf dem Boden, ich öffnete den Karton: Noten. Mein Magen krampfte sich zusammen, sodass mein Oberkörper vornüberfiel, ein Schluchzer entwich mir. Vor meinen Augen flimmerte es weiß, ich kletterte rasch wieder in den Keller zurück, so lautlos und schnell ich konnte, mein Puls dröhnte in den Ohren. Kein Schreibtisch, keine Werkzeuge irgendeiner Art, nur eine Geige. Spielte er? Nein, das war unmöglich, ich hätte es gehört. Dort, in dem leeren Raum, dort hielt er sich auf, tagaus, tagein. Ich hockte mich hin. Kniff ein Auge zu, wünschte, ich hätte es nicht gesehen. Dass das Zimmer so gut wie leer war, fand ich aufwühlender als irgendetwas anderes. Fast alles andere wäre besser gewesen. Ich sah ihn vor mir auf dem Boden sitzen, neben dem Geigenkoffer an die Wand gelehnt, mit leerem Blick vor sich hin stierend, grübelnd wie eine Mühle. Saß und dachte an seine Frau, es stach mir in die Magengrube. Und wo war er jetzt? In seinem Schlafzimmer? Hielt er sich dort auf? Jeden einzelnen Tag, außer die Tage, an denen er weggefahren war, nach jeder Mahlzeit, hatte er gesagt, er ginge in sein Arbeitszimmer auf der anderen Seite des Schlafzimmers, und war dort geblieben, sagte, er würde an irgendetwas arbeiten, und darum brauchte er Hilfe in Haus und Garten. Und jetzt – ich konnte niemals sagen, was ich wusste, ich eilte zurück in den Waschraum und füllte die Waschmaschine.

Ich musste wieder und wieder tief Luft holen, bald war es ein Uhr. Ich versuchte, meine Arme ruhig zu halten, die zitternden Finger, die das Geschirr zum Klirren brachten, die die Messer an die Gläser stoßen ließen, als ich für uns aufdeckte. Stellte mit hektischen Bewegungen Brotbelag auf den Tisch. Um Punkt ein Uhr öffnete sich die Tür, und er kam heraus. Ich stand in der Mitte zwischen der Küchenzeile und dem Tisch, erstarrte wie ein Hirsch, drehte mich schnell zur Küchenzeile hin und ergriff die Teekanne.

»Es gibt Essen.«

»Schön.«

Er setzte sich. Ich schenkte Tee ein, der Strahl lief auf die Untertasse heraus, als ich den Arm ausstreckte, um ihm einzuschenken.

Wir aßen, ohne etwas zu sagen. Ich sah die meiste Zeit zu Boden, versuchte, ruhig und normal zu atmen, was unmöglich war. Der Atem wuchs im Hals, wollte verraten, was ich wusste. Er sagte auch nichts, war wie immer, aber ich merkte, dass er mich ansah. Schließlich legte er das Messer auf dem Teller ab und räusperte sich.

»Ist irgendwas?«

»Nein?«

»Du bist so still.«

»Es sind Mäuse im Keller«, sagte ich schließlich.

»Verdammt«, sagte Bagge. Es war das erste Mal, dass ich ihn fluchen hörte, das Wort ließ mich innerlich kurz zusammenzucken.

»Haben wir Fallen?«

»Nein, leider.«

»Dann fahre ich in die Stadt und kaufe welche«, sagte ich und rückte mit einer kräftigen Bewegung vom Tisch weg. Er sah mich etwas überrascht an. Ich ging an ihm vorbei zur Verandatür und blickte hinaus, tat so, als gebe es dort etwas, was ich nachsehen musste, drehte mich um und schaute seinen Hinterkopf an, um an seinem Haar zu sehen, ob er im Bett gelegen hatte. Es lag wie gewöhnlich. Ich zog mich an und ging zum Bus.

Ich kehrte mit vierzig Fallen zurück. Lieber zu viele als zu wenige. Alle sollten sterben, nicht eine einzige Maus sollte den Winter überleben. Die Hälfte verteilte ich an den Hauswänden und in der Holzlege und dem Geräteschuppen, den Rest in jeder der drei Etagen, die meisten davon im Keller. Es waren normale Schlagfallen mit Stahlfeder, Guillotinen für Kleinnager. Bagge war an meinem Ausrottungsprojekt interessiert, das freute mich, er fragte in regelmäßigen Abständen nach dem Stand der Dinge. Nachts träumte ich von Mäusen, träumte, dass ich die Fallen auf Fänge hin kontrollierte, haufenweise Mäuseleichen einsammelte.

In den ersten Tagen war der Köder in jeder Falle intakt. Ich hatte alle Spalten in den Wänden, die ich finden konnte, mit Stahlwolle abgedichtet. Aber ich wusste, dass sie da waren, drinnen und draußen. Ich hatte keine Ahnung, um wie viele es sich handeln konnte. Ich ging zu den merkwürdigsten Zeiten in den Waschkeller hinunter, um sie zu überrumpeln, tat so, als ob ich dort etwas zu erledigen hätte. Schlich mich still hinunter, blieb auf der vorletzten Stufe stehen und schaltete mit einer blitzschnellen Bewegung das Licht an …! Nein. Niemand.

Ein haariger Schatten flitzte über den Boden, als ich aus dem Badezimmer trat, um sich dann sofort in Luft aufzulösen. Das Getier musste eine Öffnung in der Wand kennen oder hatte es geschafft, unter der Tür zu dem verschlossenen Zimmer mit den Sachen seiner Frau durchzukommen. Ich musterte die Wand, an der die Maus verschwunden war, sah aber nichts. Ich legte mich flach auf den Boden und horchte an der Wand. Ganz in der Ecke hörte ich ein schwaches, fast unhörbares Piepsen, wenn ich nicht völlig den Verstand verloren hatte. Ich rannte zu Bagge hinunter und klopfte an, aber er kam nicht heraus. Ich holte Luft, öffnete und sah hinein, er war nicht dort. Fühlte, dass ich das Recht dazu hatte, ging durch das Zimmer und drückte die Klinke hinunter, die Tür öffnete sich. Das Arbeitszimmer war leer, die Falltür im Boden lag an ihrem Platz. Ich fühlte eine Art physisch kribbelnden Zorn, eine Kombination aus Abscheu vor den Mäusen und Wut darüber, von ihm zum Narren gehalten zu werden. Ich rannte nach draußen und über den Hof, nahm die Brechstange von der Wand des Geräteschuppens, wieder ins Haus und die Treppe hinauf. Ich legte mein ganzes Körpergewicht auf die Brechstange, und schließlich gab die Planke mit einem lauten Knacken nach. Dort in der Isolierung waren sie, lagen da wie ein Klumpen durchsichtiger rosa Testikel, ich schauderte und blieb einfach wie erstarrt stehen, ohne eine Entscheidung treffen zu können, außerstande, das Problem in Angriff zu nehmen. Die kleinen Häute wanden sich langsam, piepsten mich blind und lautlos an. Sollte ich sie verbrennen oder vergraben, eine nach der anderen hinrichten – nur womit? Ich wusste nicht, welche Möglichkeiten ich hatte, alles wirkte gleich ekelhaft. Ich stellte die Planke zurück vor das Nest, um sie daran zu hindern, abzuhauen oder Verstärkung zu holen, und rannte dann nach unten und klopfte von Neuem bei Bagge an. »Hallo! Hallo! Sigurd!« Ich streckte den Kopf aus der Tür zum Garten und rief nach ihm. Schlüpfte in die Stiefel und ging auf die Veranda, blickte angestrengt nach draußen. Spuren im Schnee führten von der Kellertür schräg über den Rasen in den Garten hinunter. Ich lief ihnen ohne Jacke nach, während sich der Schnee auf Haare und Nacken legte, ich folgte der Spur durch den weißen Garten, alle Stufen zum Steg hinunter, und blieb vor dem Bootsschuppen stehen. Wagte nicht, etwas zu tun, nicht, ihn zu rufen. Begriff, dass er sehen würde, dass ich da gewesen war, wenn er früher oder später herauskommen würde, wenn die Spuren nicht davor wieder zuschneien würden. Gedämpfte schabende Geräusche drangen aus dem Schuppen. Klar. Hier arbeitete er. Der Bootsschuppen war sein Aufenthaltsort, wie hatte mir das entgehen können. Erinnerte mich an all die Male, an denen er vom Steg heraufgekommen war, ohne dass ich ihn aus seinem Zimmer hatte gehen sehen, jetzt war es ja völlig einleuchtend, er war durch den Keller hinausgegangen, aber warum? Ich musste mich zu erkennen geben. Trat einen Schritt nach vorn und klopfte fest an die Tür, trat einen Schritt zurück. Wartete.

»Sigurd!«

Ich wartete, holte wieder Luft.

»Sigurd!«

Das Schaben dort drinnen hörte auf, und die Tür öffnete sich, er streckte den Kopf hinaus. Er starrte mich düster an, war rot im Gesicht und feucht im Haar, stand in einem T-Shirt da.

»Entschuldigung. Aber …«

»Was?«

»Ich habe ein Mäusenest oben in der einen Wand gefunden.«

Er verschwand hinter der Tür, kam mit einer Jacke wieder heraus, ich ging hinter ihm die Treppe hinauf und überlegte mir eine Antwort, falls er mich kritisieren würde, weil ich seine Wand aufgerissen hatte.

»Ich kümmere mich darum«, sagte er, als wir ins Haus kamen.

»Aber was willst du machen?«

»Mach dir keine Gedanken.«

Ich fasste das als klare Order auf, mich herauszuhalten, also blieb ich in der Küche und begann, Zutaten auf die Arbeitsfläche zu stellen. Es kamen ein paar laute Knalle aus dem Obergeschoss, dann kam er herunter, ohne dass ich mich nach ihm umdrehte, ging in die Diele und durch die Tür auf der Rückseite des Hauses hinaus. Kurz darauf kam er zu mir herein.

»So.«

»Ist es erledigt?«

»Es ist erledigt.«

Er lächelte, als ich ihm anerkennend zunickte.

»Gut.«

»Übrigens«, sagte er. »Komm mal mit nach oben.«

Wir gingen zusammen hinauf. Er hatte die Planke festgenagelt, die ich herausgerissen hatte, aber die Tür zu den Sachen seiner Frau stand offen.

»Ich hatte es ganz vergessen. Das sind Nors Sachen, alles, was in den Kisten und hier überall ist. Du darfst gerne nachsehen, ob du etwas findest. Ob da etwas ist, das du brauchen kannst.«

»Bist du dir sicher, dass du das willst?«

»Ja, natürlich, Allis. Sonst bleibt es nur so liegen.«

Er ging nach unten. Ich zögerte ein wenig, dann ging ich hinein und sah mich ein bisschen um. Öffnete vorsichtig die nächstliegende Kiste. Die Kleidung war sorgfältig zusammengefaltet. Es waren Pullover aus feiner Wolle, Seidenblusen, Röcke, Kleider, alles sah einfach und ordentlich aus, Qualitätsstoffe in schönen Farben. So guter Geschmack. Sie kaufte ordentliche Kleider, spielte Konzerte, lief mit ihrem Instrument über der Schulter in der Stadt herum und lachte, in hohen Stiefeletten und einer Seidenbluse unter dem Kamelhaarmantel, auf dem Weg zu den Orchesterproben. Trank Kaffee zusammen mit den Musikerkollegen im Café eines Kunstmuseums, eine bezaubernde Person, lebendiges Gesicht und lebendige Augen, welliges, dunkles Haar, Bagge drückte sie abends an sich.

Ungefähr um fünf Uhr ging ich hinunter und fing mit dem Abendessen an. Ich briet Fleisch und Wurzelgemüse an, übergoss alles mit Rotwein und stellte den gusseisernen Topf bei schwacher Hitze in den Ofen. Ich ging davon aus, dass er wieder in den Bootsschuppen gegangen war. Sein Arbeitszimmer fungierte offenbar als Passage dorthin. Jetzt wusste ich das, und er wusste, dass ich es wusste, wenn er mir also trotzdem nicht freiwillig eine Erklärung gab, wäre es ganz normal für mich, es als Gesprächsthema aufzugreifen. Ich hatte so wenige Anhaltspunkte, dass meine Fantasie nicht imstande war, einen einzigen Vorschlag dafür zu produzieren, was er da unten trieb, es war das Geräusch irgendeiner Art von Schreinern gewesen.

Ich begegnete ihm in der Küche, als es allmählich Zeit

fürs Abendessen wurde, ich war gerade unten, um nachzusehen, ob das Fleisch fertig war. Er kam aus der Dusche, und es dampfte um ihn.

»Es gibt in zehn Minuten Essen.«

»Dann gehe ich nach unten und hole eine Flasche.«

Ich deckte den Tisch und zog mich dann in meinem Zimmer um. Als ich die Treppe herunterkam, saß er schon auf seinem Platz. Es zuckte in seinen Augen, als er mich sah. Ich bereute es und war verlegen, als ich auf ihn zuging, das Kleid brannte heiß auf meiner Haut.

»Findest du, das war dumm?«

»Nein. Du bist süß.«

Ich stellte den Topf auf den Tisch und reichte ihm den Schöpflöffel. Er bediente sich, während ich den Wein im Glas schwenkte und wartete, bis er gekostet hatte.

»Ui«, sagte er und lehnte sich zurück.

»Ist es zart?«

Er nickte und kaute. Ich bediente mich aus dem dampfenden Topf. Wir aßen still, schluckten den Wein, draußen schneite es kontinuierlich. Ich schämte mich, dort im Kleid seiner Frau zu sitzen, aber es war im Spiegel so hübsch und saß so gut. Der glänzende blaugrüne Stoff, fast wie der Kopf einer Stockente.

Er blickte zwischendurch zu mir hin, anders als zuvor, er starrte. Meine Wangen kochten. Hier sitze ich, dachte ich, verkleidet als Ehefrau. Entschied mich um und schwor mir selbst, nicht wegen des Bootsschuppens zu fragen, wollte nicht riskieren, dass er noch einmal wütend auf mich wurde.

Der Topf war leer, er hatte alles aufgegessen und sah mich beinahe überrascht an. Er stand auf, bevor ich dazu kam.

»Bleib nur sitzen, ich mache das.«

Er nahm das Geschirr und das Besteck, trug alles zum Spülbecken.

»Möchtest du Kaffee?«

»Ja, gern.«

Als er uns eingeschenkt und sich gesetzt hatte, wurde es still.

»Meinst du, du wirst für den Rest deines Lebens hierbleiben?«, hörte ich auf einmal meine eigene Stimme fragen.

»Ja«, antwortete er, als ob nichts wäre. »Da bin ich mir ganz sicher.«

»Aber musst du nicht arbeiten?«

»Glaubst du, dass ich nicht arbeite?«

»Ich weiß nicht. Tust du es?«

Er sah mich über die Kaffeetasse hinweg an, mit Augen aus Quarz.

»Es war keine Absicht. Aber plötzlich fand ich die Falltür zu deinem Arbeitszimmer. Als ich Jagd auf die Mäuse gemacht habe, ich wollte nicht schnüffeln.«

»Jagd auf die Mäuse? Bist du eine Katze?«

»Ich wusste nicht, wohin die Treppe führte, ich wollte nur …«

»Und dann bist du in ein leeres Zimmer gekommen.«

»Ich dachte, du hättest vor einiger Zeit gesagt, du wärst Jurist.«

»Jurist?«

»Du hast gesagt, du arbeitest mit Recht und Gesetz.«

Seine Augen wurden weich.

»Oh, Allis. Du merkst dir wohl alles. Man kann dir gar nichts erzählen.«

»Ich wollte nicht …«

»Ich bin dabei, den Bootsschuppen instand zu setzen.

Aber du darfst es nicht sehen, bevor ich fertig bin. Ich verspreche, dass du es dann zu sehen kriegst.«

»Warum darf ich es nicht sehen?«

»So wie es jetzt ist, wärst du nur enttäuscht.«

Er stand auf.

»Wäre jetzt nicht ein Portwein gut?«

»Doch.«

Auf dem Weg zur Kellertür hielt er inne.

»Allis.«

»Ja?«

»Meinst du, du wirst auch für den Rest deines Lebens hierbleiben?«

»Ja. Ich denke schon«, sagte ich und erschrak vor meinen eigenen Worten. Ein Lächeln streifte sein Gesicht, dann verschwand er die Treppe hinunter. Ich fühlte mich plötzlich ganz ruhig. Er kam mit dem Portwein wieder herauf. Holte Gläser aus dem Schrank und schenkte uns beiden ein. Er blieb hinter mir stehen, als er die Flasche weggestellt hatte, legte die Hände auf meine Schultern, große warme Hände auf dem glatten Kleiderstoff, er hielt sie ganz ruhig und sagte nichts. Dann nahm er mein Haar, ließ die Finger mehrmals hindurchgleiten. Er sammelte alles Haar in seinen Händen. Dann fing er an, es zu flechten. Die groben Finger vorsichtig an meinem Nacken, dann legte er den Zopf über meine linke Schulter und drehte mich um. Sah mich an. Sah vielleicht etwas in meinen Augen.

»Hab keine Angst«, sagte er und nahm mein Gesicht in seine Hände. Er ging vor mir in die Hocke.

»Ich halte dich nicht für sie.«

»Nein«, sagte ich. Fühlte eine schale Trauer im Bauch.

»Das tue ich nicht«, sagte er. Er beugte sich vor und küsste mich sanft. Dann zog er die Finger durch den Zopf und löste ihn auf, ließ das Haar lose über den Rücken hängen.

»Du bist Allis.«

Ich nickte.

»Komm.«

Ich hatte noch immer mein Zimmer oben im Dachgeschoss, wenn ich lesen oder meine Ruhe haben wollte, schlief aber bei Bagge. Nachts war es kalt im Haus, aber in seinem Bett war es warm. Ab und zu lag er mit dem Rücken zu mir, ab und zu mit einem Arm um mich. Ich stand noch immer als Erste auf und machte das Frühstück. Dann kam er heraus, und wir aßen zusammen. Dann schlüpfte er in seine Schuhe, zog sich einen dicken Pullover über den Kopf und ging hinunter zum Bootsschuppen. Während ich, mit roten Wangen und feuchter Nasenspitze, von Baum zu Baum ging und nassen, schweren Schnee abschüttelte, damit das Astwerk keinen Schaden nehmen würde, dasselbe bei den Büschen. Im Garten gab es wenig zu tun. Ich verbrachte die Tage damit, im Geräteschuppen aufzuräumen, reinigte alle Geräte sorgfältig, fegte und warf Gerümpel weg. Hatte den Februar beim Wort genommen, den Monat, den die Etrusker nach dem Gott der Unterwelt und der Reinigung benannt hatten. Ab und zu kamen kurze Perioden mit mildem Wetter, bevor die Eiseskälte abrupt zurückschlug. Ich hatte Meisenknödel im Kirschbaum vor der Veranda aufgehängt, die Äste waren voll von kleinen Vögeln, ich konnte stundenlang am Fenster stehen und den Vögeln zusehen.

Allmählich tauchten erste Anzeichen des Frühlings auf. Ich holte Zweige von Bäumen ins Haus, stellte sie in warmes Wasser, und bald blühten auf den Fensterbrettern Apfel- und Kirschblüten.

Ich war fertig damit, die Sachen von Nor auszusortieren, die ich behalten wollte, und hatte all meine Kleidung in sein Schlafzimmer geräumt. Der Rest war wieder in Kisten verpackt, und er hatte sie mit zu den Containern hinter dem Laden genommen. Ich dachte darüber nach, ob es so sein konnte, so wie jetzt. Glaubte es. Es ging darum, gutes Essen zu kochen, zu lesen, im Garten zu sein, sich in manchen Nächten zu lieben. An den Abenden saßen wir jeder in seinem Stuhl und lasen und hielten den Ofen in Gang, unterhielten uns ruhig über den Schnee, über die Schneeglöckchen, über den Frühling.

Sie musterte mich mit einem speziellen Blick, nachdem sie mich lange Zeit in Ruhe gelassen hatte. Die Regale waren leerer als je zuvor, die Gemüsetheke bestand nun nur noch aus einigen halbleeren Kisten mit Wurzelgemüse und ein paar verstreuten Äpfeln. Jede Zwiebel musste sorgfältig untersucht werden, bevor ich sie in den Korb legen konnte, ich war schon mehrmals nach Hause gekommen, nur um zu entdecken, dass sie unter der äußersten Schicht vermodert waren. Sie sah mich mit zusammengekniffenen Augen schamlos an, wo ich auch hinging. Bald würde es die Sache wert sein, den Bus bis ganz in die Stadt zu nehmen, nur um dem zu entgehen. Bei jeder Fahrt in die Stadt Trockenwaren bunkern, Säcke mit Bohnen, Linsen, Getreide und Reis mit nach Hause bringen, und in Zukunft zumindest das meiste Gemüse selbst anbauen. Kontakte mit örtlichen Jägern knüpfen und von ihnen Fleisch kaufen, Eier und Milch direkt von örtlichen Bauern beziehen. Jeden Tag angeln. Ich für meinen Teil wäre gern zur alten Ordnung des Tauschhandels zurückgekehrt, wenn ich nur etwas zum Tauschen gehabt hätte.

»Und Sie haben einen neuen Mantel, wie ich sehe«, sagte sie, als ich die Waren auf den Ladentisch stellte.

»Er steht Ihnen gut.«

Ich hatte Nors langen Wintermantel aus grauer feiner Wolle an, es war unglaublich, dass ich nicht daran gedacht hatte, als ich mich für die Fahrt anzog.

»Danke. Sie sind immer auf dem Laufenden, wie ich merke.«

»Ich bekomme das eine oder andere mit, wissen Sie.«

Ihr filziges, gelbes Haar lag platt auf dem rosafarbenen Kopf, in mir kribbelte es.

»Ja, ich verstehe.«

Ich nahm das Wechselgeld und hob die Tüten vom Ladentisch.

»Also, grüßen Sie den Unmenschen.«

Ich hielt inne, drehte mich um und sah ihr direkt in die Augen.

»Was haben Sie gesagt?«

»Ich sagte, grüßen Sie da unten schön.«

Sie erwiderte meinen Blick ohne auszuweichen, hatte ein kleines, fast unmerkliches Lächeln auf den Lippen.

Ich wäre gern zu ihm in den Schuppen gegangen, aber ich wollte ihn nicht stören. Ich wartete bis zum Abendessen. Als ich erzählte, was sie gesagt hatte, hörte er auf zu kauen. Seine Augenbrauen hoben sich, er hob das Glas und nahm einen großen Schluck.

»Hat sie noch mehr gesagt?«

»Nein, nur das.«

Ich sagte nicht, dass sie meinen Mantel kommentiert hatte. Er sagte nichts.

»Also …«

»Mach dir keine Gedanken«, sagte er, nahm das Besteck und aß weiter.

Nach dem Abendessen kontrollierte ich die Mausefallen. Alle zwanzig Fallen, die ich im Haus verteilt hatte, waren leer. Ich nahm die Taschenlampe und ging hinaus. Die beiden ersten vor der Holzlege waren leer, aber als ich mich dem Geräteschuppen näherte, sah ich einen dunklen Schatten in jeder der Fallen, und mein Herz machte einen Sprung.

Ich eilte hinüber, um den Fang in Augenschein zu nehmen, aber der Lichtkegel traf keine Maus, sondern eine Kohlmeise. »O nein«, sagte ich leise und leuchtete die andere Falle an: Auch in ihr war eine Kohlmeise, festgenagelt von der harten Stahlfeder. Ich wusste nicht, was ich tun sollte, stand auf und ging weiter zu den Fallen auf der Rückseite des Hauses. In zweien von ihnen waren Kohlmeisen, während in der dritten eine zerquetschte Blaumeise lag. Um die Ecke waren zwei Fallen leer, doch in der dritten war eine weitere Kohlmeise. Zum Schluss konnte ich sieben leere Fallen und dreizehn Vögel zählen. Sie lagen alle mit weit geöffneten, schwarzen Augen da. Aufgewühlt ging ich zu den Bücherregalen, um nachzusehen, ob es Bücher, Lexika oder was auch immer darüber gab, was man in die Fallen legen konnte, das keine Singvögel anzog.

»Was ist los?«, fragte Sigurd.

»Es sind Vögel in allen Fallen.«

»Keine Mäuse?«

»Nein, nur haufenweise zerquetschte Kohlmeisen.«

Er legte sein Buch in den Schoß.

»Was hattest du in den Fallen?«

»Speck.«

»Du musst es mit irgendeiner süßen Frucht versuchen, das mögen Mäuse.«

»Frucht?«

»Oder am Waldrand ein großes Vogelhaus aufhängen und sehen, ob du nicht einen Waldkauz zum Einziehen bringst. Es gibt keine besseren Mäusejäger, und im Wald wimmelt es vor Waldkäuzen.«

»Ja?«

»Hast du die Vögel vergraben?«

Ich senkte den Blick.

»Sie sind noch in den Fallen. Ich …«

Er nahm das Buch wieder in die Hand.

»Das gehört mit zum Job«, sagte er und warf mir einen strengen Blick zu.

In dieser Nacht träumte ich von den Kohlmeisen, die ich in ein Massengrab hinter dem Holzstoß gelegt hatte, bevor ich ins Bett gegangen war. Im Traum lagen überall, wohin ich kam, Kohlmeisen, sie lagen in kleinen Haufen in allen Ecken des Hauses, in der Badewanne, alle hatten die Augen offen, und die flauschigen Hälse waren ganz lose, die Köpfe mit den kleinen Schnäbeln hingen herunter. Ich hatte das glänzende grüne Kleid an, ich fuhr mit dem Fahrrad ohne Licht die Bundesstraße entlang, und Singvögel lagen im Straßengraben und an einigen Stellen mitten auf der Straße, ich konnte es nicht vermeiden, ein paar davon zu überfahren. Als ich durch die Tür in den Laden kam, stand sie wie gewöhnlich hinter dem Ladentisch, mit einer Adlermaske vor dem Gesicht.

Mitten in der Nacht wachte ich von Geräuschen in der Diele auf. Ich war allein im Bett. Dann hörte ich, wie die Haustür sich schloss. Es war fast vier Uhr. Kurz darauf kam er ins Schlafzimmer, zog sich aus und legte sich unter die Decke. Ich tat, was ich konnte, um normal zu atmen, unauffällig. Seine Brust hob und senkte sich schnell und ruckartig, ich lag mit dem Rücken zu ihm und konnte seinen Schatten an der Wand sehen. Was um alles in der Welt konnte er jetzt draußen zu erledigen gehabt haben? Ein dämonischer Schein über ihm, als er hereinkam. Eisbär König Valemon. Er legte einen Arm um mich, ich spürte seinen warmen Atem im Nacken und wurde ruhig.

Ich nahm das Fahrrad und schob es durch den Wald zur Straße hinauf. Als ich ankam, war ich verwundert, den Laden dunkel und geschlossen vorzufinden. Ein triumphierender Seufzer durchfuhr mich. So gab es zwar keine Früchte für meine Mausefallen, aber dafür hatte ich vielleicht ihren zusammengekniffenen Adlerblick zum letzten Mal gesehen. Ich machte kehrt und fuhr nach Hause, über den Rennradlenker gebeugt, aber innerlich erhobenen Hauptes und munter, mit einem starken Gefühl von Gerechtigkeit. Er stand auf dem Vorhof, als ich wieder nach Hause gerollt kam, mit der Axt in der Hand und einem kleinen Haufen frisch gehacktem Holz hinter sich.

»Der Laden war geschlossen.«

»Oh?«

»Aber wir haben alles, was wir brauchen, jedenfalls für zwei, drei Tage. Soll ich dir beim Stapeln helfen?«

»Ja, gerne.«

Ich schob die Schubkarre heran und fing an, sie zu füllen.

»Es war schrecklich, dort einzukaufen und nie zu wissen, was sie vielleicht sagen würde.«

»Ja«, sagte er. »Sie wird dich nicht mehr plagen.«

Er belud die Schubkarre und fuhr zwischen dem Haufen und mir hin und her, ich stapelte alles stabil und schön auf. Es waren ein, zwei winzig kleine Schneeflocken in der Luft, der allerletzte Schnee für diesen Winter. Danach trug ich einen Armvoll hinein und machte Feuer.

Die Aprilmorgen waren immer noch kalt. Nach dem Frühstück gingen wir in Mützen jeder mit seiner Gartenschere hinaus. Er schnitt die Obstbäume zurück, während ich mir die Beerensträucher vornahm. Er ging immer wieder um die Bäume herum und kappte einen sorgfältig ausgewählten Ast nach dem anderen. Hinterher rechten wir Zweige und Äste zusammen, und ich brachte alles in der Schubkarre weg. Als ich zurückkam, war er dabei, an der Steinmauer entlang den Rasen abzuschreiten, bis zum Gemüsebeet.

Abends trank er in der Küche Tee, während ich Wurzelgemüse schnitt, um es im Ofen zu rösten.

»Aber was ist mit Hermodr passiert?«, fragte er und stellte die Tasse ab.

»Hermodr?«

»Weißt du noch, als du von Balder erzählt hast? Hermodr ist zu Hel geritten, um ihr Lösegeld für Balder anzubieten. Um ihn aus dem Totenreich heraus und zurück nach Asgard zu holen?«

»Hermodr, ja. Du erinnerst dich gut.«

Ich musste überlegen.

»Er reitet neun Nächte lang im Stockdunkeln«, sagte ich und setzte mich an den Tisch. »Über die Brücke des Jenseitsflusses Gjöll, bis er endlich zu der hohen Mauer kommt, die die Burg der Totengöttin Hel umgibt. Er gibt Sleipnir die Sporen, und sie springen über die Mauer. Er steigt ab und geht hinein. Dort sieht er Balder am Tischende sitzen.«

»Seinen Bruder.«

»Ja. Hermodr erzählt Hel, warum er da ist. Erzählt, wie sowohl Asen als auch Menschen um Balder trauern. Er sagt, er möchte Hel im Auftrag von Frigg darum bitten, ihn Balder wieder mit zurück nach Asgard nehmen zu lassen. Hel antwortet, dass sie das unter einer Bedingung zulässt: dass alles auf der Welt, sowohl Lebendes als auch Totes, um Balder weint. Wenn das alle tun, darf er zurückkehren. Aber wenn auch nur ein Geschöpf nicht weint, muss Balder bei ihr bleiben. Balder folgt Hermodr nach draußen und gibt ihm den Ring Draupnir zurück, als Geschenk für Odin. Hermodr reitet mit Hels Botschaft wieder heim nach Asgard, und die Asen senden Boten zu allem, was es auf der Welt gibt, mit der Anweisung, Balder aus Helheim freizuweinen. Alle versprechen, es zu tun. Alle außer einer uralten Riesin, die der Bote der Asen auf dem Heimweg trifft und die sich Thökk nennt. Als sie sie bitten, um Balder zu weinen, antwortet sie: ›Thökk wird trockene Tränen über Balders Feuerfahrt weinen! Lasst Hel behalten, was sie hat.‹«

»Loki«, flüsterte er.

»Ja.«

»Und Balder muss bei Hel bleiben.«

»Ja.«

»Und Loki?«

»Er wird gefunden und gefoltert. Sie ketten ihn mit den Gedärmen seines eigenen Sohnes Vali fest. Die Gedärme werden zu Eisen. Über ihn hängen sie eine Schlange, die Gift in sein Gesicht hinuntertropfen lässt und so enorme Schmerzen verursacht. Deshalb hält Lokis Frau Sigyn eine kleine Schale über ihn, in der sie das Gift sammelt, aber jedes Mal, wenn sie voll ist und sie die Schale leeren muss, tropft ein Tropfen auf Loki. Dann windet er sich so vor Schmerzen, dass die ganze Erde bebt! Und das ist das Erdbeben.«

»Sie hätte ihn seine Strafe kriegen lassen sollen.«

»Alle anderen wollen ihm Böses, er hat niemanden. Ich finde das sehr stark.«

Er sah mich mit dunklem Blick an.

»Kein Problem, Balder zu lieben, er wurde ja von allen geliebt. Aber stell dir vor, Loki zu lieben«, sagte ich.

»Sie hindert ihn daran zu sühnen.«

Ich holte Luft.

»Ich hätte dasselbe für dich getan«, sagte ich und wurde im gleichen Moment rot.

Er warf mir einen kurzen Blick zu. Dann brummte er irgendetwas in seinen Pullover, drehte sich um, stieg in seine Stiefel und ging hinaus. Ohne ein Wort stapfte er über die Veranda und ließ mich erstaunt zurück, seinem großen Rücken in den Garten hinterherstarrend. Ich dachte, dass ich noch nie etwas Schöneres zu jemandem gesagt hatte, und das war nun der Dank. Ich kehrte die Gemüseabfälle allzu hektisch zusammen, wie ungerecht er war, was war das für eine Antwort? Ich hatte mich in eine verletzliche Situation gebracht, und er hatte keine andere Antwort, als zu verschwinden. Ich schrubbte die Schneidbretter mit unsanften Bewegungen, spülte und wrang die Lappen aus, ging nach oben in mein Arbeitszimmer, legte mich schwer aufs Bett. Es dauerte eigentlich noch ein paar Stunden, bis es Zeit war, schlafen zu gehen, aber ich beschloss, dort zu bleiben, bis es soweit war. Dann konnte er ein bisschen nachdenken. Allein schlafen und sich überlegen, ob das eine Art war, sich zu benehmen. Ich lag bewegungslos da, die Augen fest geschlossen, aber alle anderen Sinne geschärft. Um kurz nach elf hörte ich ihn unten. Ein paar Schritte, dann hielt er inne, dann noch ein paar Schritte. Zögernd. Irritiert. Dann ging er ins Bad. Nach einer Weile ging er quer durchs Zimmer und schloss die Schlafzimmertür hinter sich. Da drehte ich mich im Bett um, das Gesicht ins Kissen vergraben, und weinte vor Wut. Nur ganz kurz, zwei oder drei erstickte Schluchzer, bevor ich tief Atem holte und es schaffte, den Schlaf heraufzubeschwören.

Er saß schon am Küchentisch, als ich herunterkam. Ich hatte schon immer, meine ganze Kindheit und Jugend hindurch und jetzt im Erwachsenenleben, einen unproduktiven Stolz gehabt, der bewirkte, dass ich niemals die Initiative zur Versöhnung ergriff, niemals. Ich ging an ihm vorbei, ohne ihn anzusehen oder etwas zu sagen, nahm einen Becher aus dem Schrank, schenkte mir Kaffee ein und setzte mich. Dann war er an der Reihe.

»Allis.«

Ich sah ihn an.

»Es tut mir leid.«

Der Knoten in mir löste sich, ich nahm seine Hand.

»Mir auch.«

»Schau mal«, sagte er und drehte sich nach hinten. Er holte einen schweren hellen Kasten hervor, über einen halben Meter hoch. In der Vorderseite war ein großes Loch.

»Das ist ein Waldkauzkasten. Für deine Mäuse.«

»Wirklich?«

»Wir können ihn heute aufhängen. Wenn du willst.«

»Das will ich gern.«

»Sie sollen ziemlich hoch hängen, wir sollten also zu zweit sein.«

Ich hob den Kasten hoch, das Holz war an den Rändern fein gehobelt, ich öffnete den Deckel und sah hinein, der Boden war mit Sägespänen bedeckt, alles war bereit zum Einzug.

»Hast du ihn gestern gebaut?«

Er nickte.

»Es kann sein, dass es zu spät im Frühling ist, um gleich einen Kauz hereinzubekommen, aber wir versuchen es.«

Dreißig Meter hinter dem Waldrand blieb Bagge stehen. Wir legten die Leiter auf dem Waldboden ab.

»Hier«, sagte er.

Die Kiefer war hoch. Der Wald drum herum nicht allzu dicht.

»Willst du, oder soll ich?«

»Du«, sagte ich.

Er band das dünne Seil um den Kasten. Wir stellten die Leiter an den Stamm, er nahm das Seilende und fing an zu klettern. Ich hielt zur Sicherheit die Leiter. Ich sah vor mir, wie der feuchte Gummi unter seinen Schuhen auf der Leiter den Halt verlieren würde, spürte es im Magen, als ich ihn durch die Luft segeln sah, sein Kopf schlug gegen …

»Allis! Du musst das Seil loslassen!«

»Ja, entschuldige.«

Er kletterte weiter. War drei, vier Meter über mir.

»Reicht es jetzt nicht?«

Mein Herz schlug hart, mir wurde übel davon, ihn so hoch über mir zu sehen.

»Fünf Meter«, rief er zu mir herunter. Ich starrte geradeaus, in den Stamm hinein, während ich mit den Händen die Leiter so festhielt, dass meine Knöchel weiß wurden. Mit jedem Schritt, den er dort oben machte, ruckte die Leiter in meinen Händen.

»Jetzt, Allis!«

Ich sah hinauf. Er stand auf einer der obersten Stufen, mehr als die Hälfte seines Körpers war in freier Luft, er hatte einen Arm um den Stamm gelegt, um sich festzuhalten.

»Schick den Kasten rauf!«

Ich streckte mich nach dem Kasten, ohne die Leiter loszulassen, hatte schreckliche Angst zu stolpern, beim bloßen Gedanken drehte sich mir der Magen um. Dann begann er, den Kasten am Seil hochzuziehen. Er war ein Punkt dort oben in der Kiefer. Ich konnte nicht hinsehen, als er begann, den Kasten festzuzurren. Die Leiter ruckte, sie schwankte vor und zurück, und ich lehnte mich mit meinem ganzen Gewicht dagegen, um sie zu stabilisieren. Dann hörte sie auf zu rucken. Ich sah hinauf. Er sah zu mir herunter, war merkwürdig.

Er sagte nichts.

Ich erwiderte seinen Blick, sah zu ihm hinauf.

»Was?«

Er ließ den Baum mit den Armen los und stand frei auf der vierten Stufe von oben.

»Ich springe.«

»Es ist nicht hoch genug!«, rief ich spontan.

Er fing an zu lachen, überrascht.

»Du hast recht.«

Er kletterte nach unten. Als er ganz unten war, umarmte er mich. Ich war verschwitzt und kalt, ich zitterte. Er strich mir über das Haar, lachte ein bisschen, dann ließ er mich los und zeigte nach oben: »Bis spätestens nächstes Jahr wirst du einen Waldkauz zum Nachbarn haben.«

»Du weißt, dass die Schreie des Waldkauzes den Tod ankündigen?«

»Ja, den Tod der Mäuse«, sagte er.

Danach liefen wir zusammen in den Wald, ich wollte sehen, ob die ersten Buschwindröschen gekommen waren. Er ging hinter mir.

Hinten auf einer Lichtung leuchtete es weiß. Als wir näher kamen, erkannte ich, dass es die Stelle war, die ich im Jahr zuvor schon gesehen hatte, der offene Platz mitten im Wald mit dem schwarzen Kreis. Er blieb stehen, während ich hinlief. Ich drehte mich zu ihm um.

»Was ist hier passiert?«

»Hier?«

»Hier muss ein Feuer gebrannt haben.«

»Ja, vielleicht.«

Ich ging in die Hocke. Er kam auf mich zu. Ich durchsuchte mit den Händen das Gras, bis ich etwas fand. Ich hielt es nach oben.

»Ein Nagel.«

»Ja«, sagte er.

Ich suchte weiter. Ich fand noch zwei, drei, vier. Sie waren alle schwarz von Ruß.

»Das müssen irgendwelche alten Materialien sein, die jemand verbrannt hat.«

Er stand stumm da.

»Hier sind noch mehr Nägel.«

»Das sind keine normalen Nägel, das sind Spieker.«

»Spieker?«

»Das sind Nägel, mit denen man Bootsdielen zusammenhält.«

Ich sah ihn verwundert an. Antwortete nicht, wartete darauf, dass er mehr sagte. Es gab keine Anzeichen dafür, dass er noch mehr auf dem Herzen hatte. Ich stand auf.

»Da hast du deine Buschwindröschen«, sagte er und zeigte auf ein Büschel, das weiß zwischen dem Grün leuchtete. Sie waren feucht von Tau, ich beugte mich hinunter und pflückte einen kleinen Strauß. Es hatte sich eine Stille zwischen uns ausgebreitet, die wir beide spürten.

»Sollen wir zurückgehen?«

»Warte kurz«, sagte er.

Ich blieb stehen. Er stand mitten im Schwarzen. Sonnen- und Schattenreflexe im Gesicht.

»Das ist das Boot.«

Er wandte sich zu mir um.

»Ich habe hier mein Boot verbrannt.«

»Warum das?«

Er antwortete nicht.

»Wegen des Unglücks?«

Er nickte.

»Wie hast du es hierhergebracht?«

»Ich habe es gezogen.«

»Gezogen? Durch den ganzen Wald?«

Er schüttelte den Kopf.

»Durch den Garten.«

»Was?«

»Die Treppe herauf, durch den Garten und dann hierher.«

»Das kann ich nicht glauben. Ein Boot? Das ist zu schwer.«

Er antwortete nicht.

»Warum hast du das getan?«

Er sagte nichts.

»Warum hast du das Boot verbrannt?«

»Ich wollte es nicht mehr haben.«

»Ist es schon lange her?«

»Es war gleich nach dem Unglück.«

»Hast du es allein hier heraufgezogen?«

Er nickte wieder.

»Aber gab es keine Nachforschungen nach dem Unglück, war keiner hier, um sich den Ort des Geschehens anzusehen?«

»Ich habe es verbrannt, nachdem sie hier waren.«

Wir blieben stehen.

»Du tust zu viele seltsame Dinge«, sagte ich. »Das macht mir Angst.«

Er sagte nichts. Im Augenwinkel sah sein Gesicht verzerrt

aus. Er zog den Reißverschluss seines Wollpullovers bis zum Kinn zu. Dann stand er ganz still da, breitbeinig in seinen Bergstiefeln.

»Wenn ich selbst genauso seltsam wäre, vielleicht würde …«

Er wandte sich um.

»Aber das bin ich nicht. Ich bin eigentlich ganz gewöhnlich.«

Sein Gesicht wurde weich.

»Du«, sagte er. »Du bist nicht gewöhnlich.«

»Doch, das bin ich. Es tut mir leid, wenn ich dich dazu gebracht habe, etwas anderes zu glauben.«

»Du und ich, Allis«, sagte er und lächelte mich an. »Alles ist anders. Du bist hier.«

Seine Stimme war plötzlich leicht und frei.

»Sollen wir zur Leiter zurückgehen?«

Ich ging durch den Wald hinter ihm her, fort von der Feuerstelle.

»Und danach?«

»Wonach?«

»Nachdem du das Boot verbrannt hattest, was hast du dann gemacht?«

Er legte einen Arm um meinen Rücken, hielt meine Schulter mit seiner großen Hand fest.

»Ich erinnere mich an wenig, fast an nichts. Ich ging zugrunde. Auf einmal waren mehrere Jahre vergangen.«

»Was ist passiert?«

»Vor einem Jahr bin ich aufgewacht und habe mich umgesehen. Das Haus, ich hatte es verfallen lassen. Ich schaute hinaus. Nor liebte diesen Garten, und jetzt war er dabei zu sterben, so wie sie. Aber ich brachte es nicht über mich, ihn anzurühren. Es würde dort nur noch mehr wehtun.

Ich setzte das Haus innen und außen instand, tat das, was nötig war. Aber der Garten lag da. Wenn ich sie besuchte, erzählte ich von allem, was grünte und blühte. Aber es war ja nichts von dem wahr, was ich sagte. Und ihr ging es immer schlechter. Also suchte ich nach Hilfe.«

Ich fühlte einen Stich von schlechtem Gewissen. Wenig Hilfe. Hätte ich das gewusst, hätte ich vielleicht etwas weniger halbherzige Versuche gemacht, mich in das Fach einzulesen.

Er blieb stehen. Wandte sich zu mir um.

»Aber dann kamst du.«

Ja, genau, dachte ich dunkel, und was hatte ich getan, seit ich gekommen war? Hatte ein bisschen in der Erde gewühlt, bevor ich alle Kraft darauf verwendet hatte, mit Bagge durchzubrennen. Er strich mit der Hand über meine Wange, hielt mein Kinn kurz fest, ließ es los. Wir gingen weiter.

»Aber es hat ja nichts geholfen«, sagte er. Holte Atem.

»An dem Abend, als Mondfinsternis war, Allis. Es tut mir so schrecklich leid.«

»Du musst dir keine Gedanken darüber machen.«

»Ich dachte nur, dass ich dich von mir wegbringen muss. Dass es für dich hier nicht sicher ist, dass ich jemand bin, der andere zerstört.«

»Du wusstest, dass ich von selbst zurückkommen würde.«

»Nein!«, sagte er. »Ich war froh, dass du es geschafft hattest wegzukommen.«

»Sag das nicht.«

Er drückte mich an sich und küsste mich auf den Kopf, blies mir ins Haar.

Wir kamen aus dem Wald, die Leiter zwischen uns, gingen durchs Heidekraut und den Abhang zum Garten hinunter. Die Frühlingssonne stand genau über den Bergen, der Himmel war hellgelb, die Luft ganz klar.

»Du kommst nicht allein zurecht«, sagte ich.

»Nein.«

Der Braten lag auf der Arbeitsfläche. Er stand am Herd und machte Rotweinsoße.

»Wenn wir es so machen …«, begann ich.

»Ja?«

»Dass das hier ein Haushalt ist. Dann müssen wir über ein paar Dinge reden.«

Er nickte.

»Von was wir leben sollen.«

Er blickte zu mir herüber.

»Zum Beispiel«, sagte ich. »Haben wir Geld?«

»Wir haben keine anderen Ausgaben als dich.«

»Du hast mich seit letztem August nicht bezahlt.«

»Du hast keine Rechnung gestellt«, sagte er und rührte schnell in dem kleinen Topf.

»Ich dachte, wir machen es schwarz.«

Ich legte den Braten zur Seite und goss den Fleischsaft in seinen Topf.

»Vielleicht sollte ich daran denken, wieder zu arbeiten. Das muss ich wohl, früher oder später.«

»Musst du?«, sagte er. »Ich dachte, du arbeitest jetzt bei mir?«

»Was man so unter Arbeit versteht.«

Wie lange dauert eigentlich ein Skandal?, dachte ich. Nicht allzu lange heutzutage, die Leute haben genug mit sich selbst zu tun, und sie vergessen so schnell, ein Skandal ist nicht genug, es muss nachgelegt werden, sie müssen immer wieder frische Schande haben. Dieses Land ist so klein, dass sich keiner traut, andere vollständig zu zerstören, nur ein bisschen, denn sie wissen, dass es genauso gut sie selbst treffen könnte.

»Hast du eigentlich Einkünfte?«

Er nahm das Sieb aus der Schublade und begann, die Soße durch das Sieb in die Sauciere zu gießen, antwortete nicht.

»Was arbeitest du eigentlich?«

»Das kann ich nicht sagen«, sagte er, während die dunkelrote Soße in einem dünnen Strahl in die Sauciere lief, und es war unmöglich zu sagen, ob er sich witzig vorkam oder ob er es ernst meinte.

»Na gut.«

Er stellte den Topf und das Sieb hin und sah mich lange an, abwägend, mit einer erhobenen Augenbraue, als ob er daran zweifelte, dass ich es verstehen würde. Exmilitär, Spion, diese Gedanken hatten mich mehrmals gestreift, etwas mit Nachrichtendiensten. Ich fühlte mich plötzlich alarmiert darüber, dass er es nicht mit mir teilen wollte.

»Bitte, jetzt sag es doch! Bist du im Zeugenschutzprogramm, oder was in aller Welt bist du?«

Er richtete seinen Blick auf mich. Dann zerbarst sein Gesicht in Gelächter. Ich hatte gelesen, dass Zeugen kosmetische Operationen und neue Zähne und alles Mögliche bekamen, um nicht wiedererkennbar zu sein, und hatte versucht, mir vorzustellen, wie er eigentlich aussah, aber jetzt lachte er sein fast lautloses Lachen, den ganzen Kopf zurückgeworfen, bevor er es schaffte, sich zu stoppen.

»Es tut mir leid. Ich will dich nur auf den Arm nehmen.«

»Schluss damit.«

»Ich habe nur Angst, dass du das Interesse an mir verlierst, wenn die Mystik zu Ende ist.«

Ich vermied seinen Blick, denn auf irgendeine Art fühlte

ich mich etwas getroffen. Ich hatte das schon mehrmals gedacht: Was, wenn ich ihn nur der Mystik wegen verehrte? Ich zwang mich dazu, ihn anzusehen.

»Quatsch«, sagte ich.

»Allis«, sagte er ernst. Stellte die Sauciere auf den Tisch. »Dann bist du selbst schuld, wenn du enttäuscht bist.«

»Das ist okay.«

Er holte Luft.

»Ich bin Zimmerer.«

Ich sah ihn an. Er blickte ernst zu mir zurück.

»Zimmerer?«

Er nickte langsam.

Ich fühlte, wie sich etwas in mir hob und sich fast gleichzeitig wieder senkte. Ja, wenn das stimmte, dann war es mit der Mystik vorbei, aber die Überraschung war so groß, darauf war ich keine Sekunde lang gekommen, ein Handwerker? Was war mit diesem Aristokratischen, das er an sich hatte? Stand ich mit einem Zimmerer da, einfach nur einem Zimmerer? Es war, als ob der dunkle Himmel über ihm verblasste, jetzt, wo die neblige Ungewissheit fort war. Aber das war vielleicht auch okay. Gott weiß, wie lange ich es ausgehalten hätte, um ihn herumzutrippeln, in schrecklicher Angst, unsichtbare Fehler zu machen. Aber jetzt war er Zimmerer, das war sofort überschaubarer, auch wenn ich eigentlich kaum wusste, was das war, wohl eine Art Schreiner? Es kam mir fast wie ein kleiner Statusrückgang vor, das musste ich zugeben, ich war höher ausgebildet, eine öffentliche Person, während er … Nein, uff. All das gute Essen, das ich ihm gemacht hatte, all die Stunden, die ich damit zugebracht hatte, Fleischbrühe zu kochen, weil ich irgendwie das Gefühl gehabt hatte, für einen Adeligen zu kochen, einen Grafen, jemanden, der mit gutem Geschmack geboren war, der es sofort merken würde, wenn die Brühe zu simpel war – jetzt erschien mir das irgendwie ein bisschen wie umsonst. Er hatte sie nur hineingeschaufelt.

»Bist du überrascht?«

»Ich weiß nicht«, sagte ich, musste überlegen. »Ich habe dich nur nie … zimmern gesehen. Die ganze Zeit, in der ich hier war.«

»Nein«, sagte er. »Aber morgen bauen wir die Gemüsepflanzkästen.«

Ich sagte mir, dass ich diesen neuen, nicht mystischen Mann mit offenen Armen empfangen sollte, dass ich mich darüber freuen sollte, jetzt würde er mir das Schreinern beibringen, wir würden angeln, konnten zusammen im Gemüsegarten arbeiten, ein Gewächshaus haben, uns ein Boot anschaffen und Netze auswerfen, alles, was nötig war, um davon leben zu können.

Ich schnitt den Braten auf, stellte das Fleisch auf den Tisch.

»Ich habe ja gearbeitet, aber …«, sagte er. »Als sie krank wurde, musste ich eine Pause machen. Eigentlich sollte es nur für eine gewisse Zeit sein, aber es kam anders. Jetzt, wo Nor nicht mehr ist, schaffe ich es vielleicht, in irgendeiner Form weiterzukommen, zurückzugehen oder …«

Ich sah sie in einem Blitzlicht vor mir, sie lag ausgestreckt da, auf dem Steg, mit einem Haarknoten im Nacken, schlank – ich musste zugeben, dass ein Trost darin lag, oder eine Sicherheit, zu wissen, dass er verheiratet gewesen war, dann musste er okay sein, trotz allem, er war ein Mann, mit dem eine Frau zusammen sein konnte. Es war nicht nur ich, die sich hinters Licht führen ließ oder die niedrige Standards hatte, er war von einem unabhängigen Dritten für gut befunden worden – doch immer, wenn ich mich mit ausgedachten Frauen verglich, hatte ich eine Tendenz, als Verlierer hervorzugehen.

Er betrachtete mich durch die Kerzenständer. Sah er es mir an? Wie oberflächlich ich war? Das seltsam schroffe Gefühl, plötzlich ein normales Leben zu führen. Aber wenn alles zusammenkam, konnte vielleicht nichts besser sein. War es nicht gerade das, genau das, was ich mir wünschte? War nicht genau das die Rettung, das Reinste – ein normales Leben, ohne soziale Ambitionen, nur Haus und Garten in Ordnung halten, lesen, vielleicht eine Familie gründen? Ich sah ihn an. Hier war ich. So gut wie verheiratet, dachte ich, mit einem Zimmerer, einem riesengroßen, schönen, dunklen, praktisch veranlagten Witwer aus den Wäldern, es ist ein Wunder.

»Ein Waldmensch«, sagte ich. »Es gibt kaum etwas Erotischeres.«

»Ja, nicht wahr? Komm her.«

»Was?«

»Setz dich hierher.«

Ich stand auf und setzte mich auf seinen Schoß. Er legte seinen Arm um mich, dann saßen wir so da, ich sog seinen Geruch ein, den Geruch von verbranntem Holz und rauer See, legte die Nase in Nacken und Haar, die Bartstoppeln kratzten an meiner Wange. Ein Waldmensch.

»Ich habe mich immer gefragt, was eigentlich mit dir ist«, sagte er in meine Haare.

»Was mit mir ist?«

»Ich war ein Stein, bis du gekommen bist.«

»Du warst auch noch ein Stein, lange nachdem ich gekommen war«, sagte ich.

Er lächelte mein Ohr an.

Und du bist es immer noch, dachte ich.

»Aber dann«, sagte er.

»Ja, was ist eigentlich passiert?«

»Ja, genau das frage ich mich auch. Plötzlich wurde es anders. Ich wollte mit dir zusammen sein. Wie du da in der Küche standst, immer, auch wenn du nicht solltest.«

»Ja«, sagte ich. »Ja. Hat es nicht so angefangen? Plötzlich bist du gekommen und warst bei mir.«

»Doch«, sagte er, ließ seine Hand an meinem Rücken auf und ab gleiten.

Da war etwas, dachte ich, hatte ein unklares Gefühl, dass etwas nicht gut war, aber was? Ich, wie ich dastand und Gemüse schnitt und Fischstücke in unsere Suppenteller legte, Gewürze darüberstreute, er, wie er wartend am Tisch saß. Es traf mich wie ein Schlag in die Magengrube, das blaue Buch. Die Rezepte. Der Geruch des Essens seiner Frau.

»Allis.«

»Das Essen hält sich noch eine Weile warm«, sagte ich.

Er hob mich hoch.

Merkwürdig. Merkwürdig, wie alles möglich ist, dachte ich, als ich durch das Zimmer schwebte.

Er kam vom Bootsschuppen herauf, als ich gerade das Gemüsebeet goss. Die Sonne schien brennend heiß, es war mehrere Wochen lang trocken gewesen. Ich hatte Angst, dass die Hitze allem den Garaus machen würde, und goss mehrmals am Tag. Er sah merkwürdig aus, auf eine fröhliche Art, er legte einen Arm um mich und küsste mich. Sein Haar war schweißnass, das Hemd klebte am Körper.

»Bist du bereit fürs Mittagessen?«

Er nickte.

Ich zupfte einige Salatblätter ab, pflückte ein paar Tomaten und strich uns in der Küche Brote. Ich backte jede Woche Brot. Noch hatte niemand den Laden übernommen. Es spielte keine Rolle, wir nahmen den Bus in die Stadt, wenn wir etwas brauchten. Ich hatte in vollem Ernst angefangen, mich in das Halten von Hühnern und Kaninchen einzulesen, stellte mir vor, dass es auf lange Sicht möglich wäre, uns selbst mit Fleisch zu versorgen.

Wir aßen unter dem Kirschbaum, ich hatte die Stühle und den Tisch vor ein paar Tagen geölt. Das Gras kitzelte mich an den Fußsohlen, die Sonne wärmte meine Beine.

»Es ist zu warm zum Arbeiten«, sagte ich.

»Ja«, sagte er. Seufzte und legte sich im Stuhl zurück, sein Gesicht sonnengebräunt und glänzend.

»Geht es gut vorwärts unten im Schuppen?«

Er wandte mir den Kopf zu, legte seine Hand als Sonnenschutz vors Gesicht und lächelte.

»Ich bin gerade fertig geworden.«

»Wirklich?«

Er nickte, sah froh aus.

»Darf ich hinuntergehen und schauen?«

»Morgen«, sagte er.

»Warum?«

»Es fehlt nur noch eine kleine Sache.«

»Na gut, dann warte ich.«

Er hatte fast jeden Tag dort unten gearbeitet, solange ich hier war, auch am Anfang, als ich geglaubt hatte, er wäre in seinem Arbeitszimmer. Ich verstand eigentlich nicht, was so lange dauern konnte, vor allem nicht bei ihm, der das Zimmern sogar zum Beruf hatte.

Ich setzte mich in den Schatten unter dem Kirschbaum. Die Sonne brannte stark. Er saß zurückgelehnt im Stuhl, ohne Hemd und dösend, mit Schweißperlen auf der Stirn und einem Grashalm im Mund. Die Zweige der Beerensträucher hinter ihm hingen schwer von schwarzen und roten Beeren. Ich sah zum Gemüsebeet hinüber. Es strotzte vor Salat, Rettich, jungem Kohl, Kräutern. Ich hatte den ganzen Vormittag über Karotten und Kartoffeln gehäufelt. Ich hatte zwischen den Pflanzflächen feste Wege aus druckimprägnierten Holzplanken gelegt. »Du brauchst mich eigentlich gar nicht mehr«, hatte er gesagt, als er mich arbeiten sah. Ich blickte kurz zu ihm hinüber. Er schlief in der Sonne. Ich schloss die Augen.

Ich erwachte davon, dass er über mir stand. Der Himmel hinter ihm war hellrot.

»Ein Abendbad«, sagte er. »Kommt das für dich überhaupt nicht infrage?«

»Nein, aber ich kann zuschauen.«

»Warum willst du nicht?«

»Ich mag es einfach nicht. Habe es nie gemocht.«

»Du hast doch keine Angst vor dem Wasser?«

»Nein! Aber ich habe für meine freie Zeit andere Prioritäten.«

Er lachte mich aus. Ich ging mit ihm die Steintreppe hinunter, setzte mich auf die warme Mauer. Er zog sich aus und sprang hinein.

»Allis! rief er aus dem Wasser herauf. »Es ist so warm! Du musst kommen!«

Ich lachte, schüttelte den Kopf.

»Ich gehe nach oben und hole ein Buch.«

Der Gefrierschrank war voller Eis, ich füllte es in einen Kübel und öffnete eine Flasche Weißwein, hatte zusätzlich zur Flasche im Kübel noch Platz für zwei Gläser, nahm für später eine Decke unter den Arm und ging wieder zum Steg hinunter. Ich sah ihn dort nicht, nicht auf dem Steg und nicht im Wasser, er musste weit hinausgeschwommen sein. Das reichte aus, um mir einen unruhigen Stich im Magen zu versetzen, das Gefühl, das ich gehabt hatte, seit ich zurückgekommen war, dass man auf ihn aufpassen musste. Unten am Steg stellte ich den Eiskübel ab und blickte hinaus, der Fjord war ganz ruhig, es war nicht einmal ein Punkt zu sehen. Ich wollte nicht rufen, also rannte ich die Treppe zur Hälfte hinauf, um weiter blicken zu können, aber ich sah nichts, rannte wieder hinunter und blieb ratlos stehen, schnappte nach Luft, ging nach vorn zum Rand, wusste nichts anderes zu tun, als da draußen nach seinem Kopf, den Armen Ausschau zu halten – wollte gerade mein T-Shirt über den Kopf ziehen und ins Meer springen, als die Tür zum Bootsschuppen sich öffnete und er herauskam, in langer Hose und mit einem Handtuch. Sein Blick fiel auf den Eiskübel, und seine Augen leuchteten auf. Ich wandte mich um und lächelte, tat so, als sei nichts gewesen. Er trocknete seinen Rücken und setzte sich auf die Mauer. Erst jetzt sah ich seine nassen Fußspuren, vom Fjord herauf und in den Bootsschuppen hinein, was war ich doch für ein nervöser Idiot, der immer gleich das Schlimmste annahm. Ich setzte mich neben ihn und schenkte ein Glas ein, reichte es ihm, dann eines für mich, wir stießen an. Sein Haar war nass und glänzend, so schön, dass es wehtat, er trank und blickte auf den Fjord hinaus. Atmete aus. Ich legte mich nach hinten, die Sonne hing immer noch tief über den Bergen, würde noch ein paar Stunden bleiben. Eine schwache, schwache Brise rief Gänsehaut hervor. So ängstlich, so erleichtert. Er angelte nach seinem hellen Hemd und steckte die Arme hinein.

»Unglaublich, dass du es warst, die hergekommen ist.«

»Ja. Unglaublich.«

Ich wandte mich um und knöpfte sein Hemd zu. Blickte zu ihm auf.

»Aber du hast nie gesagt, wie viele sich eigentlich beworben haben.«

Er grinste und sah zu Boden.

»Nur du.«

»Wirklich?«

»Ja, klar. Wer will schon so einen Job haben?«

»Ich hätte gedacht, dass es zumindest noch ein paar andere waren.«

Er schüttelte den Kopf.

»Nur du. Quatschkopf.« Er stieß mich mit dem Handrücken an.

»Ja, das bin ich wohl.«

Die Sonne lag knapp über dem Bergkamm. Ich blickte kurz hinein, biss mir auf die Lippen.

»Ich muss etwas gestehen.«

»Was denn?«

»Ich wusste von vornherein ziemlich wenig über Gartenarbeit.«

Er schenkte uns mehr Wein ein. Stellte die Flasche hin und lehnte den Kopf gegen die Mauer.

»Das habe ich ziemlich schnell begriffen.«

Ein metallischer Rand glühte über dem Bergkamm. Der Fjord perlte vor uns.

»Aber es tut mir so leid. Wenn ich gewusst hätte, wie du über den Garten dachtest.«

Er schüttelte den Kopf.

»Nein. Das war nur eine Art Aberglaube. Aus Mangel an Hoffnung.«

»Trotzdem.«

»Nein, Allis. Zerbrich dir darüber nicht den Kopf.«

Ich trank langsam.

»Ein schöner Abend, um lange aufzubleiben«, sagte er.

»Ich will die ganze Nacht aufbleiben«, sagte ich.

»Wirklich?«

»Ja.«

Er streichelte mir über den Rücken.

»Frierst du?«

»Nein.«

Wir hörten fernes Möwengeschrei. Ich schloss die Augen. Lauschte dem Meer, der Wein wärmte meinen Körper. Sowohl Himmel als auch Fjord waren golden wie Honig.

»Soll ich dir den Strand zeigen?«, sagte er plötzlich.

»Den Strand?«

»Ein Stück weiter drüben.«

Er stand auf, gab mir eine Hand und zog mich hoch. Er nahm den Kübel mit und ging vor mir her hinter den Schuppen, kletterte den Felsen hinauf. »Sei vorsichtig«, sagte er zu mir hinunter. Ich kletterte hinter ihm nach oben. Der Felsen war immer noch warm von der Sonne, blasslila Strandnelken ragten aus den Ritzen hervor. Wir gingen zusammen auf der Anhöhe entlang, es wehte ein leichter Wind, er nahm meine Hand. Nach ein paar Hundert Metern südlich am Rand der Berge entlang flachte es ab, vor uns kam ein schmaler Streifen Sand zum Vorschein, es herrschte Flut. Ich zog die Sandalen aus und ging im warmen Sand, der Himmel leuchtete orange, das Gras oberhalb des Strandes schien bläulich.

»So schön«, sagte ich und wandte mich zu ihm um. Der Wind blies ihm ins Haar. Er ging mit der einen Hand in der Hosentasche, hielt den Kübel in der anderen, seine Haut fast schwarz in dem hellen Hemd. Was nun?, dachte ich. Ist es jetzt so, kann es so sein? Lebe ich jetzt hier? Mein Leben, das ich vor anderthalb Jahren noch als so gut wie vorbei betrachtet hatte. Ich hatte es also doch hingekriegt, neu anzufangen. Vielleicht. Wellen glitten ruhig an den Strand, wuschen den Sand rein. Hatte nicht gedacht, dass das möglich war. Ein weißer dicker Stamm lag im Sand. Ich blieb stehen, setzte mich darauf. Er kam mir hinterher. Meine Haut kribbelte, zog sich zu einer Gänsehaut zusammen, ich hatte einen Sonnenbrand. Es fühlte sich nur gut an. Bagges Schulter neben mir, der Kübel zwischen uns im Sand. Ich führte die tropfende Flasche zum Mund, es rann mir kalt die Kehle hinunter. Reichte ihm die Flasche und kraulte ihn leicht im Nacken, fuhr mit der Hand durch sein Haar. War gleichzeitig zu froh, um zu weinen und zu traurig, um zu lächeln. Wusste nicht, was los war, wünschte, ich könnte mich einfach nur leicht fühlen. Zum ersten Mal war ich so gut wie sorgenfrei, aber trotzdem war mein Körper in einer Art Spannungszustand, auf der Hut. Dachte an ihn, glaubte oder wusste, dass es ihm genauso ging, ohne zu verstehen, warum. Nur wir beide, wenn das überhaupt möglich war. Ich musste mich zusammenreißen und in den nächsten Tagen Johs anrufen, die Dinge regeln. Es war nicht zu glauben, wie ich es immer wieder hinausgeschoben hatte, es seinen Gang gehen ließ, fühlte, wie sich in mir ein Knoten bildete.

»Es ist möglich«, sagte er plötzlich.

»Was?«

»Das hier.«

»Glaubst du?«

»Ja, Allis. Ich habe es zuerst nicht geglaubt, aber jetzt glaube ich es.«

»Haben wir das Beste noch vor uns?«

»Ja, ich glaube schon.«

Mir zersprang fast die Brust, ich fühlte mich schwerelos. Da hörte ich ihn Atem holen und tief seufzen. Er senkte den Kopf.

»Allis, ich wollte etwas Schreckliches tun. Aber du hast mich gerettet.«

»Was meinst du?«

Er saß da, das Gesicht zu Boden gerichtet.

»Was wolltest du tun?«

In diesem Moment schrie plötzlich eine Möwe, ich erschrak, sah nach oben, sah den Vogel geradewegs auf mich zustürzen, ich heulte auf und duckte mich weg, hörte den Schnabel genau neben dem Ohr zuschnappen, bevor sie genauso schnell wieder emporstieg. Sie war weg. Dann ein neuer Schrei, es sauste durch die Luft, ich duckte mich, fühlte Klauen mein Haar zerwühlen, bevor der Vogel wieder aufstieg. Bagge fuhr hoch und griff mich am Arm. Es waren mehrere, ich schnellte hoch, er zog mich mit. Zwei

Möwen kamen heruntergestürzt, ich schrie, ein Flügelschlag mitten in meinem Gesicht, die runden Augen, der Schnabel, ich duckte mich nach unten, er zerrte mich hinter sich her.

»Komm!«

Ich hielt den anderen Arm schützend über mein Gesicht, hörte Flügelschläge in der Luft, rannte stolpernd den Strand entlang, der Schnabel schnappte an meinem Hals zusammen, ich schrie wieder, es waren drei, vier Möwen, sie stürzten auf uns herunter, ich sah die weiße Gestalt auf Bagge zuschießen, er duckte sich weg, wir rannten, die Möwen schrien wie wild, ich spürte wieder Klauen im Haar, ich weinte vor Schock, die Welt war wie auf den Kopf gestellt, wir hetzten über den Strand, immer schneller werdendes Flattern in der Luft und Schnäbel an der Wange, ich fühlte, wie meine Haut aufriss, wir kamen endlich weg vom Strand und auf den Felsen, spurteten entlang, tief heruntergebeugt, kniffen die Augen zusammen, sie würden sie auskratzen, wieder näherten sich Flügelschläge, es schnappte in meinem Ohr, ich brüllte sie an: Aufhören! Er zog mich zum Wald, barfuß über Steine und Gras, zu den Bäumen, geschützt vor den Schreien, den Klauen. Wir blieben stehen, die Möwen waren weg.

Er hing vornüber und rang nach Atem.

»Allis! Es tut mir so leid!«

Ich sah zu ihm auf, die Wangen nass von Tränen und Blut. Er sah mich erschrocken an.

»Haben sie dich erwischt?«

»Ja!«

»O mein Gott, Allis, lass mich sehen.«

Meine Brust brannte, sie hob und senkte sich.

»Sie wollten mich töten!«

»Wir sind zu nahe an ihre Eier gekommen, Allis.«

Ich streckte die Hand zu meinem Ohr hinauf, es brannte, ich fühlte, wie meine Finger feucht wurden.

»Sie waren noch nie so aufdringlich. Nie. Gehen normalerweise nur auf Hautkontakt.«

Er legte einen Arm um mich. Er war blass.

»Wir müssen ins Haus und deine Wunden versorgen.«

Ich schluchzte einmal auf, war aber zu abgehetzt, um zu weinen.

»Ich habe noch nie etwas Ähnliches erlebt«, sagte er. »Manchmal kommen sie im Sturzflug herunter, um einen zu erschrecken, wenn jemand den Eiern oder Jungen zu nahe kommt, aber ich habe nie gesehen, dass sie hinter jemandem her waren, nie.«

Ich spürte eine starke Lust, sie zu zerstören, schießen zu lernen. Er hielt mich im Arm und führte mich durch den Wald nach Hause. Es war ganz still.

»Jetzt bist du sicher.«

Wir kamen aus dem Wald und gingen die Böschung zum Haus hinunter. Der Himmel war tiefrot, wie Blut. Ich ging ins Bad. Meine Fußsohlen schmerzten, ich war über Steine und Äste gelaufen. Meine Sandalen lagen noch am Strand. Ich wusch mir das Gesicht, die Wunde brannte. Ein kleiner Kratzer auf der Wange, von einer Klaue. Nicht so dramatisch, wie es zuerst ausgesehen hatte. Eine Wunde am Rand des Ohrs. Sie blutete nicht mehr. Ich trocknete mein Gesicht ab, sah mich im Spiegel an. Er stand mit gerunzelter Stirn hinter mir.

»Können irgendwelche Bakterien in der Wunde sein?«

»Nein«, sagte er. »Das glaube ich nicht.«

Ich sah ihn im Spiegel an.

»Das, was du sagen wolltest.«

Er senkte den Blick.

»Nichts.«

»Doch. Du hast gesagt, es war schrecklich.«

Er schüttelte hinter mir den Kopf, trat aus dem Bad.

Ich ging hinter ihm her.

Er stand vor mir, der Rücken in dem hellen Hemd, er wandte sich zu mir um.

»Allis. Sollen wir uns auf die Veranda setzen?«

Ich nickte. Zog meine Strickjacke an, die über dem Stuhl am Esstisch hing, und ging hinter ihm hinaus. Es war kühler geworden. Der Himmel war nicht mehr rot, sondern tiefblau. Es war vollkommen schwarz im Garten, ich konnte gerade noch mein Gemüse schwach im Mondschein schimmern sehen. Wir hatten das Außenlicht aus, um keine Insekten anzulocken. Ich setzte mich auf den Gartenstuhl neben ihm. Atmete tief aus. Fing plötzlich an zu lachen.

»Meine Güte«, sagte ich. »In was für einer Umgebung du lebst.«

»Es ist meine Schuld. Ist es schlimm?«

»Nein.« Es pochte in meiner Wange, aber es war nicht schlimm.

Er hatte etwas sagen wollen. Aber jetzt wollte er es doch nicht mehr sagen. Ich traute mich nicht zu drängen, er wurde so leicht verschlossen. Es nutzte nichts, ich konnte nur warten. Von Möwen gejagt werden, dachte ich, gibt es etwas Erniedrigenderes?

»Was passiert weiter?«, sagte Bagge leise.

»Mit uns?«

»Nein, entschuldige …«, sagte er. »Ich habe an etwas anderes gedacht. Was weiter mit den Asen passiert, als Balder tot ist und Loki gefangen.«

»Daran hast du jetzt gerade gedacht?«

»Es ist so schön, dich erzählen zu hören.«

»Na gut. Der Mord an Balder stiftet Unfrieden.«

»Ja?«

»Moralischen Verfall. Brüder schlagen einander tot. Es ist der Anfang der Götterdämmerung. In einer Edda-Dichtung wird von den Kämpfen erzählt, die in der letzten Abrechnung zwischen den Göttern und den bösen Mächten ausgefochten werden. Es sind schreckliche Szenen, die Götter unterliegen. Odin wird vom Fenriswolf verschlungen. Thor besiegt die Midgardschlange, stirbt aber an ihrem Gift, das über ihn strömt.«

Bagge saß im Dunkeln und hörte zu.

Die Sonne und die Sterne werden schwarz. Die Erde versinkt im Meer. Die Welt geht unter.

Seine Brust bewegte sich nicht, er hielt den Atem an.

»Und eine neue Welt entsteht. Die Erde steigt aus dem Meer auf, grün und neu. Balder kommt zurück und lebt in Frieden mit Hödur. Loki ist fort. Alles ist schön. Felder wachsen ohne Saat.«

Ich hielt inne. Bagge atmete aus.

»Es gibt dort kein weibliches Wesen. Und damit ist die neue Welt frei von Unruhen und Spannungen.«

»Das ist schlau.«

»Einer, der ›der Große‹ genannt wird und aus der Höhe kommt, steigt auf den Richterstuhl. Er setzt Dinge fest und schreibt Urteile. Alte Schuld verbrennt und versinkt im Meer.«

»Was bedeutet das?«

»Ich weiß nicht«, sagte ich. »Vielleicht, dass Schuld gesühnt und ausgelöscht werden muss, damit die neue Welt entstehen kann.«

»Also ist alles gut?«

»Nein. Im allerletzten Vers steht, dass der Drache Nidhogg vom Nidafjell über die Felder der neuen Welt geflogen kommt. Er hat Leichen im Gefieder. So endet es.«

Ich wandte mich zu Bagge um, er sah mich ernst an.

»Und was bedeutet das?«

»Ich weiß es nicht«, sagte ich. »Vielleicht, dass es auch in der neuen Welt die Möglichkeit für Böses gibt.«

Er saß mit gesenktem Kopf da, bevor er mit einer plötzlichen Bewegung zu mir aufsah.

»Es gibt etwas, das ich dir erzählen muss.«

Er rieb seine Hand an seinem Bein auf und ab.

»Weil ich ganz ehrlich zu dir sein will. Wenn wir ganz von vorne anfangen wollen.«

»Warte«, sagte ich. »Zuerst muss ich etwas sagen.«

Er hielt eine Hand hoch.

»Nein, hör mir zu.«

Er holte Atem.

»Du musst etwas wissen.«

»Ja?«

»Über diesen Tag. Am Fjord.«

Ein Schauder durchfuhr mich, als er das sagte, ich bekam eine Gänsehaut.

»Ja«, sagte ich. »Das Unglück.«

»Ja.« Er wandte sich zu mir. »Aber es war nicht so.«

Er sah mich an, seine Augen waren zwei dunkle Löcher, es blitzte wild in ihnen.

»Wir saßen in Decken gewickelt und machten Lagerfeuer, saßen und redeten mit leisen Stimmen, wir wurden nicht müde.«

Er drehte sich von mir weg, blickte nach vorn.

»Es wurde ganz dunkel, so wie es jetzt ist. Und dann wurde es wieder hell.«

Er biss sich auf die Lippe.

»Es war eine Tropennacht. Wir blieben die ganze Nacht lang sitzen. In der Morgendämmerung ließen wir das Boot zu Wasser. Wir nahmen eine Angel mit und wankten ins Boot hinüber, ich erinnere mich an ihr Lachen hinter mir.«

»Aber das hast du alles schon erzählt«, sagte ich, erleichtert.

Er beachtete mich nicht, redete einfach weiter.

Sie ruderte. Sie liebte rudern, hatte starke Arme und machte langsame, starke Züge. Draußen war es ganz still, die Sonne ging gerade hinter den Bergen auf. Ich warf die Angel aus und ließ den Blinker dem Boot folgen. Wir ruderten in den Fjord hinaus.

Ich spürte, wie der Rausch langsam abebbte, ich saß hinten im Boot, sah sie ganz klar. Wie hübsch sie war. Sie ruderte langsam, gleichmäßig und sah zu Boden, sie sah aus, als wäre sie ganz in ihrer eigenen Welt. Ich war so ruhig, so froh. Ihre Wangen leuchteten in der Morgensonne. Die Luft war frisch und ganz klar, scharf. Die Vögel zwitscherten.

Er hielt inne. Es war jetzt völlig schwarz um uns, die Nacht war an ihrem dunkelsten Punkt.

Ich sagte, dass ich sie liebte. Da sah sie zu mir auf, und Tränen liefen an ihr herunter. Zuerst dachte ich, sie wäre froh. Ich spürte meinen Puls in der Magengrube, wollte es von ihr hören und auch wieder nicht.

Sie weinte still. Sie wandte ihr Gesicht von mir ab, blickte sich über die Schulter und ruderte weiter, und die ganze Zeit weinte sie fast lautlos.

»Nor«, sagte ich. »Was ist los?«

Sie antwortete nicht.

»Was ist los?«

Sie holte Atem, seufzte. Sie versuchte, ihre Wangen an den Schultern abzutrocknen, während sie weiterruderte.

Seine Stimme war leise, betrübt.

Sie sah mich an, und dann antwortete sie: »Ich trauere.«

»Du trauerst?«, fragte ich, beinahe erleichtert. Sie nickte und blickte wieder zu Boden. »Worum trauerst du?«

Sie antwortete nicht.

»Nor«, sagte ich. »Worum trauerst du?«

Sie fing wieder an zu weinen.

»Kannst du es mir sagen?«

Sie schüttelte kaum merklich den Kopf.

»Warum nicht?«

Er holte Atem. Seine Augen waren geschlossen und die Brauen gerunzelt, der Mund ernst, sein Gesicht sah genau so aus, wie wenn er Liebe machte. Als wenn er alles fühlte, alle Gefühle, gute und schlechte gleichzeitig.

Ich empfand so große Zärtlichkeit für sie. »Hast du jemanden verloren?«

Ich hörte etwas in ihr bersten. Dann weinte sie still weiter. »Liebe Nor«, sagte ich. »Ist es jemand aus dem Orchester?«

Es kam ein neuer schwacher Schluchzer aus ihrem tiefsten Inneren, ein Ja.

»Gerade eben?«, fragte ich.

Sie antwortete nicht.

»Meine Liebe«, sagte ich wieder. Sie wich meinem Blick aus. »Gehst du zur Beerdigung?«

Sie schüttelte den Kopf. Ich dachte daran, wie klein sie wirkte, wie ein kleines Mädchen. Ich sagte nichts mehr. Sie hatte aufgehört zu rudern. Sie saß da, die Hände im Schoß, und sah zu Boden.

»Du Arme«, sagte ich. »Dass du jemanden verloren hast.« Die Sonne war ganz hinter dem Berg hervorgekommen, sie prickelte auf der Haut.

»Wann ist das passiert?«, fragte ich.

Ihr Oberkörper sank zusammen, der Kopf war gesenkt. »Vor einem Jahr«, sagte sie.

Es traf mich wie ein Stich. Dass sie eine alte Trauer hatte, von der ich nichts wusste, die sie immer noch beschäftigte. Was konnte das bedeuten? Jetzt weinte sie nicht mehr.

»Warum hast du nichts gesagt?«

»Bitte.« Sie blickte vor sich hin, leer. »Ich konnte nicht trauern.«

»Warum nicht?«

»Ich konnte nicht.«

»Aber Nor, warum konntest du nicht trauern?« Sie presste die Lippen zusammen, wollte nichts mehr sagen.

»Er …«, begann sie, presste aber die Lippen wieder zusammen.

Er schwieg eine Weile. Ich wagte nicht, ihn anzusehen, spürte meinen eigenen Atem im Hals, wollte kein Geräusch machen.

Da wusste ich, was es bedeutete. Ich fragte, was passiert war. »Er ist krank geworden«, sagte Nor.

»Hast du ihn gepflegt?«

»Nein, seine Familie hat ihn gepflegt.«

»War er verheiratet?« Sie nickte.

»Wart ihr lange zusammen, er und du?«

Sie nickte langsam.

Sein Kiefer war hart und angespannt, während er sprach.

Sie blickte auf: »Aber ich wollte dich nie verlassen!« Auf einmal sah ich sie ganz klar, sie war hässlich, ihr Gesicht verzerrt. Sie wollte, dass ich sie tröstete. Sie wollte, dass ich sie tröstete! Und mein Körper fuhr hoch, um sie zu packen, die Angel fiel ins Wasser, das Boot schwankte, sie wich zurück, um davonzukommen, die Ruder rutschten heraus, sie fiel hintenüber – alles passierte unglaublich schnell, ich stand ganz still im Boot und wartete auf sie, zitterte vor Wut, sie war untergegangen, unten im schwarzen Wasser, bevor ich kopfüber hineinsprang, aber ohne sie zu sehen, musste mehrmals auftauchen, um Luft zu holen, und zum Schluss sah ich sie ganz unten, ich konnte sie heraufholen. Aber zu spät.

»Konnte sie nicht schwimmen?«, flüsterte ich.

»Sie haben herausgefunden, dass sie mit dem Hinterkopf gegen die Reling geschlagen war.«

Wir saßen still da. Ich hatte Angst vor ihm. Er hatte diese Sache in sich.

»Was ist danach passiert?«

»Ja, dann kam sie ins Krankenhaus, und hinterher, als sie herausgefunden hatten, dass sie nichts tun konnten, ins Pflegeheim. Und dann – habe ich aufgehört, sie zu besuchen.«

»Warum?«

Er antwortete nicht.

»Warum hast du sie nicht besucht?«

»Ich konnte sie nicht ansehen.«

»Dann war sie bei Bewusstsein?«

»Nein. Nein. Aber ich brachte es nicht über mich.«

»War sie ganz …«

»Sie war hirntot. Ja.«

Er schloss die Augen. Ich legte den Kopf zurück, blickte in den dunklen Himmel hinauf. Ich konnte nicht im Geringsten mit ihm mithalten, was Schmerz betraf, und verstand nicht, was es helfen konnte, mich hierzuhaben, einen Plagegeist, der alles leicht nahm und sich auf die infantilste Weise des Lebens freute. Hatte nichts, was ich ihm geben konnte, außer warmem Essen und warmer Haut. Alles, was mir zum Trost einfiel, war gleich wertlos. Es schien, als würde er sich schämen. Ich wollte ihm sagen, dass er das nicht sollte. Dass er das nicht brauchte.

»Danke, dass du es erzählt hast«, sagte ich schließlich.

Da wandte er das Gesicht zu mir, und seine Augen glänzten. Er stützte den Kopf in seine Hände, die Schultern standen hoch, es kam kein Geräusch. Ich rückte meinen Stuhl näher, legte einen Arm um ihn. Legte die Lippen an sein Ohr.

»Es ist gut.«

Er saß ganz still, zitterte oder bebte nicht, weinte nicht, saß nur so da.

»Es ist gut«, sagte ich wieder. Er nahm die Hände vom Gesicht und schlang die Arme um mich. Hielt mich fest, ich streichelte ihm über den Rücken. Versuchte, daran zu denken, was er erzählt hatte. Damit zu leben. Sein Leben, wenn ich es in diesem Licht sah, dann machte es ja Sinn. So zu leben, so zu träumen. Sein Körper warm an meinem. Eine Grille zirpte intensiv, durchdringend. Wir saßen ganz still im Morgengrauen, ich drückte mich fest an sein dünnes, helles Hemd, das schwarze Haar weich an meiner Wange.

Ich fühlte sein Herz an meiner Brust, ein gleichmäßiger, schneller Schlag. Ich holte tief Atem, strich ihm übers Haar. Nahm seinen Kopf zwischen meine Hände und legte meine Stirn an seine.

»Es ist gut.«

Er war ruhig. Küsste meine beiden Augenlider.

»Allis«, flüsterte er. »Ich habe etwas für dich.«

»Du hast etwas für mich?«

Er nickte. Stand auf und streckte die Hand aus, ich nahm sie, und er zog mich aus dem Stuhl hoch.

»Was denn?«

»Du wirst sehen.«

Er wirkte auf einmal fröhlich, geheimnisvoll, legte seinen Arm um meine Taille und führte mich in den Garten hinunter. Ich ging barfuß durch das taunasse Gras, lautlos. Die Obstbäume standen grau und knorrig vor dem heller werdenden Himmel.

»Ganz nach unten«, flüsterte er und schob mich sanft die Steintreppe hinunter. Ich ging langsam nach unten, gespannt, die Fußsohlen auf kaltem, hartem Stein. Die Landschaft lag friedlich im Morgendunkel, der Fjord war schwarz.

»Warte hier«, sagte er, als wir auf dem Steg standen. »Und nicht schauen.« Er ergriff meine Schultern und drehte mich zur Treppe hin. Es ging ein milder, kühler Luftzug, ich hielt den Blick fest auf die Treppe gerichtet, ich zitterte am ganzen Körper. Ich hörte ihn die Seitentüren des Bootsschuppens öffnen, die Scharniere quietschten.

»Bleib so stehen«, sagte er. Ich nickte. Ich hörte ihn Sachen wegräumen. Einen Besen in kurzen Strichen über den Boden ziehen.

»Allis.«

»Ja?«

Seine Stimme war belegt. Ich dachte an die Zeit, die ich hier verbracht hatte. Als ich zum ersten Mal durch die Allee gegangen war, Anfang April. Was mochte ich damals gedacht haben, während ich mich dem Haus näherte? Ich war oben an der Bundesstraße aus dem Bus gestiegen, alles, was ich besaß, hatte in zwei Koffern Platz gefunden. Und da war Sigurd. Mit seinem schwarzen Haarschopf, den Hemden. Den langen Schritten. Es war so seltsam, jetzt daran zurückzudenken.

»Du kannst dich umdrehen.«

Die ersten Monate. So schwer auszuhalten, wie hart er gewesen war. Wie schwach ich war. Hatte ich mich seit damals geändert, oder waren es nur die Umstände, die sich geändert hatten?

Ich drehte mich um. Die Tür zum Schuppen stand weit offen. In der Öffnung wartete Sigurd, im Halbdunkel. Er machte einen Schritt zur Seite. Hinter ihm, auf dem Boden, stand ein helles, leuchtendes Holzboot, es füllte den ganzen Raum aus. Ich sah sofort, dass es ein Oselver war. Ein schön gebogenes, holzfarbenes, geklinkertes Boot. Mir blieb der Mund offen stehen. Ich sah Sigurd an. Er lächelte fragend. Ich trat ein paar Schritte nach vorn.

»Hast du es gemacht?«

Er nickte.

»Allein?«

»Ja.«

Ich ging hin und legte eine Hand auf die Reling. Ließ sie über das glatte Holz gleiten, über die Dolle. Wandte mich zu ihm um.

»Ist es das, woran du gearbeitet hast?«

Er nickte wieder.

Ich ging um das ganze Boot herum, langsam.

»Wie schön es ist.«

Sigurd blickte mich an, er sah so ruhig und froh aus.

»Ich habe es für dich gemacht.«

Ich hielt inne, sah ihn an.

»Für mich?«

»Ja. Es ist dein Boot.«

»Nein.«

»Doch. Es gehört dir.«

Ich betrachtete das Boot. Es war perfekt. Ich wusste nicht, was ich sagen sollte, wie ich ihm zeigen konnte, wie überwältigt ich war.

»Das muss ja unglaublich lange gedauert haben«, sagte ich.

»Ja, es hat eine Weile gebraucht.«

Ich fühlte mich auf einmal so stolz, stolz, dass ich zu ihm gehörte. Einem Mann, der ein Boot bauen konnte. Wenn man ganz allein ein Boot bauen konnte, dann gab es wohl kaum Grenzen dafür, was man schaffen konnte.

»Hast du es im Fjord ausprobiert?«

»Noch nicht.«

Dafür, dass ich die ganze Nacht aufgewesen war, fühlte ich mich merkwürdig wach. Draußen wurde es immer heller. Es würde nicht mehr lange dauern, bis die Sonne hinter dem Wald aufging.

»Kann man es zu Wasser lassen?«

»Jetzt?«

»Ja?«

»Hast du Lust dazu?«

»Ja. Große.«

Er sah aus, als würde er nachdenken.

»Ja. Natürlich können wir das«, sagte er. »Wenn du mithilfst.«

Er ging nach vorn und öffnete die Türen zum Fjord. Das Wasser lag ruhig vor uns. Er legte die Ruder ins Boot, dann hoben wir es vorsichtig von dem kleinen Holzgestell herunter. Es war schwer. Meine Knöchel wurden weiß, als wir es zum Landungsplatz trugen und es auf den Tragrollen abstellten. Wir ließen das Boot über die dicken Holzstämme hinuntergleiten. Ich lief barfuß über die Steine zum Wasser.

»Setz dich hinein«, sagte er.

Ich stieg ins Boot. Sigurd zog sich die Schuhe aus, krempelte die Hosenbeine hoch. Er führte das Boot nach unten, wo der Landungsplatz unter Wasser lag. Dann kletterte er über die Reling und setzte sich auf die Bank neben mich. Ich stieß uns mit einem der Ruder ab. Dann lag das Boot auf dem Wasser. Wir glitten langsam hinaus. Der Fjord war spiegelglatt. Der Himmel wurde heller und heller. Kein Geräusch war zu hören, außer lebendigem Zwitschern vom Wald her. Sigurd streckte die Hände aus, wollte die Ruder haben.

»Darf ich rudern? Ich liebe rudern.«

Er sah mich an.

»Klar, Allis. Es ist dein Boot.«

Ich legte sie in die Dollen, machte einen Zug, wir schossen nach vorn.

»Ich kann es nicht glauben. Unfassbar, dass du so etwas Schönes machen kannst.«

Er lächelte warm.

»Schau, wie schön es im Wasser liegt.«

Er nickte.

»Hast du das schon einmal gemacht?«

Er sah mich an.

»Ja.«

Ich ruderte langsam hinaus, spürte, wie der Rausch, der zuvor in der Nacht da gewesen war, langsam vorüberging. Fühlte mich vollkommen wach. Der Morgen war so weich, so klar. Der Fjord so still. Sigurd saß mit einem friedlichen Gesichtsausdruck da und blickte auf das Wasser hinaus. Bei jedem Ruderschlag blies der Wind ihm leicht ins Haar. Hinter uns führte eine Straße durch den Fjord, bis ganz hinten zum Bootsschuppen. Das Haus sah von hier aus so klein aus. Der Garten auch. All die Geschichten und Geschehnisse, die in diesem Bild waren, das ich vor mir hatte. Die erste Weinflasche unter dem Kirschbaum. Er im Regen im Gras liegend. Die Vögel in den Fallen.

Ich konnte vom Boot aus den Strand sehen, einen schmalen, hellen Streifen an Land, ein Stück vom Bootsschuppen entfernt. Den Stamm, auf dem wir gesessen hatten. Die Fluchtroute über die Felsen und in den Wald. Als die Möwen kamen, genau als sie kamen, was hatte er da gesagt? Ich erinnerte mich nicht, fühlte nur etwas Schweres in der Brust beim Gedanken daran. Dass er – dass ich ihn gerettet hatte? Wovor? Vor der Trauer um Nor? Nein. Vor etwas anderem. Ihn vor etwas gerettet hatte, das er tun wollte. Etwas Schreckliches.

Im selben Augenblick kam ein Sonnenstrahl hinter dem Wald hervor und stach mir leicht in die Augen. Um Sigurd stand ein heller Rand. Es glitzerte auf der Oberfläche des dunklen Fjords.

»Schau«, sagte ich. »Da liegen meine Sandalen, am Strand.« Ich nickte zum Land hin. Er drehte sich um, blickte nach hinten.

»Wo?«

»Am Stamm, da, wo wir gesessen sind.«

Er nickte. »Ich sehe sie.«

Ich zögerte etwas.

»Als wir dort saßen. Das, was du sagen wolltest, genau bevor die Vögel kamen.«

Er wandte sich wieder zu mir.

»Was war das?«

»Du warst dabei, mir etwas zu erzählen.«

Er starrte mich an, wirkte, als ob er versuchte, es wiederherzustellen, aus dem Gedächtnis zu holen.

»Du hast gesagt, ich hätte dich gerettet«, sagte ich, einen Sonnenstrahl im Gesicht, ich sah ihn mit zusammengekniffenen Augen an.

Er schüttelte leicht den Kopf.

»Vor etwas, das du tun wolltest.«

Ich sah, dass er es wusste, dass er den Verständnislosen spielte. Ich ruderte mit kräftigen Zügen hinaus.

»Etwas Schreckliches.«

Er nickte, hielt meinem Blick stand. »Ja«, sagte er. »Ich weiß. Aber das ist nicht mehr wichtig.«

»Aber was war es?«

Er schwieg. Ich sah ihn Atem holen.

»Allis. Nein.«

»Doch.«

»Nur, wenn du versprichst, dass du danach nicht mehr daran denkst.«

Ich nickte.

»Ich verspreche es.«

Wir glitten langsam hinaus. Ich ließ die Ruder in den Dollen ruhen, Wasser tropfte von ihnen hinunter.

»Das Boot«, sagte er. »Ich habe es zu bauen angefangen, bevor du kamst.«

»Ja, das dachte ich mir.«

»Gleich nachdem das vorige verbrannt war.«

Er blickte zu mir auf, hatte etwas Entschuldigendes um die Augenbrauen.

»Ich hatte beschlossen, wenn Nor aufwachen würde, dann … Wenn sie nicht aufwachen würde, wenn sie starb, dann würde ich hinausrudern und …«

»Sag es nicht«, flüsterte ich.

»Dann würde ich untergehen.«

Er sah zu Boden.

Mir schnürte sich die Kehle zusammen.

»Es war gut geplant. Ich hatte lange darüber nachgedacht.«

»Sag nichts mehr.«

»Ich würde in den Fjord hinausrudern, den Amboss um das eine Bein gebunden.«

»Warum?« Meine Stimme trug kaum.

Er antwortete nicht.

»Es war nicht deine Schuld.«

Er saß mit gesenktem Kopf da. Von den Rudern tropfte es nicht mehr. Meine Arme waren schlaff.

»Weil …«, sagte er. »Ich weiß nicht. Weil ich es wollte.«

Ich konnte nichts sagen, spürte nur, wie wir auf dem Wasser lagen, unmerklich schaukelnd.

»Aber du hast es mir versprochen, Allis. Das ist jetzt lange her. Jetzt ist ja alles anders.«

»Wann hast du dich umentschieden?«

»Schon lange.«

»Um welche Zeit?«

»Ich weiß nicht.«

Er sah mich flehend an.

»Mach dir keine Gedanken. Du hast es mir versprochen.«

Ich nickte langsam. Es schmerzte in meiner Brust, ich konnte kaum atmen. Das hier war größer, als ich gedacht hatte. Die Schuld, die er wegen des Unglücks fühlte. Es würde immer so sein. Immer. Er würde niemals davon frei werden. Ich wagte nicht, ihn anzusehen. Wenn nur dieser Tag fort sein könnte. Vielleicht hatte ich ihn davor gerettet, auf dem Boot hinauszufahren, um sich selbst ein Ende zu setzen, aber er würde nie vor der Trauer gerettet werden, die ihn dazu gebracht hatte, überhaupt daran zu denken. Sie würde bis in alle Ewigkeit da sein. Ich begann wieder zu rudern.

»Mach dir keine Gedanken.«

»Nein.«

Ich sah es jetzt klar vor mir, hier im Boot, die dunkle See unter uns, wie es gewesen sein musste. Hineinspringen, suchen, nach oben, um Luft zu holen, wieder hinuntertauchen, wieder und wieder, und jedes Mal war die Hoffnung kleiner geworden.

Er saß breitbeinig auf der Bank, barfuß, den Kopf zum Fjord hinaus gewandt. Die Sonne im Rücken, das Gesicht in Falten. Ich hatte ihn gerettet. Es fühlte sich nicht so an. Glaubte eigentlich auch nicht, dass es sich für ihn so anfühlte. Wenn überhaupt, war er es, der mich gerettet hatte, indem er seine bizarre Annonce aufgegeben hatte, mich von all dem weggeholt hatte.

»Seit du mir von der Seherin Nanna erzählt hast«, sagte er. »Danach war es unmöglich. Ich konnte nichts tun, das dir schaden würde.«

»Meinst du das ernst?«

»Ja.«

Mein Blick glitt über das Wasser, bald waren wir in der Mitte des Fjords. Es war weit bis zum Land, das Haus war nur ein Punkt. Der Himmel schien hellgelb und hellblau. Der Fjord unfassbar und strahlend schön. Er hatte mich noch nie schwimmen gesehen. Es traf mich wie ein Blitz.

Er wusste nicht, dass ich es konnte. Wenn er mich hier retten konnte, im Fjord, mir das Leben retten konnte, wenn ich es nur schaffte, hilflos zu sein. Dann würde alles zurückgedreht. Dann wäre er frei?

»Vorhin«, sagte ich.

Er wandte sich zu mir.

»Was du erzählt hast.«

»Ja.«

»Ich habe auch etwas«, flüsterte ich. »Was ich dir erzählen will. Sodass wir neu anfangen können.«

Seine Augenbrauen runzelten sich unmerklich.

»Es ist nicht so wichtig. Aber ich will es trotzdem sagen.«

Die Stille und das Morgenlicht, der blanke Fjord ließen es plötzlich so viel größer wirken, als es mir zuerst erschienen war.

»Ich hätte es schon lange sagen sollen, aber ich habe einfach nicht daran gedacht.«

»Ja?«

Ich hörte an seiner Stimme, dass er ängstlich war.

»Aber irgendwann kam ich darauf, dass du ja vor langer Zeit gefragt hattest. Und ich weiß nicht warum, aber ich habe die Unwahrheit gesagt.«

Ich hörte ihn den Atem anhalten. Ich nahm die Ruder aus dem Wasser und legte sie in meinen Schoß.

»Es ist eigentlich nur, dass …«

Oh Allis, dachte ich.

»Dass die Formalitäten noch nicht erledigt worden sind.«

Er sagte nichts. Was er heute Nacht über Nor erzählt hatte. Über den, der krank wurde. Ich holte Atem.

»Aber ich war eigentlich verheiratet, als ich herkam.«

Ich senkte sofort den Blick.

»Und damit … bin ich es also immer noch. Verheiratet.«

Es war völlig still um ihn. Ich sah zu Boden, wartete darauf, dass er etwas sagen würde.

»Aber das ist unwichtig.«

Es kam nichts von ihm. Wir schaukelten behutsam auf dem Fjord.

»Ich war schon immer sehr träge, wenn es darum ging, praktische Dinge zu regeln«, sagte ich und hörte, wie hohl es klang.

»Aber der Grund dafür, dass ich nichts getan habe, ist einfach, dass das Ganze so bedeutungslos für mich ist. Nachdem ich dich getroffen habe.«

Mein Herz schlug fester, als ich es für möglich gehalten hatte.

»Kannst du bitte etwas sagen?«

Ich blickte zu ihm auf, er saß vollkommen still da, sah vor sich hin, an mir vorbei.

»Sigurd?«

Die Wangenknochen, die dunklen Augenhöhlen, die eingefallenen Wangen, er hatte etwas Brutales an sich.

»Hallo?«

Ich winkte mit einer Hand.

»Kannst du etwas sagen?«

Ich wollte die Hand zu seinem Knie strecken, aber traute mich plötzlich nicht.

»Ich verstehe, dass ich die Bedeutung der Sache herabgesetzt habe. Das tut mir sehr leid.«

Ich sah ihn an.

»Aber kannst du bitte einfach irgendwas sagen?«

Er verzog keine Miene. Blinzelte nicht. Atmete nur ruhig und blickte vor sich hin.

»Sigurd?«

»Noch eine.«

»Was hast du gesagt?«

Er sah mir in die Augen.

»Du bist noch so eine.«

»Noch so eine was?«

»Ja«, sagte er beim Einatmen. Sein Mund verzog sich zu einem kleinen Lächeln.

»Was meinst du?«

Er schüttelte langsam den Kopf. Von der Morgenluft bekam ich Gänsehaut. Er sagte nichts mehr. Ich wartete. Innerlich hatte ich wirklich gedacht, dass es keine Rolle spielte. Konnte auch nicht verstehen, warum es eine spielen sollte.

»Sag, was los ist«, bat ich.

Er schwieg, blickte auf den Fjord hinaus.

»Dass ich nicht treu war?«, fragte ich.

Er wandte sich mit einer jähen Bewegung um.

»Ja.«

Er hielt meinen Blick fest. Seine Augen waren schwarz.

»Dir?«

»Ihm.«

»Aber was macht das aus?«

»Kann mich nicht auf dich verlassen.«

»Doch! Das kannst du.«

»Nein.«

Er schüttelte den Kopf.

»Doch. Immer.«

Er ließ den Blick nicht von mir. Er starrte mich an, seine Augen blitzten.

»Glaub mir«, flüsterte ich.

Ich sah ihn flehend an.

»Sie dürfen uns das nicht zerstören. Niemand.«

»Sie«, sagte er. »Da ist niemand anders als wir. Du schiebst die Schuld auf andere, Allis.«

»Ich«, sagte ich. »Ich werde uns das nicht zerstören. Ich verspreche es.«

Plötzlich griff er mit einer Hand das Haar an meinem Hinterkopf und hielt mich fest.

»Du versprichst allen dasselbe«, fauchte er mit zusammengebissenen Zähnen.

»Nein«, presste ich hervor, »jetzt nicht mehr.«

Es schmerzte am Haaransatz, an der Nackenhaut. Er verstärkte den Griff.

»Was kann ich sagen?«, flüsterte ich.

Er antwortete nicht.

»Was kann ich tun?«

Er sagte nichts. Hielt nur meinen Blick fest. Das Boot schwankte. Ich hatte kein Gefühl mehr im Hinterkopf, es tat nicht mehr weh. Fühlte nur seine Faust, den festen Griff. Konnte es jetzt tun. Ich konnte mich losreißen, über Bord fallen, ihn mich retten lassen. Dann würden wir das bekommen, was wir uns am meisten wünschten. Die alte Welt würde im Meer versinken, die neue aufsteigen. Die Sonne war nun ganz hinter dem Wald aufgegangen, stand am Himmel und stach mir ins Gesicht. Sein Blick, seine Hand. Musste über die Reling fallen, hilflos sein. Ich hörte meinen Atem, schnelle Stöße. Ich wandte den Blick zum Wasser. Es war so still, so klar. Die Sonne. Das leuchtend helle Holz spiegelte sich im Wasser. Die Ruder lang und blass, der Himmel blau. Der Fjord grün und hell, die Sonnenstrahlen reichten viele Meter hinunter. Unser Boot. Gebaut, um darin neu anzufangen. Ich machte mich bereit, mich loszureißen, auf die Oberfläche zu treffen, sie zu durchdringen, unterzugehen, mich selbst dazu zu zwingen, nicht zu schwimmen, ihn sich selbst retten zu lassen, indem er mich rettete. Ich holte Luft, schloss die Augen. Wollte mich gerade losreißen, aus seinem Griff heraus. Möwen kreisten über uns. Es war so seltsam.

»Hast du nicht gesagt«, flüsterte ich und öffnete die Augen. »Hast du nicht gesagt, die See war schwarz?«

Er sagte nichts.

»Es war in der Morgendämmerung. Das hast du heute Nacht gesagt.«

Ich hielt seinen Blick fest, mein Nacken war steif.

»Die See ist nicht schwarz.«

Ich holte Atem.

»Was ist passiert?«

Er antwortete nicht. Die nackte Angst in seinem Gesicht, sein Atem ging schnell. Er sah mich düster an.

»Was ist passiert?«

Er schloss die Augen, antwortete immer noch nicht.

Ich fühlte meine Brust zerspringen, musste nach Luft schnappen.

»Als sie hineingefallen war«, sagte ich.

Er sah mich scharf an, die Sonne im Rücken, mein Haar in seiner zur Faust geballten Hand.

»Sie kann nicht schwer zu sehen gewesen sein.«

Er sagte nichts.

»Nicht schwer heraufzuholen.«

Kalter Schweiß brach mir aus, ich hielt den Blick fest auf ihn gerichtet.

»Ist sie gefallen?«

Sein Atem ging schnell, er sagte nichts.

Unmensch, dachte ich. Er sah auf einmal grotesk aus, sein Gesicht verzerrt. Ein Raubtier. Ich musste mich selbst retten, doch ich schaffte es nicht, mich zu befreien, ehe er auf mich zukam, meine beiden Handgelenke ergriff. Die Ruder rutschten mir aus den Händen, glitten ins Wasser. Ich hörte

Möwen über uns schreien. Das Boot schwankte, Meerwasser kam über die Reling. Er war zu groß. Ich fiel nach hinten über die Bank. Es verschlug mir den Atem, mein Hinterkopf knallte gegen den Bug. Er presste mich fest nach unten. Salzwasser brannte in meinen Augen. Seine Lippen hart über meinen. Ich biss die Zähne zusammen, hackte durch Fleisch. Er fuhr mit Gebrüll hoch, rot zerfließender Mund. Sein Blick wie Ruß. Ich streckte die Arme ins Wasser. Meine Fingerspitzen trafen die Ruder. So schwer. Der Atem schnitt in meinen Hals. Er über mir, seine Hände, ich hob und schwang meinen Oberkörper mit einem Schrei, ein scharfer Knall im Ohr. Ein alarmierendes Platschen. Dann war alles ganz still.

Salziger Blutgeschmack im Mund. Musste mich nach Luft schnappend auf die Seite hinüberrollen, Arme und Beine zitterten. Zog mich hoch auf die Knie, legte mich schwer über die Bank. Hustete rasselnd. Rang nach Atem. Das Boot schaukelte. Der Fjord glitzerte in der Morgensonne. Ich streckte den Kopf über die Reling. Das helle Hemd, das schwarze Haar, dort genau unter der Oberfläche. Seine groben braunen Hände, im Wasser bleich. Ich keuchte. Starrte mit großen Augen in die See hinunter. Sein Haar, so unglaublich schön im Wasser, es tanzte von Seite zu Seite. Die dunkle Stirnhaut, das Hemd fast durchsichtig. Er hatte die Augen geschlossen, sah mich nicht an.

Ich konnte die Augen nicht von seinem Haar lassen, wie es herumwirbelte, eine Million schwarze wogende Halme. Streckte einen Arm unter die Oberfläche, das weiche Haar streifte meine Hand, streichelte sie. Ich wollte danach greifen, aber es glitt mir durch die Finger und wurde hinuntergesogen, hinunter, wohin die Sonnenstrahlen nicht mehr reichten. Dann war der Fjord nur noch grün. Ein Flügelpaar kreiste am Himmel über mir. Ich blickte hinauf, ein dunkler Schatten mit Leichen im Gefieder.

Die norwegische Originalausgabe erschien 2013 unter dem Titel
Fugletribunalet bei Det Norske Samlaget, Oslo.

FSC
www.fsc.org
MIX
Papier aus verantwortungsvollen Quellen
FSC® C083411

Verlagsgruppe Random House FSC® 001967
Das für dieses Buch verwendete FSC®-zertifizierte
Papier *Lux Cream* liefert Stora Enso, Finnland.

1. Auflage
Deutsche Erstveröffentlichung Oktober 2015

Published by agreement with Hagen Agency, Oslo
Umschlaggestaltung: semper smile, München
Umschlagmotiv: © Gallery Stock / Adam Voorhes
Satz: Uhl + Massopust, Aalen
Druck und Bindung: CPI books GmbH, Leck
MP · Herstellung: sc
Printed in Germany
ISBN 978-3-442-74916-4

www.btb-verlag.de
www.facebook.com/btbverlag
Besuchen Sie unseren LiteraturBlog www.transatlantik.de!

Anne B. Ragde

Die Nummer-1-Bestseller-Serie aus Norwegen!

Ein Schweinezüchter, ein Dekorateur, ein Bestattungsunternehmer. Was haben die drei gemeinsam? Nichts – außer einer Mutter, die im Sterben liegt. Und einem Vater, der endlich reinen Tisch machen will …

Eine furiose Familiensaga aus Skandinavien.

Das Lügenhaus
Roman, 336 Seiten, *btb* 73868

Einsiedlerkrebse
Roman, 336 Seiten, *btb* 74022

Hitzewelle
Roman, 320 Seiten, *btb* 74161

»Nach dem Rezept für einen Bestseller gefragt, hat die Norwegerin Anne B. Ragde gesagt: ›Du darfst auf keinen Fall über drei Brüder auf einem Schweinzüchterhof in einem Kaff bei Trondheim schreiben.‹ Sie hat gelogen.«

Brigitte

Camilla Grebe · Åsa Träff

Siri Bergman, Psychotherapeutin aus Stockholm, ermittelt …

Die Therapeutin

Roman, 432 Seiten, Broschur, *btb* 74183

Als Psychotherapeutin ist Siri Bergman an den Umgang mit seelischen Abgründen und schmerzhaften Geheimnissen gewöhnt. Doch seit ihr Mann tödlich verunglückt ist, kämpft sie mit sich selbst. Trotz panischer Angst vor der Dunkelheit lebt sie abgeschieden am Meer. Als sie eines Morgens auf die Leiche einer Patientin stößt, nimmt ihr Alptraum Gestalt an.

Das Trauma

Roman, 448 Seiten, Broschur, *btb* 74489

Psychotherapeutin Siri Bergman trifft fünf Frauen, die sich zu einer Selbsthilfegruppe zusammengeschlossen haben. Alle Frauen sind das Opfer männlicher Gewalt, haben Schreckliches durchgemacht. Verratene Liebe, Schläge, Erniedrigungen. Doch kann Siri ihren Geschichten glauben?

Bevor du stirbst

Roman, 448 Seiten, Broschur, *btb* 74496

Siri Bergman will endlich mit ihrer Vergangenheit abschließen. In den alten Kisten ihres ersten Mannes Stefan findet sie jedoch eine Notiz, die auf ein fünf Jahre zurückliegendes Verbrechen hinweist. Gibt es etwa einen Zusammenhang zwischen der grauenhaften Tat und Stefans Selbstmord, der nur wenige Wochen danach Siris Leben erschütterte? Hat sie ihren Mann jemals wirklich gekannt?

Levi Henriksen

Die Geschichte meiner Familie in Äxten und Sägen

Roman

384 Seiten, btb 74470
Aus dem Norwegischen von Gabriele Haefs

Mikael ist Anfang 30 und das, was man gemeinhin als Loser bezeichnet: Er hält sich mit Aushilfstätigkeiten für die Gemeinde über Wasser, bewohnt die morsche Hütte seines Großvaters und macht auch keine Anstalten, etwas an dieser Situation zu ändern. Erst als Daniela, seine 13jährige Nichte, die bei Mikaels Eltern lebt, gegen ihren Willen in eine Pflegefamilie gesteckt wird, vier rabiate Schuldeneintreiber vor Mikaels Tür stehen und eine junge Lettin seine Hilfe braucht, kommt Bewegung in die Sache. Mehr als es Mikael eigentlich lieb ist …